U0453193

汕头大学科研启动项目"古代遗民文学研究"（编号：STF20006）
由李嘉诚基金会汕头大学文学院专项经费资助出版

清初小说论稿

杨剑兵 ◎ 著

Study on the Novels in the
Early Qing Dynasty

中国社会科学出版社

图书在版编目（CIP）数据

清初小说论稿/杨剑兵著. —北京：中国社会科学出版社，2023.5
ISBN 978-7-5227-1371-7

Ⅰ.①清… Ⅱ.①杨… Ⅲ.①古典小说—小说研究—中国—清代 Ⅳ.①I207.41

中国国家版本馆 CIP 数据核字（2023）第 023404 号

出 版 人	赵剑英
责任编辑	宋燕鹏　石志杭
责任校对	李　硕
责任印制	李寡寡

出　　版	中国社会科学出版社
社　　址	北京鼓楼西大街甲 158 号
邮　　编	100720
网　　址	http://www.csspw.cn
发 行 部	010-84083685
门 市 部	010-84029450
经　　销	新华书店及其他书店
印　　刷	北京明恒达印务有限公司
装　　订	廊坊市广阳区广增装订厂
版　　次	2023 年 5 月第 1 版
印　　次	2023 年 5 月第 1 次印刷
开　　本	710×1000　1/16
印　　张	16.25
字　　数	240 千字
定　　价	89.00 元

凡购买中国社会科学出版社图书，如有质量问题请与本社营销中心联系调换
电话：010-84083683
版权所有　侵权必究

前　　言

本书是笔者近二十年来撰写的关于清初小说个案研究的学术成果。从内容上主要分为两个部分。上编为作家研究，涉及的作家有 6 位，包括《樵史通俗演义》作者、吕熊、王猷定、王炜、严首升、贺贻孙；下编为作品研究，涉及的作品主要有 9 部，包括《樵史通俗演义》《剿闯小说》《新世弘勋》《铁冠图》《梼杌闲评》《续金瓶梅》《女仙外史》《诺皋广志》《阐义》。它们总体上具有以下特点与价值。

一　解决了学界关于清初小说作家研究的一些悬疑问题

学界曾对《樵史通俗演义》作者是否为陆应旸、王猷定和王炜的生卒年、吕熊和贺贻孙是否为明遗民等问题，颇有争议，笔者通过相关论文进行了厘清。

《〈樵史通俗演义〉作者考辨》首先概括了学界对《樵史通俗演义》作者的三种争论，包括无名氏说、陆应旸说、非陆应旸说。接着，依据《四库禁毁书丛刊》收录的陆应阳的笔记杂史《樵史》及光绪《青浦县志》记载的相关史料，基本上论证了学界将陆应阳误写成陆应旸，将笔记杂史《樵史》误认为小说《樵史通俗演义》。最后，此文得出结论，《樵史通俗演义》的作者还是以江左樵子为妥，正如《金瓶梅》作者以兰陵笑笑生为妥一样。这种梳理无疑廓清了学界对于《樵史通俗演义》作者方面的争论，甚至纠正了一些错误。

王猷定和王炜是清初颇有影响的明遗民作家，学界对其研究还有诸多需要完善的地方，一方面是其生卒年、卒地等问题，另一方面是其年谱简编问题。《明遗民王猷定生卒年考辨》据《四照堂文集》卷之三《孙廷评新斋先生六十寿序（代）》及卷之五《祭梁君仲木文》等材料，可以推定王猷定当生于万历二十七年（1599），而学界主张的生年为万历二十六（1598）说、万历二十九年（1601）说均不成立；此文又据《四照堂文集》卷之四《毛母许孺人传》、毛先舒《潠书》卷六《与王轸石书》《闰七月十五日与王轸石书》、孙枝蔚《溉堂前集》卷五《哭王于一》五律二首、韩程愈《王君猷定传》等材料，可以确认王猷定卒于顺治十八年（1661），而陆莘行（笔者按：陆圻之女）《老父云游始末》（亦称《陆丽京雪罪云游记》）主张的康熙元年（1662）说不成立。《明遗民王炜生平考略》据《鸿逸堂稿》中两篇序跋《陆母杨太孺人七十序》和《书文先生所寄葛巾集序后》，可以推定王炜的生年为天启六年（1626）；据张叔珽的《郯啸文集·与王不庵书》跋语、张潮《昭代丛书甲集选例》等材料，可以推定王炜当卒于康熙三十三年（1694）至康熙三十四年（1695）间，卒地为汉皋。另外，笔者还根据王猷定、王炜的诗文集《四照堂集》《鸿逸堂稿》，对其年谱进行了简编，弥补学界在此方面的缺憾，亦为学界进一步研究二位作家奠定基础。

吕熊和贺贻孙具备明遗民的基本要素，即他们均为生活于明清之际、未在清廷参加科举和任职的士人，但目前发现的明遗民录均未收录二人，故而笔者进行了考证，认为其为明遗民无疑。《吕熊为明遗民考》首先考证了吕熊具备明遗民的三个基本条件，即吕熊生于明末、卒于清初，在入清后未曾入仕与应试，在清初是一位全才式人物。接着论证了其代表作《女仙外史》具有浓郁的遗民意识，包括对"篡国者"及其追随者的痛恨、对故明王朝的深深眷恋、天命思想中蕴含着作者对历史与现实的无奈等。《贺贻孙为明遗民小考》着重考证了其在清初是否入仕问题。笔者通过乾隆十一年（1746）《永新县志》及相关史料记载，可以确认其在入清后未曾入仕与应试，符合明遗民的基本特点。

二 探讨了明遗民作家的生存状态

明遗民作家经历了由明入清的历史巨变，其生存状态亦是学界较为关注的方面，本书通过相关论文，较为典型地梳理了这些作家在清初的生存状态，主要表现在以下几个方面：

1. 对故明的深情眷恋。清初遗民小说作家入清后，通过种种方式表达自己对故明的深情。其中，拒绝入仕清廷最具代表性。《吕熊为明遗民考》通过四部方志中的《吕熊传》的记载，发现吕熊遵循了入清后"毋就试"的父训，虽两次入幕于成龙，还"客南安守陈奕禧所"并"为广州修郡志"（道光六年［1826］《昆新两县志》卷二十七），但他终身未入仕清廷，唯一一次"荐授通判"，还"固辞之"（同上）。王炜亦遵循父训，入清后未曾仕清。（朝鲜）阙名《皇明遗民传》卷五"王炜"条载："有吴下述昆山顾绛母饿死事。贯一（笔者按：王炜父）叹息，久之，敕诸孙断弃举子业。"王猷定虽然与仕清者多有交游，但其却未曾入仕清廷。严首升对"督学郜凌玉强就闱试"，亦"力辞不赴"（乾隆二十五年［1760］《华容县志》卷八）。从以上观之，拒绝入仕清廷是多数清初遗民小说作家的选择，而这种选择则是其内心对明廷深深眷顾之情的表现。

2. 对逃禅隐逸的向往。除拒绝入仕清廷为官外，小说作家还选择逃禅与隐逸。如严首升，"走白门，值马阮柄用，知无可为。归，筑室东山，题曰'岸上船'。衲衣髡顶，逃于禅"（光绪八年［1882］《华容县志》卷十）。又如贺贻孙，"洎甲申之变，决志入山，肆力诗、古文辞，著作日富。本朝提学樊公缵前召之，再固辞不受。巡按笪公重光欲以布衣征入内翰，书至门，愀然曰：'吾逃世而不能逃名，名之累人实甚！'遂变名高蹈，与高僧羽士往来"（乾隆十一年［1746］《永新县志》卷八）。另外，《樵史通俗演义》作者称之为"江左樵子"，王炜号"不庵"，均有隐逸之意。逃禅与隐逸是明遗民作家在清初的一种重要生存状态，与拒绝清廷的征召，同样是内心充满对明廷眷恋之情的表现。

3. 对交友游历的选择。清初遗民小说作家的交游非常广泛，主要对象包括明遗民、仕清官员、禅师等。与明遗民交往方面，如王炜与顾炎武曾有多次见面交流和书信往来；与仕清官员交往方面，王猷定与吕熊较为突出，如王猷定与宋琬至少有两次交往，一次是顺治十八年（1661）正月初三日在武林（笔者按：杭州）的千峰阁，一次是顺治十八年（1661）春在会稽宋琬的署斋。吕熊曾两次入幕直隶巡抚于成龙，与南安太守陈奕禧交往颇深；与禅师交游方面，王炜更为突出。他与渐江大师分别于顺治十七年庚子（1660）八月和康熙二年癸卯（1663）暮春偕游庐山和黄山，并写下了脍炙人口的《庐山游记》和《黄山游记》。他还与紫石山人（笔者按：沈浩）、绿雨大师等有过交往，并为五祖千仞禅师作过传记。除广泛交游外，小说作家的足迹遍布大江南北，甚至客死他乡。通过王猷定、王炜的年谱简编，我们可以看出二人的游历非常广泛，在多数情况下是为逃避战乱而出游，最后籍贯为南昌的王猷定却客死于杭州昭庆寺，籍贯为歙县的王炜却客死于汉皋（今汉口）。

三 概括了清初遗民小说的创作特点

本书下编主要就清初遗民小说中的 9 部较有代表性的作品进行了阐释。其中，白话小说 7 部，文言小说集 2 部。它们深深地打上了明清鼎革之际的时代烙印，以其独特的方式，对历史巨变展开描写与阐述。

1. 明亡教训的文学思考。明亡教训的总结是由明入清的士人面临的一个重要课题，史家进行了深刻的反思，而遗民小说作家亦以文学的方式进行了总结。其中，《樵史通俗演义》对明亡教训的文学总结最为全面与深入。本书中《〈樵史通俗演义〉与晚明朝事》从四个方面阐发了小说对于明亡教训的总结：

其一，党争是晚明挥之不去的阴霾。门户之争向来被认为是明朝灭亡的主要原因之一，小说以文学的形式较为全面地反映了天启至弘光时的党争，字里行间亦蕴含着对明亡教训的总结，甚至在一定程度上达到了史家的高度，如邓实在《复社纪略跋》、戴名世在《弘光朝伪东宫伪后及党祸纪略》中所总结的明亡教训。

其二，辽东战事不断上演边疆悲剧。明末两位重要的辽东将领熊廷弼、袁崇焕，在冤枉与误解中走向了灭亡，明朝抵抗清朝的最后两道屏障被撤除，可谓离大去不远矣，正如《明史》卷三百五十九《袁崇焕列传》评崇祯误杀袁崇焕所云："自崇焕死，边事益无人，明亡征决矣。"

其三，农民起义是官逼民反的表现。李自成的农民起义是直接推翻明朝的一支重要力量。小说在描写李自成起义时总结了官逼民反的教训，如李自成杀妻逃难、李岩投闯等事明显反映这一点。除上述官逼民反的教训外，小说还批评明军招抚农民军的政策，如督剿熊文灿招抚张献忠，明显有养虎为患之嫌。

其四，帝王昏庸、官员腐败动摇了明廷的统治基础。天启帝醉心于木工，弘光帝痴迷于秀女与演剧，均在很大程度上削弱了帝王对朝野的管控，特别是天启、弘光二帝将治国理政大权拱手让与那些奸佞宵小，导致朝廷上下一片乌烟瘴气，腐败丛生，于是产生了阉党集团与马阮集团，也导致了明廷最终走向灭亡。

2. 遗民意识的曲折表达。我们知道，清初文字狱频发，顺治期间主要有僧函可《变纪》书稿案、毛重倬等坊刻制艺序案、丁耀亢《续金瓶梅》案等，康熙时期主要有庄氏《明史》案、邹漪刊刻《鹿樵纪闻》案、洪昇演《长生殿》之祸、孔尚任《桃花扇》案、戴名世《南山集》案等。其中，庄氏史案是清初影响最大的狱案之一，此案牵涉人员众多，影响深远。面对如此众多的文字狱案，清初遗民小说作家在创作时，常常通过曲折的方式表达自己的遗民情感。

其一，借历史以喻今。这种曲折表达方式，在清初遗民小说中较为普遍，其中以《续金瓶梅》最具代表性。如其对北宋灭亡的总结，包括帝王昏庸、奸臣当道、党争不断、边将投敌等，实际上亦是对明亡的总结。不仅如此，作者还故意在小说中出现了锦衣卫、鱼皮国等明朝特有词汇。这在一定程度上暗示读者，作者是在借宋金对峙之名，写明末清初之实。除

《续金瓶梅》外，《女仙外史》还通过正闰之争，以朱棣靖难影射清廷入主中原，表明他们都是对正统政权的篡夺。

其二，借志怪以喻人。以志怪故事来反映明末清初的社会现实，又是清初遗民小说创作的一个重要特点。《诺皋广志》是其中的代表作品。它总体上可分为灵异生物类、鬼神魂魄类、因果轮回类等，表达遗民意识的途径主要有讽喻现实，如《雷州盗》《三足虎》等；号召抗清，如《颛复仇》等；宣扬忠义，如《义犬》《义犬二》《义鸡》等；惩诫恶人，如《神铖》《城门鬼火》《蟹报冤》《骡报怨》等。除《诺皋广志》外，《阐义》中的志怪类故事，大多宣扬了忠义思想。

其三，借意象以寓意。清初遗民小说较少以意象来表达作者的遗民情感，但仍然有些小说在此方面所有表现，如《女仙外史》将朱棣设置为天狼星下凡。我们知道，天狼星在正史《天文志》中多指"主侵掠"（《晋书》卷十一《志第一·天文上》）之星，在文学作品中则多喻指侵掠华夏之外族，如苏轼《江城子·老夫聊发少年狂》中的"西北望，射天狼"，明显是指侵扰北宋西北边疆的西夏族。《女仙外史》在开篇中即使用这一耳熟能详的典故，除暗指朱棣将要篡国之本质外，还在一定程度上也喻指清廷对华夏的入侵。

3. 接受传播的时代印记。清初遗民小说在接受与传播时，均表现出明清易代的时代特点。其中，《女仙外史》在此方面颇具代表性。它一方面受《三国志演义》的深度影响，另一方面自身又成为清初士人竞相评点的流行作品。

其一，《女仙外史》对《三国志演义》的接受。这种接受主要表现在三个方面。其中，主题思想接受方面，小说以建文政权为正朔，是吸取了以蜀汉为正统的思想；人物形象接受方面，小说塑造了军师吕律形象，是借鉴了诸葛亮形象；艺术构思接受方面，小说形成的"三实七虚"的艺术构思，是借鉴了"七实三虚"的艺术构思。《女仙外史》在接受《三国志演义》时明显将易代色彩、治国理想等时代特色融入其中，从而在清初士人，特别是明遗民中引起巨大反响与共鸣。

其二，《女仙外史》的评点多具遗民意识。在清初遗民小说的评点本中，康熙间钓璜轩刊本《女仙外史》可谓是一部独特的小说评点本。一是评点者人数众多，包括作者在内计有67人对小说进行了评点。二是评点数量可观。据笔者统计，小说各回回末计有256则评点，如果再加上杨颙《评论》7则，刘廷玑《品题》20则，合计有283则。这些评点突出体现了"扶植纲常，显扬忠烈"（杨颙《评论七则》）的主旨。吕熊或许基于历史与现实的双重考量，为唤起人们对纲常的维护、对忠烈的褒扬而创作了《女仙外史》。此抑或是这部历史翻案小说作品不产生于明代而产生于清初的根本原因。

总之，本书虽从个案角度研究，却能自成体系。它从关于作家的悬疑考辨、生存状态、年谱简编，到作品的创作意图、创作特色、传播接受等，均作了较为详细的论述，从而在一定程度上将清初遗民小说的整体面貌展现于读者眼前。

目录

上 编

《樵史通俗演义》作者考辨 …………………………………………（3）

吕熊为明遗民考 ………………………………………………………（12）

明遗民王猷定生卒年考辨 ……………………………………………（20）

明遗民王猷定年谱简编 ………………………………………………（27）

明遗民王炜生平考略 …………………………………………………（50）

明遗民王炜年谱简编 …………………………………………………（58）

严首升生平小考 ………………………………………………………（75）

贺贻孙为明遗民小考 …………………………………………………（79）

下 编

《樵史通俗演义》与晚明朝事 ………………………………………（83）

《樵史通俗演义》和《辽海丹忠录》中毛文龙形象之比较 ………（120）

清初李自成题材小说的嬗变 …………………………………………（127）

晚明民变在《梼杌闲评》中的文学书写 ……………………………（147）

宋金对峙在《续金瓶梅》中的影射意蕴 ……………………………（162）

论《女仙外史》对《三国志演义》的接受 …………………（180）

论《女仙外史》的评点特色…………………………………（193）

志怪故事中的遗民情怀

——以《诺皋广志》为例………………………………（208）

吴肃公《阐义》初探…………………………………………（225）

上 编

《樵史通俗演义》作者考辨

《樵史通俗演义》①的作者问题至今尚无定论。目前学术界主要有三种说法：一是无名氏说。主此说的主要有孙楷第、孟森等人。孙楷第在《中国通俗小说书目》中作了"清无名氏撰"的论断。②孟森在《重印〈樵史通俗演义〉序》中没有对《樵史通俗演义》的作者进行认定，只是对其身份作了相应的推测。③二是陆应旸说。主此说的主要有王春瑜、栾星、陈国军等人。王春瑜在《李岩·〈西江月〉·〈商雒杂忆〉——与姚雪垠同志商榷》④、栾星在《〈樵史通俗演义〉赘笔》和《樵史通俗演义版本经眼录》⑤等文中，申说《樵史通俗演义》的作者为陆应旸，其中王氏《商榷》与栾氏《赘笔》二文的主要依据是光绪五年（1879）《青浦县志》卷十九、卷二十一、卷二十七、卷二十八等多处记载。陈国军在《〈樵史〉枝谈》中称其在《五茸志逸》里发现了陆应旸及其父陆郊的新材料，也认定《樵史通俗演义》的作者为陆应旸。⑥三是非陆应旸说。主此说的主要

---

① 为避免四卷本《樵史》和八卷本《樵史》在称谓上的混淆，本书一律称八卷本《樵史》为《樵史通俗演义》，称四卷本《樵史》为《樵史》。本书《樵史》依据的版本是《四库禁毁书丛刊》本，《樵史通俗演义》依据的版本是《古本小说集成》影印的清初写刻本，并参照栾星校点本（中州古籍出版社 1987 年版）与史愚校点本（人民文学出版社 1989 年版）。

② 孙楷第：《中国通俗小说书目》，作家出版社 1957 年版，第 69 页。

③ （清）陆应旸著，栾星校点：《樵史通俗演义》，中州古籍出版社 1987 年版，第 361 页。

④ 王春瑜：《李岩·〈西江月〉·〈商雒杂忆〉——与姚雪垠同志商榷》，《光明日报》1981 年 11 月 9 日第 3 版，"史学"副刊第 241 期。

⑤ （清）陆应旸著，栾星校点：《樵史通俗演义》，中州古籍出版社 1987 年版，第 369—373 页。

⑥ 陈国军：《〈樵史〉枝谈》，《明清小说研究》1996 年第 2 期。

有陈大康、郭浩帆等人。陈大康在《〈樵史演义〉作者非陆应旸》①《〈樵史演义〉作者考证杂谈》②、郭浩帆在《〈樵史通俗演义〉作者非陆应旸说》③等文中，通过众多材料，推定出陆应旸在年龄上不具备创作《樵史通俗演义》的条件。

其实，以上诸家为《樵史通俗演义》的作者问题而争论不休，主要原因是《青浦县志》将陆应阳误记成陆应旸，以及四卷本《樵史》未被发现。最近，笔者在《四库禁毁书丛刊》"史部"第71册中发现了《樵史》影印本（笔者按：据上海图书馆藏清书三味楼刻本影印），并依据光绪本《青浦县志》的相关资料，找到了陆应阳的有关著作，如《广舆记》④、万历三十六年（1608）《重修象山县志》《洛草》等。依据这些资料和陈大康、郭浩帆等人的考证，笔者至少可以得出以下两个结论：

一 《青浦县志》多处将陆应阳误记成陆应旸

我们首先看光绪本《青浦县志》对陆应旸一些作品的著录，如卷二十七"艺文·书目·史部"："《广舆记》二十四卷，《奉化县志》，俱陆应旸著"⑤。"艺文·书目·子部"："《唐汇林》，陆应旸著。"⑥《樵史》四卷，陆应旸著。"⑦"艺文·书目·集部"："《笏溪草堂集》，陆应旸著。自序有《鸣雁》《采薇》《陆萍》《香林》《桃源》《河上》《荆门》《白门》《武夷》《五苕》《笏溪》《问雪》《怀旧》《洛草》《燕游》《越游》等稿共十

---

① 陈大康：《〈樵史演义〉作者非陆应旸》，《明清小说研究》1989年第4期。
② 陈大康：《〈樵史演义〉作者考证杂谈》，《学林漫录》第14辑，中华书局2006年版。
③ 郭浩帆：《〈樵史通俗演义〉作者非陆应旸说》，《明清小说研究》1991年第1期。
④ （明）陆应阳等撰，（清）蔡方炳增辑：《广舆记》，《四库全书存目丛书》史部第173册，齐鲁书社1996年版。
⑤ （清）陈其元等修，熊其英等纂：《青浦县志》，《中国方志丛书》，成文出版社有限公司1970年影印本，第1811页。
⑥ （清）陈其元等修，熊其英等纂：《青浦县志》，《中国方志丛书》华中地方·第16号，成文出版社有限公司1970年影印本，第1817页。
⑦ （清）陈其元等修，熊其英等纂：《青浦县志》，《中国方志丛书》华中地方·第16号，成文出版社有限公司1970年影印本，第1817页。

六种。"①《青浦县志》将上述作品的作者著录为陆应旸，均属误记，下文分别论述之。

《广舆记》二十四卷图一卷，题为"〔明〕陆应阳撰，〔清〕蔡方炳增辑"，湖南图书馆藏清康熙五十六年（1717）聚锦堂刻本。此刻本影印本为《四库全书存目丛书》"史部"第 173 册"地理类"所收。每卷卷首题为"云间陆应阳伯生原纂，平江蔡方炳九霞增辑"。蔡方炳在《增订〈广舆记〉序》中称："陆氏伯生所纂《广舆记》一书，夫考镜之所资，不越阴阳、历数、山海、图志、政事、沿革、人材、隐显，以及殊名诡号之物……"②再据申时行《广舆记序》："余友云间陆伯生氏……搜访遗编，诹咨掌故，手自裒辑，为《广舆记》。"③又据光绪本《青浦县志》及陈国军在《五茸志逸》中发现的陆应阳的小传，"伯生"为陆应阳的字。这样，我们可以肯定，《广舆记》二十四卷的作者应为陆应阳，而不是陆应旸。《青浦县志》当属误记。

不同朝代纂修的《奉化县志》，笔者从目前所能查阅到的资料来看，不管是浙江省《奉化县志》，还是辽宁省《奉化县志》，纂修者都不是陆应旸或陆应阳，而《浙江省重修象山县志》却为陆应阳等纂修。《重修象山县志》现有明万历三十六年（1608）刊本，成文出版社有限公司据此刊本影印。陆应阳在《重修象山县志序》中称："阳不佞跧伏菰庐，马齿且老，坚守岩穴之义，即干旄及门，物色宠借，未敢持一刺混迹公庭，况越境以外乎？"④陆应阳在自述时自称"阳"是其一种习惯。这种情况在《樵史》卷二中至少出现了三次。邵景尧在《重修象山县志序》里称："凡引例、隐栝、扬榷，

---

① （清）陈其元等修，熊其英等纂：《青浦县志》，《中国方志丛书》华中地方·第 16 号，成文出版社有限公司 1970 年影印本，第 1824 页。
② （清）蔡方炳：《增订〈广舆记〉序》，（明）陆应阳撰，（清）蔡方炳增辑：《广舆记》，《四库全书存目丛书》史部第 173 册，齐鲁书社 1996 年影印本，第 2 页。
③ （明）申时行：《赐闲堂集》卷 9 之《广舆记序》，沈乃文主编：《明别集丛刊》第 3 辑第 68 册，黄山书社 2016 年影印本，第 189 页。
④ （明）陆应阳：《重修象山县志序》，（明）陆应阳等纂修：《重修象山县志》，《中国方志丛刊》华中地方·第 474 号，成文出版社有限公司 1983 年影印本，第 1 页。

则云间陆公为政，逾月告竣。"① 这说明陆应阳应是《重修象山县志》的主修。至于陆应阳是否修纂过不为人知的《奉化县志》，现在不得而知，但《青浦县志》没有对其修纂《重修象山县志》作著录，至少是个漏记。

《唐汇林》，笔者目前没有发现有资料涉及，从书名观之，当属唐文学作品选编之类的书籍。《青浦县志》卷二十七"艺文·书目·集部"有"《太平山房诗选》《唐诗选》，俱陆应阳编"②的记载，另据该县志卷三十"杂记·遗事"引《据目抄》："陆伯生真草书法宗颜鲁公，亦仿欧阳询，诗宗大历，文宗曾、王，客游南北十余年，足迹几半天下。其客长安也，有诗文名，有狷介名，有酒人名。所至历览名山大川，托之诗歌，以摅其牢骚怫郁之气。"③ 这与他编《唐诗选》《唐汇林》，作《筼溪草堂集》及《鸣雁》等16种，撰《广舆记》，甚至纂修《重修象山县志》，都是相吻合的。这样，我们可以推定《唐汇林》作者应为陆应阳而非陆应旸。

《樵史》，四卷。现在各种材料都显示它的作者是陆应阳，而不是陆应旸。下文将有详论，在此不作赘述。

《筼溪草堂集》，目前尚未发现，但其自序中涉及的16种作品中的《洛草》，中国国家图书馆藏有善本，共三卷，题为"〔明〕陆应阳撰"。另外，《青浦县志》卷十九"人物三·文苑传"有陆应阳小传称："应阳作诗喜用'鸿雁'字，人呼'陆鸿雁'"④。"鸿雁"虽然与《鸣雁》之题名有一字之差，另据《据目抄》和《五茸志逸》载，陆应阳有狷介名，以"雁"来命诗集名也是其应有之义。据此，我们肯定了《洛草》三卷为陆应阳而不是陆应旸所著，也就肯定了《筼溪草堂集》及其序中涉及的其他15种作品也为陆应阳而不是陆应旸所著，因为上述作品为同一人所著。

---

① （明）邵景尧：《重修象山县志序》，（明）陆应阳等纂修：《重修象山县志》，《中国方志丛刊》华中地方·第474号，成文出版社有限公司1983年影印本，第14页。
② （清）陈其元等修，熊其英等纂：《青浦县志》，《中国方志丛书》华中地方·第16号，成文出版社有限公司1970年影印本，第1841页。
③ （清）陈其元等修，熊其英等纂：《青浦县志》，《中国方志丛书》华中地方·第16号，成文出版社有限公司1970年影印本，第2149页。
④ （清）陈其元等修，熊其英等纂：《青浦县志》，《中国方志丛书》华中地方·第16号，成文出版社有限公司1970年影印本，第1219页。

另外,《青浦县志》还有一处将陆应阳误说成陆应旸,即该县志卷二十八"艺文下·集文"引王原的《孔宅·御书楼记·恩亭碑颂并记》称:"明末诸生陆应旸赴阙里,摹遗像塑于庙中。"① 这里将"阳"误记成"旸",我们可以从另外两则材料得到印证,即该县志卷二十七之"艺文·书目·史部"载:"《孔宅志》,十卷,诸嗣郢著。王原修,章宝莲重修。原序云:'《志》,昉于陆伯生,续于陈无功,集成于乾一。'又作叶方蔼序。"② 卷二十八"艺文下·集诗"载有陆应阳《孔庙落成》诗。③ 所以,王文中涉及的"明末诸生",当为陆应阳,而不是陆应旸。

通过以上分析,我们发现《青浦县志》多处将陆应阳误记成陆应旸,特别是它在"艺文·书目·子部"对《樵史》的著录导致了一些混淆,以致王春瑜、栾星、陈国军等先生认为"阳"为"旸"之误,并认为《樵史通俗演义》的作者就是陆应旸。那么,陆应旸是不是《樵史通俗演义》的作者呢?我们将进一步来论证。

二 陆应旸确非《樵史通俗演义》的作者

在弄清这个问题之前,我们必须首先要弄清《樵史》是否存在、它是否为《青浦县志》著录的《樵史》、陆应阳是否为《樵史》的作者等问题。虽然《青浦县志》对《樵史》有著录并摘引其部分文字,《五茸志逸》等也涉及《樵史》。《中国文言小说书目》亦有著录,但并未对其存否作明确的说明。④ 而《增订晚明史籍考》则归入"未见诸书"⑤,《中国

---

① (清)陈其元等修,熊其英等纂:《青浦县志》,《中国方志丛书》华中地方·第16号,成文出版社有限公司1970年影印本,第1934页。
② (清)陈其元等修,熊其英等纂:《青浦县志》,《中国方志丛书》华中地方·第16号,成文出版社有限公司1970年影印本,第1811页。
③ (清)陈其元等修,熊其英等纂:《青浦县志》,《中国方志丛书》华中地方·第16号,成文出版社有限公司1970年影印本,第1895页。
④ 袁行霈、侯忠义主编:《中国文言小说书目》,北京大学出版社1981年版,第309页。
⑤ 谢国桢编著:《增订晚明史籍考》,上海古籍出版社1981年版,第476页。

文言小说总目提要》著录为"原书已佚""未见佚文"①，《中国古代小说总目提要》著录为"今未见传本"②。《中国古代小说百科全书》《中国古代小说总目》（文言卷）等均未著录。参与《樵史通俗演义》作者论证的几位学人，也都没有针对《樵史》的具体内容做过详论。那么，《樵史》这部作品是否存在呢？回答当然是肯定的，因为有上海图书馆藏清书三味楼刻本及《四库禁毁书丛刊》的影印本。但是，这部《樵史》是不是就是《青浦县志》著录的《樵史》呢？回答也是肯定的。我们首先看《青浦县志》在卷三十"杂记下·遗事"中从《云间志略》和《樵史》二书里摘引了一节有关陆树德的文字：

> 陆中丞树德幼从仲兄文定公学，食同器，寝同床，夜分亦同灯读。辛丑，文定成进士。公是年亦游庠，丙午登贤书。丁未，文定分校礼闱格，不入试，乙丑始第，盖困公车二十年矣。初为严州推官，后抚东时，周恤民隐，精核吏治，自奉俭约，不异寒生。尝曰："前此诸公悉厚存，问卿大夫及过客以博誉，吾则不敢。"及请告，海丰杨太宰巍典铨叹曰："吾省幸得一好巡抚，何故言去！"然竟无有借寇者乞归。后闭户谢客，足迹不入公府，与文定公白首坐对，相携游峰泖间。乡人比之二疏云。③（笔者按：着重号为笔者所加）

我们再看《樵史》卷三有一段关于陆树德的文字：

> 陆中丞公树德尝开府东藩，周恤民隐，精复吏治，自奉俭约，不异寒生。余间一造访，公曰："此前诸公悉厚，赠乡大夫及过客以博誉，吾则不敢。"岁余，偶有所触，请告。时海丰杨太宰典铨曰："吾

---

① 宁稼雨：《中国文言小说总目提要》，齐鲁书社1996年版，第269页。

② 朱一玄、宁稼雨、陈桂声编著：《中国古代小说总目提要》，人民文学出版社2005年版，第288页。

③ （清）陈其元等修，熊其英等纂：《青浦县志》，《中国方志丛书》华中地方·第16号，成文出版社有限公司1970年影印本，第2146页。

省幸得一好巡抚，何遽言去！"然竟无有惜之者。余笑谓公曰："杜当阳在镇日，数馈遗境外。或以为言，杜曰：'吾但恐见忌耳，非有求也。'周文襄开府三吴十有七载，亦于京贵人通问不绝，当时颇有病之者。文襄曰：'不尔，吾安能久留地方，为吴父老兴利革弊耶？'"以此见古今人情，不甚相违也。① （笔者按：着重号为笔者所加）

由于《青浦县志》摘引的是《云间志略》和《樵史》二书关于陆树德的文字，纂修县志者可能为表述方便，糅合了二书关于陆树德的文字，所以与《樵史》在内容上有出入也是正常的，但我们通过加点部分的文字，仍然可以看出该县志所摘引的部分文字来源于现在发现的这部《樵史》，虽然个别地方用字不同。另据《〈樵史通俗演义〉作者非陆应旸说》文，清人诸联《明斋小识·杂记》将《樵史》与何三畏的《云间志略》、范濂的《据目抄》等相提并论，而《云间志略》《据目抄》等皆记淞江一带掌故，郭浩帆据此推测《樵史》也应当"以耳目所及，记家乡琐事"。这种推测与《樵史》的内容是相吻合的，因为《樵史》多次提及"吾郡""吾乡""先君"等词汇。既然《樵史》已经存在，而且就是《青浦县志》里著录的《樵史》，那么，它的作者到底是不是陆应阳呢？回答是肯定的。我们认为《樵史》的作者为陆应阳，除每卷卷首都题有"云间陆应阳伯生辑"外，《樵史》卷二还有两则自称"阳"的文字，兹摘录如下：

　　江阴张学士衮，雅以文行，高海内。予先君子尝造其庐，归示阳曰："张公有家范，子弟皆彬彬读书，循礼绝不露富贵态。"阳心识之。顷过张公里门，而其子若孙，读书循礼犹故；短垣敝庐，犹故也。因叹先君子知人哉。比访刘司马家世，则大有可慨也。②

---

① （明）陆应阳辑：《樵史》卷3，《四库禁毁书丛刊》史部第71册，北京出版社2000年影印本，第24—25页。

② （明）陆应阳辑：《樵史》卷2，《四库禁毁书丛刊》史部第71册，北京出版社2000年影印本，第12页。

吾乡张水部烈魁乡榜后，家赤贫，曰："闭户啜粥，读书性善。"饮时乏杖头，贳酒则脱巾为券，绝不通郡县一刺也。余先君尝造访，归示阳曰："此人可法哉。"比以水部分司南旺，见署中有梨枣若干株，立命削去，曰："无伤吾介。"似稍过矣。①（笔者按：以上两段文字中的着重号为笔者所加）

这种自称"阳"应该是陆应阳的一种习惯，这与他在《重修象山县志》自序里的自称相吻合。除此之外，陈国军在《五茸志逸》里发现的陆应阳小传亦称："陆应阳，字佰生，号古塘，即三浦公子也……所著有《游燕集》《广舆记》《樵史》。"② 这与湖南图书馆所藏《广舆记》和上海图书馆所藏《樵史》的题署都是相吻合的。所以，通过陆应阳作品的题署、作品的自序以及作品中的自称等材料，我们完全有理由相信，《樵史》的作者是陆应阳，而不是陆应旸。

我们知道，现在已发现了《樵史》的存在，解决了"旸"为"阳"之误的问题，从而确定了《樵史》的作者为陆应阳。那么，陆应阳是否有可能创作《樵史通俗演义》呢？回答是否定的。首先，《樵史》与《樵史通俗演义》在内容与体例上是完全不同的两部作品。前者为文言小说集，共4卷，每卷有50余则短篇构成，主要记述了明初至万历时期江浙一带的名人轶事、闾里趣闻等；后者为章回体时事小说，8卷40回，主要反映了天启至弘光三朝25年（1621—1645）的朝事。这两部作品的创作时间跨度大，创作风格又各异，且都有作者经历融入其中。从创作情理上说，这两部作品为同一人创作，实在难以自圆其说。更为重要的是，陈大康和郭浩帆等人通过大量可靠的材料，已经推定出陆应旸（应为陆应阳）在年龄上不可能具备创作《樵史通俗演义》的条件。这样，《樵史通俗演义》作

---

① （明）陆应阳辑：《樵史》卷2，《四库禁毁书丛刊》史部第71册，北京出版社2000年影印本，第16页。

② 这里的"佰生"应为"伯生"。目前所发现的材料均称陆应阳的字为"伯生"。《五茸志逸》为误记。

者的论证，诚如陈大康在《〈樵史演义〉作者考证杂谈》中所说"问题转了个圈后回到了起点"了，也就是《樵史通俗演义》作者问题又回到孙楷第、孟森等人主"无名氏"说的起点。笔者认为在目前没有确切材料论证的情况下，《樵史通俗演义》作者还是以"江左樵子"为妥。众所周知，诸多明清小说的作者现在都无法考证清楚，如《金瓶梅》的作者，据说现已考证出约50人，"然而均未能得到确认"[①]，即使有些小说的作者现在似乎已考证出来，但仍然存在很大的争议，如四大名著的作者，仍是学术界也许永远无法定案的聚讼。面对诸多小说作者不清的现实，又没有新发现且可靠可信材料的现状，我们的习惯做法，笔者也认为最为妥当的做法，那就是保持原始版本的作者提法，如《金瓶梅》的作者为兰陵笑笑生，就是一种较为妥当的提法，比那些根据缺乏佐证材料得出具体作者的做法更为人所接受。同样，《樵史通俗演义》的作者为"江左樵子"，也是最为妥当的提法。它的祖本，即清初写刻本，题为"江左樵子编辑，钱江拗生批点"，根据孟森的考证，江左樵子与钱江拗生当为一人。所以，这里称《樵史通俗演义》作者为江左樵子于习惯于考证都是有一定依据的。另外，用别称或自称来称谓他人，在古代是屡见不鲜的现象，如陶潜自称五柳先生、人称李白为谪仙等等。他们都是有姓名可寻的，对于那些无姓名可考的，我们不妨也使用这种别称代替不可考的姓名，这既符合古人用别称来称谓的习惯，又避免了作者无法考证清楚而带来的诸多尴尬。《樵史通俗演义》的诸多排印本与影印本，在作者提法上就是采用了"江左樵子"，如1937年北京大学排印本、1988年中国书店影印本、1994年上海古籍出版社影印本等。这是对祖本的尊重，也是我们通用的做法，所以也更为人们所接受。

---

① 陈大康：《明代小说史》，上海文艺出版社2000年版，第477页。

吕熊为明遗民考

据乾隆《昆山新阳合志》、道光《昆新两县志》、光绪《昆新两县续修合志》《昆山县志》等县志及相关资料中的吕熊生平材料,以及《女仙外史》所表现的遗民意识,笔者认为吕熊完全符合明遗民的基本条件,其当为明遗民无疑。

一 吕熊符合明遗民的三个基本条件

1. 吕熊生于明亡之前,卒于清朝。吕熊的生卒年学界颇有争议。杨锺贤称:"吕熊当生于明崇祯十五(1642)年,卒于清雍正元年(1723)。"① 据章培恒考证,吕熊生年当在崇祯六年(1633)至八年(1635)年间,卒年当在康熙五十三年(1714)至五十五年(1716)间。② 徐扶明称:"(吕熊)大约生于明崇祯十四年(1641)……大约卒于清雍正元年(1723)。"③ 杨梅称:"吕熊生于崇祯十五年(1642),卒于雍正元年(1723),虚八十二岁。"④ 上述诸家考证,笔者较为认同徐、杨二家。他们均采用清人李果诗注及吕熊《女仙外史》自叙进行推定。其中,李果《咏归亭诗钞》卷八《感旧诗十三首·吕处士逸田熊》注曰:"名熊,昆山人,与吴

---

① 杨锺贤:《〈女仙外史〉作者的名字及其他——与胡小伟同志商榷兼答周尚意同志》,《天津师大学报》1988 年第 5 期。
② 章培恒:《女仙外史·前言》,上海古籍出版社 1991 年版。
③ 徐扶明:《吕熊与〈女仙外史〉》,《中国文学研究》1992 年第 2 期。
④ 杨梅:《吕熊与〈女仙外史〉》,硕士学位论文,南京师范大学,2006 年。

乔修龄友善，颇悉明末事。于忠襄公①尝称其经济才，久客督抚大吏幕，于吴门梅隐庵购得一椽以居，子孙皆物故。君年八十二卒，即葬于庵旁。著有诗文稿及《女仙外史》。"② 总之，吕熊的生卒年符合明遗民在时间上的条件。

2. 吕熊在入清后未曾入仕与应试。吕熊在入清后，曾做过清朝直隶巡抚于成龙的幕客，还与江西南安郡守陈奕禧、广州府太守叶夒、江西学使杨颙、江西廉使刘廷玑等清廷官员多有交往，但其终生一布衣。据乾隆十六年（1751）《昆山新阳合志》载：

> 吕熊，字文兆。父天裕。熊生而俊爽，长七尺、戟髯、铁面、目光炯炯。天裕以国变故，命熊业医，毋就试。顾熊性独嗜诗歌、古文及书法，博习不厌。于公成龙巡抚直隶，聘入幕，一切条议皆出其手，同事者忌之，遂拂衣去。越数年，成龙复旧任，再延入幕。凡所赞画，动中机宜。及奉命治河，将题授熊通判，俾自效。熊固辞之。已适越，渡浙江，上子陵钓台，访括苍洞、天石门瀑布诸胜。至江右，会按察刘某、佥事韩某，皆旧交，相与流连诗酒，东湖中有亭台，徐孺子、苏云卿遗迹也，僦舍居焉。韩、刘罢，乃去。客南安陈奕禧所。奕禧卒，复度岭探胜，概为广州修郡志。事峻，归东湖。寻以旧著《外史》触当时忌，乃归吴门。年八十余卒。所著有《诗经六

---

① 于忠襄公：即于成龙（1638—1700），字振甲，号如山，卒谥忠勤。汉军镶黄旗人。康熙七年（1668），授直隶永平府乐亭县知县。康熙十八年（1679），迁通州知州。时于北溟（笔者按：康熙时还有一于成龙，字北溟，号小山，谥清端。笔者为区别起见，将此于成龙称之为于北溟）为直隶巡抚。康熙二十年（1681），于北溟迁两江总督，于成龙赴任江宁府，"裁漕规，禁馈送"（《于襄勤公年谱》卷上），得帝赏识，超擢安徽按察使。康熙二十五年（1686），授直隶巡抚。康熙三十一年（1692），授河道总督。其后出现夺官、复官、丁忧，又复官。康熙三十九年（1700），卒，赐葬。参见道光十八年（1838）于卿保校刊，宋荦、李树德编撰的《于襄勤公年谱》，王子科、王士禛撰写的《墓志铭》，以及《清史稿》卷279《于成龙传》。另，笔者未在于成龙年谱与墓志铭中发现关于吕熊的记载。

② （清）李果：《咏归亭诗钞》卷8《感旧诗十三首·吕处士逸田熊》注，《清代诗文集汇编》第244册，上海古籍出版社2010年影印本，第385页。

义解》《明史断》《续广舆记》《前后诗集》《本草析治》。①

再据道光六年（1826）《昆新两县志》卷二十七《人物·文苑二·吕熊传》载：

> 吕熊，字文兆。伟躯干、戟髯、铁面、目光炯炯。父天裕遭国变，命熊业医，毋就试。熊少嗜诗、古文。于成龙巡抚直隶，聘入幕，一切条议皆出其手，同事忌之，拂衣去。越数年，成龙再延入幕。及为河帅，将荐授通判，俾自效，熊固辞之。已适越，上子陵钓台，访括苍洞、天石门瀑布诸胜。至江右，以当事多旧交，僦舍东湖。东湖，故徐孺子、苏云卿遗迹也。流连诗酒，久之去。客南安守陈奕禧所。复度岭为广州修郡志，事峻，返东湖，寻归里，卒年八十余。②

光绪六年（1880）《昆新两县续修合志》卷三十一《人物·文苑二·吕熊传》③与道光本《昆新两县志》中的《吕熊传》同。另，据《昆山县志》第二十七篇《人物·吕熊传》载：

> 吕熊（？—1680年前后），清初文学家。字文兆，号逸叟。昆山人。他自少嗜好诗、古文，所作文章经济，精奥卓拔，性情孤冷，举止怪僻。清康熙二十二年（1683），为直隶巡抚于成龙幕客，一切条议都出自其手，遭同事忌，拂衣而去。康熙三十七年（1698），再入于成龙幕，为其处理水利事宜。康熙四十八年（1709）他在南安（今

---

① （清）邹召南、张予介修，（清）王峻纂：《昆山新阳合志》卷25《人物·文苑二·吕熊传》，乾隆十六年（1751）刻本。

② （清）张鸿、来汝缘修，（清）王学浩等纂：《昆新两县志》，《中国地方志集成》之《江苏府县志辑15》，江苏古籍出版社1991年影印本，第413—414页。

③ （清）金吴澜等修，（清）汪堃等纂：《昆新两县续修合志》，成文出版社有限公司1970年影印本，第533页。

江西大余）知府署中做客，复为广州修郡志，事竣返江西。康熙六十一年（1722），他还故里，80余岁卒。熊平生学问，皆寄托于《女仙外史》一书，全书凡100回，述明代唐赛儿事。所著还有《诗经六义辨》《明史断》《续广舆记》《前后诗集》《本草析治》。①

综合上述四县志中的《吕熊传》，我们可以确认这样两点：一是吕熊遵循了入清后"毋就试"的父训，却未完全遵循"业医"的父训，虽著有《本草析治》，但其主要成就还是表现在文学方面；二是吕熊虽两次入幕于成龙，还"客南安守陈奕禧所"并"为广州修郡志"，但他终生未入仕清廷，唯一一次"荐授通判"，还"固辞之"。所以，吕熊在坚持民族气节方面，亦符合明遗民的条件。

3. 吕熊是清初一位全才式人物。根据上述县志记载，吕熊著有《诗经六义解》《明史断》《续广舆记》《前后诗集》《本草析治》《女仙外史》。其中《诗经六义解》体现了经学成就，《明史断》体现了史学成就，《续广舆记》体现了地理学成就，《前后诗集》《女仙外史》体现了文学成就，《本草析治》体现了医学成就。但遗憾的是，其所著"《诗经六义解》《明史断》《续广舆记》《前后诗集》《本草析治》等，皆不传。除《女仙外史》外，仅乾隆《南安府志》存其五律一首"②。

从以上论述，我们可以看出吕熊完全符合明遗民的三个基本条件。同时，其代表作《女仙外史》又蕴含浓郁的遗民意识，这亦是吕熊作为明遗民的另一重要佐证。

二 《女仙外史》的遗民意识

1. 对"篡国者"及其追随者的痛恨。《女仙外史》对"篡国者"燕王

---

① 江苏省昆山县志编纂委员会编：《昆山县志》，上海人民出版社1990年版，第875页。
② 李时人等：《中国古代禁毁小说漫话》，汉语大词典出版社1999年版，第36页。

朱棣的痛恨主要表现在：

（1）小说以建文年号取代永乐年号。我们知道，有些史书，如《奉天靖难记》曾将建文元年至四年（1399—1402）代之以洪武三十二年至三十五年。而《女仙外史》则反其道而行之，以建文五年至二十六年取代永乐元年至二十二年（1403—1424）。这虽有矫枉过正之嫌，但却表达了作者对"篡国者"的不认可。

（2）朱棣残酷迫害逊国诸臣。方孝孺被害后，被夷十族，计873人；暴昭遭剜喉、断手足而死。"一巨公名敬，剐死赤族；一董公名镛，腰斩，女发教坊，屠及姻党二百三十余人；一谢公名稍，死于拷掠，妻韩夫人与四女皆发教坊，一幼子名小咬住，下锦衣卫狱；一甘公名霖，一丁公名志，均弃市"①（第二十一回）。种种情况，不一而足。"篡国者"的暴戾，跃然纸上。

（3）小说多次称"篡国者"为"燕贼"。据笔者统计，小说中称"燕贼"的回数多达23回，包括第十五、十六、十七、十九、二十、二十一、二十二、二十四、三十三、三十五、三十八、四十、四十五、五十二、五十三、五十四、五十五、六十五、六十九、七十七、八十、八十二、九十八回，计38处。而这种蔑称在《承运传》《续英烈传》等靖难题材小说中几乎没有出现，可见作者痛恨之至。对"篡国者"的罪责进行全面清算的是在小说第九十三回，唐赛儿在讨逆檄文中开列了燕王十二大罪，包括定性靖难为"造反""擅僭帝位"、擅削建文庙号、"遣逆臣四处搜求行在""族灭忠臣数百家""发忠臣妻女于教坊司"，等等。②陈奕禧对此评点曰："其数燕藩十二大罪，较之汉高数项羽十大罪，尤为真确允当。"③（第九十三回回末评）

小说除表达对"篡国者"的痛恨外，还对其追随者表达痛恨。如小说

---

① （清）吕熊：《女仙外史》，《古本小说集成》，据复旦大学图书馆所藏钓璜轩本影印，上海古籍出版社1992年版（下同），第496—497页。
② （清）吕熊：《女仙外史》，《古本小说集成》本，第2155—2156页。
③ （清）吕熊：《女仙外史》，《古本小说集成》本，第2170页。

第四十四回与第七十八回分别描写了十万倭寇与众多狼兵、獞兵、猺兵遭勤王之师的灭顶之灾，这明显表现了作者对助燕之师的痛恨，诚如逸民评点曰："噫，不知明季狼兵毒害我生灵，倭酋扰乱我边陲，遭其劫杀者不可数计。作者盖痛恶其以夷猾夏，故以一剑而鏚倭奴十万，一火而灭三种蛮酋，恭行天讨，焉得减算？"①（第七十八回回末评）

小说还着重描写了燕王军师姚广孝不得善终的过程。姚广孝南下寻师，到长洲（今江苏苏州）时先遭寡居亲姊的詈骂，后又遭一位樵子利斧的砍杀和一位农人铁锄的击打，但都幸免于难。到杭州时，又遭一位不明真相的小官的暴打，"那白的是肉，紫的是伤，黄的是粪，红的是血，黑的是泥，竟在少师臀上开了个五色的染坊"②（第八十八回）。最后，姚广孝的生命结束于嘉兴府崇德县的女儿亭。上述情节除亲姊詈骂于史有据③外，其余均为虚构。由此可见，吕熊对那些追随"篡国者"的人是何等痛恨。

2. 对故明王朝的深深眷恋。《女仙外史》作者是通过两个方面来表达自己对故明眷恋的。

（1）小说选取了建文帝出亡之说。我们知道，建文逊国后的去向问题一直是个历史之谜，主要有两说：一是焚死说。主此说的主要有《明实录》《明史》等。其中，《明史·恭闵帝本纪》载："宫中火起，帝不知所终。燕王遣中使出帝后尸于火中，越八日壬申葬之。"④ 二是出亡说。主此说主要有史仲彬《致身录》、钱士升《从亡随笔》、赵士喆《建文年谱》等。明人撰史时持此二说，主要是因撰史者对燕王与建文的认可与否，而清人在涉及这一问题时，则明显具时代之烙印，正如孟森指出《明史》主建文焚死说的那样："当火起至火中出帝尸，乃一瞬间事，既出帝与后之尸矣，明明已知其所终，何以又云不知所终，且反先言不知所终，而后言

---

① （清）吕熊：《女仙外史》，《古本小说集成》本，第 1840 页。
② （清）吕熊：《女仙外史》，《古本小说集成》本，第 2064—2065 页。
③ （清）张廷玉等：《明史》，中华书局 1974 年版，第 4081 页。
④ （清）张廷玉等：《明史》，中华书局 1974 年版，第 66 页。

出尸于火乎？是明明谓帝已不知所终，而燕王必指火中有帝尸在也。其所以作此狡狯者，主者之意，必欲言帝王无野窜幸存之理，为绝天下系望崇祯太子之计。即太子复出，亦执定其为伪托，以处光棍之法处之也。此秉笔者之不得已也。"① 撰《明史》者尚且如此，那么，我们完全有理由相信，吕熊在创作《女仙外史》时选取建文出亡之说，从另外一个侧面表达了他希冀明廷之脉能够延续的遗民情结。

（2）吕熊还在小说中追谥殉难、殉节者。我们知道，"凡逊国殉难诸臣，终明之世，未尝追谥"② （第二十一回末杨颙评）。吕熊之所以如此，除补史之缺外，更为重要的是表达对那些殉难、殉节诸臣的忠义气概的崇尚。小说第四十六回赠谥殉难诸臣计51位，包括景清、铁铉、方孝孺等；殉节诸臣计29位，包括王叔英、张安国、曾凤韶等；阵亡死难诸武臣计17位，包括瞿能、张皂旗、宋忠等。第一百回还追封了忠臣之母、妻、女节烈者计40位，包括铁铉、方孝孺、黄观等之妻、女、母者，依据不同的节烈情况，分别封以义烈、孝烈、安烈、哀烈、清烈、宜烈、超烈、超节等8种称号。

3. 天命思想中蕴含着作者对历史与现实的无奈。小说除表达作者对"篡国者"的痛恨与对逊国者的同情外，还宣扬了天命思想。这种天命思想主要表现为，将唐赛儿起义勤王演化成了结天庭中的一段夙怨。在天廷中，天狼星曾向嫦娥求婚，但遭嫦娥严词拒绝，他们也因此而结下了一段怨恨。在他们分别下凡投胎为唐赛儿与燕王后，这种天庭的怨恨也就带到了人间。燕王靖难之时，即是唐赛儿起义之时，诚如第十五回开篇所云："话说天狼凶宿，即燕王也，嫦娥在天上与他结了大仇，转生到下界，两家便为敌国。这里面就包着两次劫数，自始至终，一主一宾，是这部书的大纲目。前回月君回至山左，燕王靖难师已下江南，就该接着起义勤王。"③ 而后来的主要故事情节基本上都是在"大纲目"下展开的。朱棣驾

---

① 孟森：《明史讲义》，《蓬莱阁丛书》，上海古籍出版社2002年版，第111页。
② （清）吕熊：《女仙外史》，《古本小说集成》本，第518页。
③ （清）吕熊：《女仙外史》，《古本小说集成》本，第341页。

崩之时，亦即唐赛儿勤王结束之际，小说亦即到了尾声。

小说在建文流亡与唐赛儿起义勤王等诸多情节上均有虚构，但有一点作者是不能也不敢更改的，那就是建文逊位于燕王，正如明朝让位于清朝一样。换言之，吕熊在创作时，面对无法改变的历史与现实，只能无奈地接受，虽然在接受过程中，仍然表达着自己的愤懑与同情、贬斥与褒扬等复杂情感。小说最后虽让明英宗以"儿孙礼拜见"建文帝，并称之为"太上老佛"（第一百回），但这只不过为建文帝的结局划上一个美丽的尾巴而已，也只不过是作者对明廷寄寓良好的愿望而已。

吕熊之所以在《女仙外史》中作历史翻案之举，诚如刘廷玑于《在园品题二十则》采其语称："常读《明史》，至逊国靖难之际，不禁泫然流涕。故夫忠臣义士与孝子烈媛，湮灭无闻者，思所以表彰之；其奸邪叛逆者，思所以黜罚之，以自释其胸怀之哽噎。"[①] 杜贵晨亦指出："《女仙外史》寄寓了清初多数汉族知识分子都有的家国之痛，借唐赛儿勤王义举略得抒发，自然受到当时读者的欢迎。"[②] 另外，清同治年间，江苏巡抚丁日昌查禁淫词小说时，《女仙外史》被列入禁书。这从另一方面说明《女仙外史》确"触当时忌"（乾隆《昆山新阳合志·吕熊传》）。

综上所述，《女仙外史》的作者吕熊，无论是从生活时代、民族气节、文化背景等方面，还是从《女仙外史》所表现的遗民意识方面来看，都完全具有明遗民在身份与思想上的特点，而众多明遗民录未将其收入，不能不说是一个遗憾。

---

① （清）刘廷玑：《在园品题二十则》之第 20 则，（清）吕熊：《女仙外史》卷首，《古本小说集成》本，第 26—27 页。

② 杜贵晨：《〈女仙外史〉的显与晦》，《文学遗产》1995 年第 2 期。

明遗民王猷定生卒年考辨

王猷定，江西南昌人。其诗文在清初颇有影响，王玠称之为"江右老名宿"，"名闻东南"①，"为文规抚欧、曾而时出新意"②，在公安、竟陵流弊后，"能独开风气"③；为诗"不泥于古而神似少陵"④。卓尔堪《明遗民诗》卷一（31首）、沈德潜《清诗别裁集》卷七（1首）、陈田《明诗纪事》辛签卷二十四（10首）、徐世昌《晚晴簃诗汇》卷十八（8首）、张潮《虞初新志》（4篇）等收有其诗文。周亮工辑有《四照堂文集》五卷、《诗集》二卷，王汉卓（笔者按：王猷定子）辑有《四照堂文集》十二卷、《诗集》四卷。⑤然而，王猷定生卒年在学界一直颇有争议。其中生年主要有三说：

一是万历二十六年（1598）说。张惟骧《疑年录汇编》卷八据《疑年录》五续卷一原编原注称："《四照堂集·祭万年少文》'余多君五岁'，以年少生万历癸卯（笔者按：三十一年，1603），推知之。"⑥江庆柏《清

---

① （清）王玠：《四照堂集序》，（清）王猷定：《四照堂集》卷首，《四库未收书辑刊》伍辑贰拾柒册，北京出版社1997年版（下同），第136页。

② （清）饶宇朴：《四照堂集序》，（清）王猷定：《四照堂集》卷首，《四库未收书辑刊》伍辑贰拾柒册，第140页。

③ （清）李元度：《国朝先正事略》卷37《王于一先生事略》，文海出版社1967年版，第1078页。

④ （清）王玠：《四照堂集序》，（清）王猷定《四照堂集》卷首，《四库未收书辑刊》伍辑贰拾柒册，北京出版社1997年版，第137页。

⑤ 邓之诚：《清诗纪事初编》，中华书局1965年版，第221页。

⑥ 张惟骧辑：《疑年录汇编》，民国十四年（1925）小双寂庵铅印本。

代人物生卒年表》又据张惟骧《疑年录汇编》卷八称王猷定生于是年。①朱彭寿《清代人物大事纪年》②、袁行云《清人诗集叙录》③均载王猷定卒于康熙元年（1662），卒年六十五岁。按古人以虚岁计算年龄，上述两文献应也认为王氏生于万历二十六年（1598）。另外，宁稼雨等《中国古代小说总目提要》④、石昌渝《中国古代小说总目》⑤、赵伯陶《中国文学编年史》（明末清初卷）⑥等亦称王氏生于是年。

二是万历二十七年（1599）说。张慧剑《明清江苏文人年表》据《清代二十四家文钞》（即《国朝二十四家文钞》）卷一，即《轸石文钞》，称王猷定生于是年。⑦谢苍霖《王猷定其人其文》亦称其生于是年。⑧

三是万历二十九年（1601）说。沈起在《查东山先生年谱》中称王猷定卒于顺治十八年（1661），年六十一岁。⑨按虚岁推算，王猷定当生于是年。

卒年主要有两说：

一是顺治十八年（1661）说。韩程愈《王君猷定传》称王猷定"岁辛丑（笔者按：顺治十八年，1661）……卒于杭"⑩。张慧剑《明清江苏文人年表》据孙枝蔚《溉堂前集》卷五《哭王于一》诗列于辛丑（顺治十八年，1661），称王氏卒于是年。⑪吴可文依据五则史料，包括孙枝蔚的《溉堂前集》卷五《哭王于一》五律二首、孙学稼的稿本《鸥波杂草》辛

---

① 江庆柏：《清代人物生卒年表》，人民文学出版社2005年版，第67页。
② 朱彭寿：《清代人物大事纪年》，北京图书馆出版社2005年版，202页。
③ 袁行云：《清人诗集叙录》，文化艺术出版社1994年版，第23页。
④ 朱一玄、宁稼雨、陈桂声：《中国古代小说总目提要》，人民文学出版社2005年版，第347页。
⑤ 石昌渝等：《中国古代小说总目》（文言卷），山西教育出版社2002年版，459页。
⑥ 赵伯陶：《中国文学编年史》（明末清初卷），湖南人民出版社2006年版，第229页。
⑦ 张慧剑：《明清江苏文人年表》，上海古籍出版社2008年版，第377页。
⑧ 谢苍霖：《王猷定其人其文》，《江西社会科学》1989年第2期，第94—97页。
⑨ （清）沈起撰，（清）张涛、查毂注：《查东山先生年谱》，《续修四库全书》第553册，上海古籍出版社1995—2002年版。
⑩ （清）韩程愈：《王君猷定传》，（清）钱仪吉：《碑传集》卷137《文学上》之中，文海出版社1973年影印本，第6456页。
⑪ 张慧剑：《明清江苏文人年表》，上海古籍出版社2008年版，第705页。

丑年部分《哭王于一》五律三首、韩程愈的《王君猷定传》、周亮工的《王于一遗稿序》、宋琬的《陆际明先生墓志铭》，考证出王猷定最大可能卒于顺治十八年（1661）十一月。①另外，沈起《查东山先生年谱》、赵伯陶《中国文学编年史》（明末清初卷）等亦称王氏卒于是年。

二是康熙元年（1662）说。陆莘行（笔者按：陆圻之女）在《老父云游始末》（亦称《陆丽京雪罪云游记》）中称王猷定卒于"康熙元年壬寅春二月"。张惟骧《疑年录汇编》卷八据《疑年录》五续卷一原编原注称："韩程愈撰《传》（笔者按：即韩程愈《王君猷定传》）云：'岁辛丑，薄游武林，亡何遘疾不起。'今据陆莘行《老父云游始末》。"江庆柏《清代人物生卒年表》又据张惟骧《疑年录汇编》卷八称王猷定卒于是年。②邓之诚《清诗纪事初编》卷二称王猷定"明亡，以遗老终于康熙壬寅"③。另外，朱彭寿《清代人物大事纪年》、袁行云《清人诗集叙录》、宁稼雨等《中国古代小说总目提要》、石昌渝《中国古代小说总目》等均称王猷定卒于是年。

在王猷定生年三说中，学界更多的是倾向于万历二十六年（1598）说，且重要依据是王猷定《祭万年少文》。万年少（1603—1652），名寿祺，字介若，一字字若，一字内景，一字年少，原籍江西南昌。生于万历三十一年癸卯（1603），卒于顺治九年壬辰（1652）。罗振玉先生辑有《万年少先生年谱》。④据王氏祭文"余多君五岁"推测，王猷定当生于万历二十六年（1598），但现缺乏相关材料佐证之。更为重要的是，笔者在王猷定《四照堂文集》中发现一篇寿文和一篇祭文，即该文集卷之三《孙廷评新斋先生六十寿序（代）》及卷之五《祭梁君仲木文》，可以推定王猷定当生于万历二十七年（1599），而不是万历二十六年（1598）。现将此二文分别节录如下：

---

① 吴可文：《王猷定生卒年月补证——兼与杨剑兵先生商榷》，《扬州大学学报》2017年第2期。
② 江庆柏：《清代人物生卒年表》，人民文学出版社2005年版，第67页。
③ 邓之诚：《清诗纪事初编》，中华书局1965年版，第221页。
④ 罗振玉辑：《万年少先生年谱》，《北京图书馆藏珍本年谱丛刊》第67册，书目文献出版社1999年影印本。

今丙申上元之前一日，廷评春秋且登六十，齿进而神明不衰。五湖浩淼之乡，昔贤之所凭而游也。……余少廷评两岁，俯仰数十年，人事合散，忆曩者携手而看湖光如昨日事，而不意廷评已六十，则余亦老矣。①

戊戌秋七月廿六日，南昌王猷定闻清苑隐君梁仲木之丧，往哭之宝应。越明年二月朔日，乃具酒脯，为文以祭而告于其灵曰：呜乎！吾年六十而君死，君死前一年李子小有死，刘子西佩死，吾弟子展死。②

文一中的"丙申"是指顺治十三年（1656），"上元"是指正月十五，"上元之前一日"即指正月十四。这样，顺治十三年（1656）正月十四为孙廷评六十岁生日。又据文中"余少廷评两岁"，我们可以知道该年王猷定为五十八岁。再按古人虚岁推算，王猷定应生于1599年，即万历二十七年。文二中的"戊戌"是指顺治十五年（1658），此年王猷定友清苑隐君梁仲木卒。据后面的祭文"吾年六十而君死"，我们可以知道，顺治十五年（1658），王猷定六十岁。这样，我们就可以推算出王猷定的生年也是万历二十七年（1599）。上述二文的创作时间分别为顺治十三年（1656）和顺治十六年（1659）。这种不同时间创作的作品使我们在时间推导上得出一致的结果，绝不是一种巧合，而是基于作者对自己年龄的可靠记忆。吴可文在此基础上，依据杜濬《变雅堂遗集·诗六》中的《前民（笔者按：蒋易字）生日得四首》及方苞《望溪先生文集》卷十三中的《杜茶村先生墓碣》，进一步考证出王猷定的出生月份，当为"万历二十七年己亥（1599）二月上旬"③。张慧剑的万历二十七年（1599）说，亦是据

---

① （清）王猷定：《四照堂文集》卷之3《孙廷评新斋先生六十寿序（代）》，《四库未收书辑刊》伍辑贰拾柒册，第206页。
② （清）王猷定：《四照堂文集》卷之5《祭梁君仲木文》，《四库未收书辑刊》伍辑贰拾柒册，第282页。
③ 吴可文：《王猷定生卒年月补证——兼与杨剑兵先生商榷》，《扬州大学学报》2017年第2期。

《轸石文钞》之《祭梁君仲木文》等文得出的结论。那么，据《祭万年少文》得出王猷定生年为万历二十六年（1599），或学界对万年少的生年考证有误，或王猷定对自己的年龄记忆有误。另外，沈起的万历二十九年（1601）说，是据王猷定卒年与卒龄推算出来的，也即我们只有弄清王猷定的卒年，才能证明此说正确与否。

接下来，我们再看王猷定的卒年。笔者基本赞同吴可文等诸家的观点，即认定王猷定卒于顺治十八年（1661）。首先，我们来看王猷定给毛先舒母亲许氏所作的传记：

> 甲申国变，孺人怆然劝继斋先生（笔者按：毛先舒父）弛业，命先舒曰："与汝偕隐。"越明年，遂殁。……自孺人殁十七年，余始得交先舒，登其堂，肃雍如也。日与侪伍，尝颊乎其容。呜呼！岂非母教使然欤？余故乐得而传之。孺人姓许，仁和人。其世次葬表年月详《墓志》，不具载。①

文中的"甲申国变"显然是指崇祯十七年（1644）李自成陷北京、崇祯帝煤山自缢事。"越明年"，即弘光元年（顺治二年，1645），毛母卒。"自孺人殁十七年，余始得交先舒"中的"十七年"当从顺治二年（1645）算起，至顺治十八年（1661）刚好 17 年。而顺治十八年（1661）王、毛相交，我们可以从毛先舒写给王猷定的书信得到印证。《潠书》卷六收录两篇书信，即《与王轸石书》《闰七月十五日与王轸石书》。② 前者因未明确时间，我们不得而知。而后者的"闰七月十五日"，我们通过万年历查询可知，毛先舒的生活年代（1620—1688），仅有顺治十八年（1661）、康熙十一年（1672）有闰七月。吴文认为永历七年（顺治十年，

---

① （清）王猷定：《四照堂文集》卷之 4《毛母许孺人传》，《四库未收书辑刊》伍辑贰拾柒册，第 251—252 页。
② （清）毛先舒：《潠书》卷 6，《四库全书存目丛书》集部第 210 册，齐鲁书社 1997 年影印本，第 723—724 页。

1653）亦有闰七月，误，此年闰六月。而康熙十一年（1672）王猷定已去世。这样，王、毛相交至少在顺治十八年（1661）闰七月十五日之前。

综合王、毛相交的时间以及王生前好友的记载，如孙枝蔚《溉堂前集》卷五《哭王于一》五律二首、韩程愈《王君猷定传》等，可以判定王猷定当卒于顺治十八年（1661）冬月。

另外，陆莘行《老父云游始末》、邓之诚《清诗纪事初编》等认定的王猷定卒年问题，我们该如何解决？

陆莘行《老父云游始末》较为详细地记载了其父办理王猷定丧事的过程。此文开篇云：

> 康熙元年壬寅春二月，父友王于一者，自闽到浙，寓昭庆寺，忽疾作，父亟为调治，昼夜不息，王竟不起。父为敛资棺殓，并出床头十金，令其仆扶柩归里，偕同人送至江浒。①

邓之诚在《清诗纪事初编》卷二里还对王猷定卒年进行了辨析：

> 王猷定，字于一，号轸石，江西南昌贡生。太仆卿止敬之子。明亡，以遗老终于康熙壬寅。《潜丘劄记》有《壬寅至邘上哭亡友王于一兼营归榇》诗云："我友昨客死，杭人多哭声。"又陆莘行《老父云游始末》……（见上）是猷定以壬寅客死于杭。《今世说》所载亦同。《溉堂前集·哭王于一》五言二律，列于辛丑，似误。②

我们认为，陆莘行毕竟是陆圻之女，而非陆圻本人，所掌握的材料亦非第一手资料，讹错亦在所难免。而邓之诚依据的材料，亦多有不实之处。吴文做了较为详细的论证。

---

① （清）陆莘行：《老父云游始末》，《清朝野史大观》卷3《清朝史料》，上海书店1981年影印本，第21页。
② 邓之诚：《清诗纪事初编》，中华书局1965年版，第221页。

总之，经过上述论证，我们可以确认王猷定当生于万历二十七年（1599），卒于顺治十八年（1661），年六十三岁。卒龄为六十五、六十一者均误。在解决王猷定生卒年问题后，我们再来对其生平做简要梳理。王猷定（1599—1661），字于一，号轸石，江西人。生于官宦之家，祖王希烈中嘉靖八年己丑（1529）进士，历任庶吉士、礼部侍郎，父王时熙中万历二十九年辛丑（1601）进士，历任昆山令、侍御史、兵备道副使、太仆寺少卿。王猷定自幼聪慧，颇得其父宠爱，能一目十行，无书不读，但不曾中甲乙科，终生为一拔贡。王猷定一生坎坷，父殁后穷困潦倒。早年因好驰骋、声伎、狗马、陆博、神仙、迂怪之事，家产为之倾。甲申（1644）后，王猷定奔史可法，为之作檄文，名动一时。姻亲袁继咸荐于弘光朝，不赴。及两京陷没，人士沮丧，王猷定遂绝意仕进，客扬州十余载，日以诗文相娱乐。顺治末年游会稽、客杭州，并于顺治十八年（1661）卒于杭州昭庆寺。卒时无钱入殓，幸赖友人陆圻等醵金殓之，并赠金让家人扶柩归里。

明遗民王猷定年谱简编

万历二十七年乙亥（1599） 一岁
先生生于是年。

今丙申（笔者按：顺治十三年，1656）上元之前一日，廷评春秋且登六十，齿进而神明不衰。五湖浩淼之乡，昔贤之所凭而游也。……余少廷评两岁，俯仰数十年，人事合散，忆囊者携手而看湖光如昨日事，而不意廷评已六十，则余亦老矣。（《四照堂文集·孙廷评新斋先生六十代序》）

戊戌（笔者按：顺治十五年，1658）秋七月廿六日，南昌王猷定闻清苑隐君梁仲木之丧，往哭之宝应。越明年二月朔日，乃具酒脯，为文以祭而告于其灵曰：呜乎！吾年六十而君死，君死前一年，李子小有死，刘子西佩死，吾弟子展死。……（《四照堂文集·祭梁君仲木文》）

笔者按：本年谱之《四照堂文集》与《诗集》均据康熙二十二年（1683）刻本。《四库未收书辑刊》伍辑贰拾柒册据此本影印。

万历二十九年辛丑（1601） 三岁
先生父时熙中进士。

刘忠正公念台先生与先君辛丑同籍,且同志复同厄于党人。(《四照堂文集·表贞遗墨弁言》)

万历三十六年戊申(1608) 十岁
先生友梁鹪林生。

丁酉夏,(梁鹪林)来广陵,约余游摄山。六月癸未为公五十生辰。(《四照堂文集·赠鹪林梁公序》)

万历四十年壬子(1612) 十四岁
先生见仲旸于京师。

西昌有两耆硕:仲旸,予妻兄;宣仲,则执友也。两公皆明德之后,有声名于时,卜筑东湖,人谓"东湖二仲"云。仲旸负才高放,后学道于紫柏老人。问为诗,不欲以诗名。壬子见之京师,予方童子也。(《四照堂文集·东湖二仲诗序》)

万历四十二年甲寅(1614) 十六岁
先生父时熙忤党人归里,道秦邮,过舅氏卢家。

岁甲寅太仆御史时,忤党人归里,道秦邮,过舅氏卢家。长舅体泉公相见,道故旧为笑乐,饮酒极欢,久之,别去。(《四照堂文集·寿卢乐居表兄六十序》)

万历四十三年乙卯(1615) 十七岁
先生父以御史分巡浙东,次年被黜。

乙卯,先君以御史例转分巡浙东。越二年,京察复被黜。此党人

仇辛亥之察，百计以倾东林，未快其志而又借丁巳计典以修前隙者也。(《四照堂文集·表贞遗墨弁言》)

先生应童子试。

神庙皇帝乙卯岁大比，崇川包稚修先生射策举京师。是岁称天子能得士。猷定时应童子试，见先生之牍走四方，咸家传而户诵之曰"包先生，包先生"云。……(《四照堂文集·包稚修先生七十寿序》)

万历四十六年戊午（1618） 二十岁
先生与李太虚相识。

神庙戊午春王（笔者按"王"疑为衍生字），余识李太虚先生。是岁，抚顺陷。国家始失封疆，诸臣狃承平故事不之怪。先生与予方为诸生，究理学，或谈经世之务，闻之喟然叹息。(《四照堂文集·李太虚先生七十寿序》)

天启三年癸亥（1623） 二十五岁
先生往昭阳文游台，道士饷其饭食。

笔者按：据《四照堂诗集》卷之二《清明后一日登文游台雨眺》诗自注云：癸亥，予往昭阳，会宿此台，道士饷予麦饭。

天启五年乙丑（1625） 二十七岁
先生父卒。

……寻先君擢太仆，珰祸起矣。乙丑以忧愤呕血卒京师。(《四照

堂文集·表贞遗墨弁言》）

天启七年丁卯（1627）　二十九岁
先生拜见其父同年刘念台。

丁卯，猷定渡江乃得拜见先生。先生执余手熟视久之，怆然流涕曰："嗟乎！吾独不得与尊公同游地下乎！"维时伯绳年方十四也。（《四照堂文集·表贞遗墨弁言》）

崇祯十二年己卯（1639）　四十一岁
先生在豫章东湖与樗叟袁芳相见。

崇祯十二年，（樗叟）来豫章，余见之东湖，貌壮气温和，粥粥若无能者。淮南李盤曰："此叟外和而中严。"（《四照堂文集·樗叟传》）

崇祯十三年庚辰（1640）　四十二岁
先生作《寿辟疆四十》诗。

笔者按：据冒广生《冒巢民先生年谱》，冒襄（辟疆）生于万历三十九年辛亥（1611），四十寿应于是年。先生作此寿诗亦应于是年。

崇祯十六年癸未（1643）四十四岁
袁继咸罢江督，挈家之金陵，先生自广陵省之。

笔者按：袁继咸与王猷定为儿女亲家，猷定女嫁继咸子一藻。
（崇祯）十六年，天下苦贼，余窜江淮间，与职方公（笔者按：郑士介仲兄）慷慨论列方壮也。（《四照堂文集·贺郑水部士介公暨汪

夫人五十双寿序》)

……先是，癸未公（笔者按：袁继咸）罢江督，挈家之金陵，余自广陵省公。吾女抱外孙，甫二岁，随别去。（《四照堂文集·外孙袁子制义序》）

崇祯十七年甲申（1644） 四十五岁

三月十九日，李自成陷北京，崇祯帝煤山自缢。是年三月，先生自石城归南昌。九月，续弦。十二月，葬先恭人。

《纪年七咏》之《甲申》序云：是年三月，予自石城归，九庙殄灭，一妻沦亡，病卧一小楼，人伦绝戚，友责以宗祊大义，趣予娶。九月，氏归予。十二月，葬先恭人。佐予襄事。（《四照堂诗集》卷二）

顺治二年（弘光元年）乙酉（1645） 四十七岁

正月，携妻归里，改葬祖父。二月，改葬祖母及葬先父。七月，兵乱居围城中，妻趋丰城。十月，乱平，举家迁南昌，生儿孙茂。

《纪年七咏》之《乙酉》序云：时事日非。正月，挈氏归里，改葬先王父。二月，改葬先王母及葬先太仆公，氏从余处荒谷，诛茅营窀穸毕，始入城。七月，兵乱，予居围城中得不死，氏腹儿奔窜落星桥，土寇发难，趋丰城。十月，乱平，复迁省城，产儿孙茂。（《四照堂诗集》卷二）

袁继咸被执，押往北京。

乙酉，黄澍趣左师东下，兴晋阳之甲，劫总督袁公（笔者按：袁继咸）。当是时，阮大铖督兵备江上，举朝议总督不宜从左，公独毅然争之曰："安有不明《春秋》之义如袁公乎？"已而袁公抗节死燕市，人

乃服公。(《四照堂文集·贺郑水部士介公暨汪夫人五十双寿序》)

乙酉，金陵不守，总督袁公督师下九江，遭变，被执京师。(《四照堂文集·外孙袁子制义序》)

顺治三年丙戌（1646）　四十八岁

三月，先生携家乘舟至螺子山，渡章江，达蠡口。七月驻淄川。八月，至蓟门。

《纪年七咏》之《丙戌》序云：三月，吉州城陷，予家上五湖船至螺子山，寻故人不见，城下喋血为江，掘土泉，自汲峡江。白昼焚杀，遂夜渡章江，达蠡口。五月，由石头城抵淮渡黄河，舍舟趋马陵，道上暑雨杂蒸，櫂穿鬼谷中十昼夜，耕泥河蹈橇恒输。予步亦踵蹩。氏病疹，终日抱儿哭，无怨声。古称行路难，未有逾此者。七月朔，驻淄川，稍憩。望日，氏初度，予贳酒瓦盆相劳，五鼓，即单骑北道，赴所知难也。八月，至蓟门，山东兵乱环淄川，道梗不得归，苦若此。(《四照堂诗集》卷二)

秋，先生避乱江淮，寓阎再彭嘉树轩。与潘江如见，登韩信城。秋尽，南还，与江如别。

今年秋，余辟乱于高邮之庐堡，饥驱至淮，寓阎子再彭嘉树轩，时烽火达淮泗。(《四照堂文集·乔简襄诗序》)

今年秋，余辟乱适淮，(潘)江如从涟水至淮时，南北鼎沸，泯江数百里山飞水立，禽鸟之过者，翔而不敢下。余与江如登韩信城，……秋尽，余南还，执手河干，谓之曰："霜露既降，天意沆寥，九州之大，蘷蘷而未可骋也。"(《四照堂文集·潘江如穆溪诗序》)

袁继咸被杀于京师，先生往收其骨。先生婿袁一藻亦卒。

乙酉……总督袁公……遭变，被执京师。余以纳餫收骨，故间道北行，已而公死节三忠祠。公子一藻闻变，奔赴道，死乱兵，盖予婿也。(《四照堂文集·外孙袁子制义序》)

顺治四年丁亥（1647） 四十九岁
正月，先生出京师。二月返淄川，渡黄河，寓宝应。四月，回銮江。八月，返泾上。

《纪年七咏》之《丁亥》序云：正月，予出都。二月，返淄川，携家南归，城戒严，从兵间十余日，始渡河，侨寓宝应。四月，予往于湖问故园消息，舟回銮江，不幸效相如返成都事。噫！竹竿嫋嫋，唫可再咏邪？八月，返泾上，氏病脾鹪悴甚矣。(《四照堂诗集》卷二)

先生赴袁继咸难，自京师还，与郑士介相见于广陵。

丁亥，余赴袁公难，自燕反，与公握手于广陵。(《四照堂文集·贺郑水部士介公暨汪夫人五十双寿序》)

先生与梁鹪林交于泾上。

余知公二十年，丁亥始订交于泾上。每酒酣，谈往事，辄慷慨悲歌，累日不休，不意公忽遂五十，而余衰可知已。(《四照堂文集·赠鹪林梁公序》)

顺治五年戊子（1648） 五十岁
先生寓淮，生活极其艰苦。

《纪年七咏》之《戊子》序云：正月，江省乱，道路荒塞。夏秋乞食于淮，归则行戚家，《溪草上手》一编，忆乱城中火三日。氏弃裙布，纳书于篚，良苦旅，烟不起，有枭来庭。氏携儿子采野菜自给，殡之日，无嫁时衣。悲夫！（《四照堂诗集》卷二）

顺治六年己丑（1649） 五十一岁

五月先生迁高邮，走邗上。十一月，去淮，祠灶日返，作诗祭。

《纪年七咏》之《己丑》序云：五月，迁高邮，寄孥，走邗上。秋，大水及其半扉，予惊操短舻屋梁下，手持门扇，渡乱流至河故道，乃易两舟，泛大湖双行树杪，止寒河。十一月，去淮，稍得食，祠灶日反，氏作食请余祭诗。（《四照堂诗集》卷二）

顺治七年庚寅（1650） 五十二岁

正月，先生往滁山。三月往摄山。十月十四日其妻产一女。产后四十日，其妻卒。妻卒后十日，其女亦卒。作无题诗。

《纪年七咏》之《庚寅》序云：正月，予往滁山，氏小病。三月，往摄山，复病。七八月，病甚。十月免身，病二十日卒。（《四照堂诗集》卷二）

《四照堂诗集》卷之二无题诗序云：庚寅孟冬十四日，予产一女，以蕃釐台花字之曰琼。生四十日母亡。又十日，琼亦亡。悲哉！作百十二字忏之，冀此种不复再落人间，与一切有情永断终古耳。（《四照堂诗集》卷二）

正月下旬与高氏友人游滁州，作《滁游记》。

岁庚寅，叶诸大横之卜，乃中愌愌兮独居块处，如何以终日。因思《离骚》赋远游，远游必涉江。乃抱食櫺笔籖，偕高子从广陵雨行三十邮签抵滁阳。滁，古南北谯也，土荒俭无足观，亦无地道主款交者。乃仿《禹贡》，纪山川不纪人物如左。越日，上元后八日也，出城步西涧。……廿四，高子留城中，予登滁山。……廿五，从柏子潭至波罗洼小只园，坐祠石亭观白鸽洞。……廿六，早别梅，作《别梅》诗。舆行深谷中，双眸不能敌雪眩，时辄障以袂。……廿七，早起，望朝暾云霞，草木悉扬空际，江气如圆窨浮百里外。(《四照堂文集·滁游记》)

先生作《重建文选楼碑》。

《易》曰："观乎人文，化成天下。"其在兹乎？楼在太平桥北，凡四楹。始于庚寅端月，成某月日。文命聿新，爰祀司命之神于上。(《四照堂文集·重建文选楼碑》)

顺治八年辛卯（1651） 五十三岁

八月，先生访罗䚡庵于邘上之西寺。

《客纪诗》，余乡罗䚡庵先生遭时抑郁之所为作也。……辛卯八月，先生来邘上，余访之西寺。先生顾余惊曰："异哉！吾昨梦与子吟诗，诗曰：'乱后逢君瘦，如予更白头。'"噫！两人六载不相见，而面皱发宣如此，岂非客之验耶？(《四照堂文集·客纪诗序》)

冬，作无题诗。

笔者按：此诗序云：癸未，予从萧伯王舟中识李子缁仲石头城下，将十年矣。辛卯冬，瞥见润城，恍惚若梦中，讯其家，无一存者。越日，予渡江会缁仲，游大梁，道次邘上，偕小有访，予因酌酒而赠以诗。另据此诗前两联云：十载同舟古石城，南徐风雨旧江声。甲申乱后谁生死，丁卯桥边识姓名。

癸未为崇祯十六年（1643），距顺治八年辛卯（1651）有八年，这与诗序"将十年"和诗中"十载"相吻合。这样，我们可以推测此诗作于是年冬。

先生作《小有苕姬善琴丁丑予见之章水辛卯听弹琴高沙忽他适怆然赋此》。

笔者按：李小有为先生好友。《四照堂集》有多首（篇）诗文为其或其子而作，诗如《小有别予渡江》《代小有苕姬作答》《壬辰除夕同三弟竺生五弟五庸声侄暨舒子固卿守岁随所忆口占得八首》中的《小有》等，文如《祭李观生文》等。

顺治九年壬辰（1652）　五十四岁

先生作《元日冒雨寻诗序》。

赵子孟迁有诗癖，每酒酣不平，遇山水友朋，必叱咤跳掷，不吟诗不已。岁除天腊，则例有纪，自以为诗历，不求工也。壬辰上日，款予，扉甫见，不交一语，投以除夕诗，即反走。（《四照堂文集·元日冒雨寻诗序》）

五月，先生年家友万年少卒于清江浦。

维岁在壬辰夏五月，万君年少卒于清江浦之邸舍。其年家友弟王猷定寓广陵，闻讣，欲往吊，牵于事，不果。（《四照堂文集·祭万年少文》）

除夕，先生作《壬辰除夕同三弟竺生五弟五庸声侄暨舒子固卿守岁随所忆口占得八首》及《除夕又示儿茂》。

笔者按：壬辰除夕诗共八首，即《三弟竺生》《四弟子展》《五儿茂》《固卿》《小有》《于皇》《肯民》《紫峰》。

顺治十年癸巳（1653）　五十五岁
春，先生作《寒碧琴记》。

癸巳春，汉中杨公木干来广陵，闻蓄琴甚善，过公求观，启其函，则铿然石也。公曰："子识之乎？此苏子由之寒碧也。子由有《寒碧琴说》，子为我记焉。"（《四照堂文集·寒碧琴记》）

清明后一日作《清明后一日登文游台雨眺》诗。

笔者按：此诗首联云"目断长湖三十春，千帆暮雨海东尘"。再据颔联末诗人自注云"癸亥，予往昭阳，曾宿此台，道士饷予麦饭"。我们可以推测此诗当作于是年清明后一日。

八月，先生作《祭万年少文》。

维岁在壬辰夏五月，万君年少卒于清江浦之邸舍。……越明年癸巳秋八月，君之子举君柩归彭城，定抱疴不获工为辞，谨斋办香，造君之草堂而哭焉。其言曰：……万历之季，予先人与君之先人同举于乡，复同官御史。予多君五岁。先君谓予曰："万氏子才，汝识之。"迨庚午，君得隽，予始遇君于淮。而两家之先人已下世。……及予再迁邗上，求一仿佛君之声音笑貌而不可得。……维时四月廿日也。予见君脾病颇达于面，岂意未几而君之苍头至，忽报君死，竟以此日成

永诀耶！伤哉！（《四照堂文集·祭万年少文》）

樗叟袁芳访先生于扬州。

国变后癸巳，（樗叟）渡江访予扬州，须发尽白。（《四照堂文集·樗叟传》）

先生作《汤琵琶传》。

轸石王子曰：古今以琵琶著名者多矣，未有如汤君者。夫人苟非有至性，则其情必不深，乌能传于后世乎？戊子（笔者按：顺治五年，1648）秋，予遇君公路浦，已不复见君曩者衣宫锦之盛矣。明年复访君，君坐土室，作食奉母。人争贱之，予肃然加敬焉。君仰天呼曰："已矣！世鲜知音！吾事老母百年后，将投身黄河死矣！"予凄然，许君立传。越五年，乃克为之。呜呼！世之沦落不偶而叹息于知音者，独君也乎哉！（《四照堂文集·汤琵琶传》）

顺治十一年甲午（1654）　五十六岁
仲冬，先生为其友李小有次子作《祭李观生文》。

维壬辰冬十月，吾友李小有第二子观生卒于清凉山之邸舍。其友人王猷定与小有同客金陵，见其恸悼不能，往未获吊，惧伤老友之心也。越三年甲午仲冬，闻归葬于京口，驾鼓山之麓，乃不腆为文，隔江招其魂而告之曰……（《四照堂文集·祭李观生文》）

顺治十二年乙未（1655）　五十七岁
暮春，先生于扬州与包稚修相晤，并作《包稚修先生七十寿序》。

神宗皇帝乙卯岁大比，崇川包稚修先生射策举京师。……予慕先生四十季，今先生春秋七十，而予亦老矣。莫春相晤于维扬。先生谓予曰："秋将届期，知我者莫子若也。子乌可以无言。"予曰："唯唯。……"(《四照堂文集·包稚修先生七十寿序》)

初夏，先生作《古月头陀书经纪事》。

乙未初夏，古月头陀来广陵，告余患疮书经事，余纪而传之。(《四照堂文集·古月头陀书经后纪事》)

三月，先生作《听杨太常弹琴诗》

笔者按：据《听杨太常弹琴诗》序云：蜀人杨怀玉先生，名正经，前太常也，善弹琴。予耳熟其名十五年。乙未三月，予有事淮上，先生在焉。或曰："僧也。"问故，瞪视口僵而不言。予闻之凄然曰："嗟乎！吾听琴矣。淮有张子尔常，任侠士，贫而来四方之客。所居之城，为昔年屯兵地。兵去，瓦土崩叠，牛羊之粪盈欹屋中，过客例不入。张子编芦为室，偕虞山与居，太常主之。三人晨夕弦歌不辍，虽日践蜿蠋之塞，恬如也。予生平不妄听人弹琴，独于先生有神契，未易诘其所以然。"一日，拟造张子庐听琴，中道而返，维时三月十九日也。退游湖寺。越日，见先生。先生布衲芒屩，揖予坐，自叙其先世为酉阳宣慰使司，代有战功。及自为将，值己巳之变，从思石提兵入卫，尅复上谷、栾城诸地，剑气落须眉间。予讶曰："先生，太常也。胡然将军哉？"先生蹙然改容，有间，复言其受知先皇帝之故，及召见便殿，审定郊庙诸乐章律，先帝谓过于师襄云。日昃，客有请赐琴出观，趣先生奏者。先生抚视，泪萦睫，环顾四座，皆屏息。乃端坐援琴而鼓三曲，悲风动人。王子曰："止，无多言。"遂别，与友人程嘉弟宁步于河北之野，憩柳下，三叹而作此诗。嗟夫太

常！(《四照堂诗集》卷一)

先生兄弟访舅家表兄卢乐居，并作《寿卢乐居表兄六十序》。

（甲寅岁，余道秦邮，过舅家），自是不复相见。历于今乙未，盖四十年。四十年来先太仆既已见弃，舅氏亦即世。世变多故，南北道阻，两家声问杳然。余兄弟避乱迁徙，衣食于四方，客广陵。今春，过秦邮，始得与乐居士相见，与余称外家兄弟，握手道故，悲喜兼至。……于是君年六十矣，君居于湖之东，余兄弟过访。(《四照堂文集·寿卢乐居表兄六十序》)

顺治十三年丙申（1656） 五十八岁

先生作《孙廷评新斋先生六十代序》。

今丙申上元之前一日，廷评春秋且登六十，齿进而神明不衰。五湖浩淼之乡，昔贤之所凭而游也。……余少廷评两岁，俯仰数十年，人事合散，忆曩者，携手而看湖光如昨日事，而不意廷评已六十，则余亦老矣。(《四照堂文集·孙廷评新斋先生六十代序》)

春，先生作《钱烈女墓志铭》。

扬州有死节而火葬于卞忠贞祠南十五步，为镇江钱烈女墓。烈女死明弘光元年四月二十七日，五日乃火。以家于忠贞祠，即其地为墓。当其死，告于父"无葬此土，以尸投火"，父如其言。南昌王猷定客扬州，与里人谈乙酉事，辄为诗文吊之。岁丙申春，其父乞余铭，痛苦言曰……猷定闻益悲，忍不铭？(《四照堂文集·钱烈女墓志铭》)

秋，陈僖在广陵拜访先生，与先生成忘年交，并相处七月之久。

丙申，余游广陵，父执梁公秋从射陂来访。……携余造访，而于一一见，辄昵余为忘年交。……既而留广陵七阅月，晨夕与于一盘桓。（陈僖《四照堂集序》）

冬，慈溪隐君姚亦方卒。

丙申冬，王猷定闻慈溪隐君姚亦方之丧，哭之甚哀，不获往吊其家。（《四照堂文集·祭姚亦方文》）

顺治十四年丁酉（1657） 五十九岁
先生作《李太虚先生七十寿序》。

神庙戊午春王，余识李太虚先生。……今何时哉？屈指三十九年，庙墟社屋，其间天地、山川、人物之变皆不可得而言。而先生以七十老臣窜身于荒江野水，与白头穷饿之儒相共形影。噫！可悲也。……（《四照堂文集·李太虚先生七十寿序》）

夏，梁鹧林来广陵，与先生游摄山。六月癸未（十二日）为鹧林五十生辰。

余友上谷鹧林梁公隐于宝应之免避村，学道既十年。丁酉夏，来广陵，约余游摄山。六月癸未为公五十生辰。（《四照堂文集·赠鹧林梁公序》）

六月，与梁仲木聚京口，登甘露山顶，各自赋诗。

丁酉六月，聚京口，登甘露山顶，各赋诗。是夕，君被酒狂呼，呕吐终夜。及旦，予举宾筵之诗相劝，谓："吾辈皆老年，宜自爱。"

君起揖曰:"子,古人哉!"(《四照堂文集·祭梁君仲木文》)

秋,先生作《外孙袁子制义序》。

余飘泊江淮十余年,回首里门,欲归不得。思吾女而不见,辄呜咽不已。因念外孙昔在襁褓,欲想像其笑啼面目,不复记忆,亦可悲矣。丁酉秋,老友张尔公忽缄其文寄余,乃知垂髫两髦已能自立,余持之不知为制义也。(《四照堂文集·外孙袁子制义序》)

十二月朔日,先生友刘西佩卒于芜湖之邸舍。

丁酉冬十二月朔,尚宝寺丞刘公西佩以疾终于芜湖之邸舍,其继配黄孺人相继逝。(《四照堂文集·祭尚宝丞刘公文》)

此年先生友李小有、弟王子展卒。

吾年六十而君死。君死前一年,李子小有死,刘子西佩死,吾弟子展死。(《四照堂文集·祭梁君仲木文》)

顺治十五年戊戌(1658)　六十岁
正月初一,梁仲木泊舟邗关,先生往视。

丁酉六月……明年元日,泊舟邗关,予往视,则疟发,寒噤拥被,强谓予"此游良苦"。尔时,吾忧君之病,而深悲行路之难也。(《四照堂文集·祭梁君仲木文》)

七月廿六日,先生友梁仲木卒于宝应,先生往哭之。

戊戌秋七月廿六日，南昌王猷定闻清苑隐君梁仲木之丧，往哭之宝应。（《四照堂文集·祭梁君仲木文》）

先生作《李母王太夫人八十寿序》。

诰封李母王太夫人于戊戌九月十六日为八十设帨之辰。太夫人，方伯见衡公之子妇，大中丞顺衡公之夫人。（《四照堂文集·李母王太夫人八十寿序》）

冬，先生作《古月头陀书经后纪事》。

丁酉春，（古月师）复来示余以颈肉，溃深寸许，将及喉。……戊戌冬，真州有降乩者书：卢昭容邀半庵（笔者按：古月别号）与会，自画生时像，首饰凤髻，衣宫衣，问半庵："洛阳宫相见，今似否？"师竦然，见者皆错愕。余感而再纪，并书其偈，以为《后纪事》。（《四照堂文集·古月头陀书经后纪事》）

顺治十六年己亥（1659） 六十一岁
正月，里人饶幼吉为先生叙德全禅师事，先生作《德全禅师记》。

德全禅师，湖广人，少尝有家室，忽自感动，弃家为僧。道逢异人，谓曰："子有师在峨眉山，号张居长者。"师往，果得之。相聚数年，张化去，嘱曰："汝有师在南海，名某，须往求。"师往，果得之。相聚数年，南海师化去，嘱曰："汝有小庵在进贤英山湖金进士廷壁所。"师往，金果住以小庵。庵荒芜不治，师畚土筑室。……一日，忽命人具龛，端坐而逝，时丁酉二月四日也。……己亥正月，里人饶幼吉为予言其事。（《四照堂文集·德全禅师记》）

二月朔日，先生作《祭梁君仲木文》。

戊戌秋七月廿六日，南昌王猷定闻清苑隐君梁仲木之丧，往哭之宝应。越明年二月朔日，乃具酒脯，为文以祭而告于其灵曰：呜乎！吾年六十而君死，君死前一年李子小有死，刘子西佩死，吾弟子展死。老人飘流江淮十余年，忧危穷蹙。……初，丁亥春，余自京师来宝应，君在越中。公狄为予言，君与海内贤豪游。……丁酉六月，聚京口，登甘露山顶，各赋诗。……明年元日，泊舟邗关，予往视，则疟发，寒噤拥被，强谓予曰："此游良苦。"（《四照堂文集·祭梁君仲木文》）

春，先生作《祭尚宝丞刘公文》。

（丁酉冬十二月刘公卒于芜湖之邸舍）友弟王猷定闻讣金陵，欲为招魂之词，每执笔辄呜咽涕泪不胜。越二年，己亥春，嗣君将奉丧归里，乃勉文以告曰……（《四照堂文集·祭尚宝丞刘公文》）

樗叟袁芳复来扬州。六月，先生偕之奔湖中。十月，与先生别。

己亥，（樗叟）复来，闻李盘死，往高邮哭之。六月，江上兵动，余偕奔湖中，而叟七十矣。十月，叟归，执手言曰："老人去，不复出矣。与子交将三十年，能无一言？"余唯唯。（《四照堂文集·樗叟传》）

七月，先生移家卢家堡，作《己亥七月移家卢家堡舟中即事》诗。
七月十一日，先生至淮，寓嘉树轩八十日，并作《观道说》。

余己亥七月十一至淮，寓嘉树轩八十日，与阎子百诗言诗、言文、言山川及古今人物。遇快意伤心之事，或放言，或寓言，有不能言者歌哭以代之，而其旨一归于学道，非世所与知也。(《四照堂文集·观道说》)

八月，梁巽卿在得树庭宴请先生等友人，先生作《得树庭记》。

己亥八月十七日，主人（笔者按：梁巽卿）宴客，张乐甚盛，残阳在树，翠行虚壁。已而月上，影达人面。酒半，主人具绰楔以属王子命名，王子执盏言曰："……今群彦毕集，文雅纵横，抑何盛也！何地无树？虽青牛采华，撑霄障日，其不为人游息之具者，犹之丛莽无人之地。而兹庭得之，又何幸与！因取少陵'老树空庭得'之句，以标斯胜。"(《四照堂文集·得树庭记》)

秋，先生造访宋荣公，作《宋荣公胡传纂要序》。

己亥夏，江上用兵。秋，罢归。余自扬之通，造宋子荣公之庐，墉穿釜见，扃户而哦。问曰："何书也？"宋子曰："余少习举子业，治《春秋》。今老矣，将以课子。"阅之，则所纂《胡文定公传》，将以备制义之用也。余戚然为之序，而告之曰……(《四照堂文集·宋荣公胡传纂要序》)

十一月，先生作《贺郑水部士介公暨汪夫人五十双寿序》。

己亥冬十一月，水部郑公士介齿登五十。其配汪夫人，季夏生，先公五月，如公寿。余与公称执友，所历天下盛衰，骨肉友朋合散，凡几变以迄今日，能无一言？(《四照堂文集·贺郑水部士介公暨汪夫人五十双寿序》)

十二月二十六日，先生与顾楫改葬宋朝金将军墓，作《改葬宋金将军墓碑》。

> 己亥闰三月，余至通，包子孕灵语余，墓在盐仓坝立雪窖。……是月十一日，余欲往拜将军墓。时苦潦，墓当水冲，忽倾洪涛中。孕灵奔告予。及往观，见大树浮波上，两骨着树根不去，命居人瘗之，问其树，居人曰："此将军树也。"……余以其事告之顾子国琬。顾子曰："先司马讲院遗址在狼山，藏将军骨，莫善于此。"因与其从子楫谋改葬之，而告于州守彭公士圣。会六月，江上兵兴，趣归。比宁复来，乃卜十二月二十六日，设仪仗采乐，以帛裹两骨，纳石函葬焉。葬之日，海风大作，潮涌数丈，余酹酒以祭，为文焚其墓前。（《四照堂文集·改葬宋金将军墓碑》）

顺治十七年庚子（1660）　六十二岁

秋，先生客武林（杭州），居怪山近六十日。次年正月，先生与宋琬及其同人宋既庭、唐豫公、张登子等人于千峰阁对雪吟诗。

> 庚子秋，予客武林。宋公荔裳分守越东，携其近诗，使为之序。……予居怪山垂六十日，未有以报。会大雪，公载酒邀同人，咏诗千峰阁。予栩栩觉囊习不自禁，狂歌忽作，乃为序。（《四照堂文集·安雅堂诗序》）

笔者按：据《四照堂诗集》卷之一《正月三日宋使君荔裳携酒过千峰阁对雪》诗，王猷定作此诗应于顺治十八年（1661）正月初三日。并据此诗自注，我们知道当时于千峰阁对雪吟诗的人除作者外，还有宋琬（荔裳）及其同人宋既庭、唐豫公和张登子。

冬，先生游会稽，闻韩桃平述传家宝齐桓罍事，作《桓罍记》。

卢龙韩子桃平从庚午遭变，携家南下，卜浙之上虞居焉。己丑乱，虞城复破，徙会稽，寓若耶之滨。庚子冬，予游会稽，韩子坐予最高楼，楼柱悬折梅丈许，贮小瓶内，花半萎。韩子愀然，既而愤为告予曰："伤哉！吾罍之不复见也。吾外曾大父朱公名锦者，弘治间守青州，盗发齐桓公墓，获宝玉、刀、剑、鼎、匜。事觉，藩王及诸有司分取之。外曾大父得铜罍，径二尺，高如之，土花绣蚀。天将雨，现五色云气，光怪烨煜不一状。岁腊，贮梅其中，自蕊而花而实，三月不衰。数传至吾祖，宝之罔失。乱后，余置小驴载而南。亡何，虞城破，吾罍殉焉。久之，有言土豪陈朝廷者，入余家攫去。遣人屡求赎，不应。夫以吾先世守之物，不没于盗而没于豪，其甘心乎？"（《四照堂文集·桓罍记》）

冬，先生客会稽，作《祭姚亦方文》。

丙申冬，王猷定闻慈溪隐君姚亦方之丧，哭之甚哀，不获往吊其家。越五年，庚子冬，客会稽，乃得为文，佐以酒脯之仪，拜托其仲弟绂，归而奠之曰……（《四照堂文集·祭姚亦方文》）

在杭州与王瑞虹相交，作《王瑞虹先生传》。

余由淮渡江至杭州，得交王瑞虹先生，窃高其行，古人之流亚也。乐得而传之。……（《四照堂文集·王瑞虹先生传》）

顺治十八年辛丑（1661） 六十三岁
元旦，先生作《浙江按察司狱记》。

浙江按察司，故宋岳忠武第宅也。狱在司左，相传万俟卨承秦桧意旨，置此以禁忠武者。旁有井，盖忠武女持银瓶投井死，后人谓之银瓶云。丁亥，余友朱子以事系狱，久之得释，为余言天下狱未有惨于此者。……庚子，莱阳宋公荔裳分守浙东，余适游会稽，以此告之。……今年春，宋公将之任按察司。公，仁者，既尝道其先世事于其行也。为之记以贻之。辛丑元旦书。(《四照堂文集·浙江按察司狱记》)

正月初三日，先生作《正月三日宋使君荔裳携酒过千峰阁对雪》。之后，作《安雅堂诗序》。

  笔者按：据《四照堂文集》卷之一《安雅堂诗序》文，王猷定于顺治十七年（1660）秋来武林（杭州），并居怪山近六十日，"会大雪，公载酒邀同人，咏诗千峰阁"。这样我们推测，此诗应作于顺治十八年。另据此诗自注，我们知道当时于千峰阁对雪吟诗者，除王猷定外，还有宋琬及其同人宋既庭、唐豫公、张登子。

先生客会稽，与友人集宋琬（荔裳）署斋，作《义虎记》。

  辛丑春，余客会稽，集宋公荔裳之署斋。有客谈虎，公因言其同乡明经孙某，嘉靖时为山西孝义知县，见义虎甚奇，属余作记。(《四照堂文集·义虎记》)

闰七月十五日之前，先生与毛先舒有书信相交，并为毛母作《毛母许孺人传》。

  笔者按：毛先舒在《潠书》卷六收录两份写给王猷定的书信，即《与王轸石书》《闰七月十五日与王轸石书》。经考证，"闰七月"当为顺治十八年（1661）。

  甲申国变，孺人怆然劝继斋先生（笔者按：毛先舒父）弛业，命先舒曰："与汝偕隐。"越明年，遂殁。……自孺人殁十七年，余始得交先舒，登其堂，肃雍如也。日与侪伍，尝颓乎其容。呜乎！岂非母教使然欤？余故乐得而传之。孺人姓许，仁和（今杭州）人。其世次葬表年月详《墓志》，不具载。（《四照堂文集·毛母许孺人传》）

先生约于是年冬卒于杭州昭庆寺。

笔者按：孙枝蔚《溉堂前集》（《清代诗文集汇编》第 71 册，上海古籍出版社 2010 年影印）卷五《哭王于一》二首五律列于"辛丑"，孙学稼《鸥波杂草》（《清代诗文集珍本丛刊》第 85—86 册，国家图书馆出版社 2017 年影印）辛丑年部分有《哭王于一》三首五律，题下注"卒于昭庆寺"。"辛丑"即顺治十八年（1661）。另，陆莘行《秋思草堂遗集》附《老父云游始末》、邓之诚《清诗纪事初编》卷二"王獻定"条均称王獻定卒于康熙元年壬寅（1662）春二月，误。

岁辛丑，薄游武林，武林当轴莫不虚左事之。按察使东鲁宋公琬尤为知己，晨夕出入，不限时刻。已而宋公以他事被逮，宾客散亡，惟于一周旋患难中。亡何，遘疾不起，遂卒于杭。友人陆丽京醵金殓之。（韩程愈《王君獻定传》，清钱仪吉编《碑传集》卷一百三十六）

是年（笔者按：顺治十八年，1661）冬，于一疽发于项，喘喘然将死，挈一小艇诀余于塘栖，曰："余不幸遘罹疟疾，而吾子且有家祸，命也！奈何？然吾死则委骨于陆氏子。如不讳，亦有如斯人可托七尺者乎？"因相对哽咽，不能一语而别。甫食顷，缇骑骤至，予仓皇就逮，不得知于一消息。（宋琬《陆际明先生墓志铭》，《重刻安雅堂文集》卷二）

明遗民王炜生平考略

王炜是清初一位明遗民，在经学、文学等方面都取得了较高的成就。在经学方面，王炜撰有《易赘》一书。他自称作《易赘》是"因前人之缺略讹谬而后发其所证以补正之也"①，吴怀称其为《易》学"振世之士"②，史白更称其为"明睿真儒"③。纪昀等《钦定四库全书总目》卷九"经部九·易类存目三"④、朱彝尊《经义考》卷六十二《易》六十一⑤、翁方纲《经义考补正》卷第二⑥等均有著录。王炜在文学等方面也取得了一定成就。纪昀称"艮与顾炎武等游，故文章颇有法度，而谨守古格，未能变化，其长短均在于是"⑦。《鸿逸堂稿序》亦称："《鸿逸堂》之文，昌明博大，醇实婉畜（笔者按：疑为"蓄"）。其体则极深研几，其用则足以经纬常变。"⑧ 杨复吉称："《鸿逸堂》古文，淳茂渊厚，实出同时尧峰

---

① （清）王炜：《易赘·自序》，（清）王炜：《鸿逸堂稿》，《清代诗文集汇编》第100册，据浙江图书馆藏清初刻本影印，上海古籍出版社2010年版（下同），第367页。
② （清）吴怀：《易赘序》，（清）王炜：《鸿逸堂稿》，《清代诗文集汇编》第100册，第363页。
③ （清）史白：《易赘序》，（清）王炜：《鸿逸堂稿》，《清代诗文集汇编》第100册，第364页。
④ （清）纪昀等：《钦定四库全书总目》，中华书局1997年版，第112页。
⑤ （清）朱彝尊：《经义考》，中华书局1998年版，第344页。
⑥ （清）翁方纲：《经义考补正》，中华书局1985年版，第22页。
⑦ （清）纪昀等：《钦定四库全书总目》，中华书局1997年版，第2543页。
⑧ （清）顾祖禹：《鸿逸堂稿序》，（清）王炜：《鸿逸堂稿》，《清代诗文集汇编》第100册，第365页。

（笔者按：汪琬）、西溟（笔者按：姜宸英）之右。"①《鸿逸堂稿》无卷数，为《钦定四库全书总目》卷一百八十二"集部三十五·别集类存目九"所著录②。《鸿逸堂稿》中的《嗒史》被收入《昭代丛书》（清道光世楷堂藏板）戊集卷二十，《中国古代小说总目提要》③《中国古代小说总目》④ 等书目还对它进行了著录。另外，黄容《明遗民录》卷八⑤、阙名朝鲜人《皇明遗民传》卷五⑥及张其淦《明代千遗民诗咏》二编卷四⑦还对王炜生平及其诗咏进行了著录。

这样一位在经学、文学等方面都取得较高成就的明遗民，目前学界对其研究尚未重视。同时，现有资料中关于王炜的字、号以及卒地等方面，也有牴牾之处。所以，笔者在此一方面对现有材料中的牴牾之处进行辨析，另一方面对其家世及生平做一梳理。主要表现在以下几个方面：

（一）王炜的生卒年与卒地。关于王炜的生年，目前尚未有材料明确显示，但我们可以通过其作品进行推定。《鸿逸堂稿》中有两篇序跋明确提及自己的年龄，它们分别是《陆母杨太孺人七十序》和《书文先生所寄葛巾集序后》。现分别节录如下：

> 崇祯戊寅之岁，予年十三，仲兄挈予从学云间。⑧
> 崇祯甲戌，杞县刘文正公大魁天下，九江文灯严先生以是科举进

---

① （清）杨复吉：《嗒史跋》，（清）王炜：《嗒史》，《丛书集成续编》第 26 册，上海书店 1994 年版，第 234 页。
② （清）纪昀等：《钦定四库全书总目》，中华书局 1997 年版，第 2543 页。
③ 朱一玄、宁稼雨、陈桂声：《中国古代小说总目提要》，人民文学出版社 2005 年版，第 350 页。
④ 石昌渝等：《中国古代小说总目》（文言卷），山西教育出版社 2004 年版，第 450 页。
⑤ （清）黄容：《明遗民录》卷 8，谢正光、范金民编：《明遗民录汇辑》，南京大学出版社 1995 年版，第 55 页。
⑥ [朝鲜] 阙名：《皇明遗民传》卷 5，谢正光、范金民编：《明遗民录汇辑》，南京大学出版社 1995 年版，第 55—56 页。
⑦ 张其淦撰，祁正注：《明代千遗民诗咏》（二编）卷 4，《清代传记丛刊》第 66 册遗逸类 1，明文书局 1985 年影印本，第 519 页。
⑧ （清）王炜：《鸿逸堂稿》，《清代诗文集汇编》第 100 册，第 469 页。

士。是年，予九龄，始学为制举艺，读先生之文，识其名。①

文一中的"崇祯戊寅之岁"为崇祯十一年（1638），是年王炜十三岁，按古人以虚岁计年龄，那么王炜当生于天启六年（1626）。文二中的"崇祯甲戌"为崇祯七年（1634），是年王炜九岁，按虚岁计，王炜的生年亦是天启六年（1626）。这两则材料可以互相印证。

关于王炜的卒年，现在也没有材料明确显示，我们只能通过相关材料做大致推测。目前笔者发现最早提及王炜卒事的材料就是张潮撰写的《昭代丛书选例》（康熙三十九年［1700］刻本）：

> 吾友王子不庵，所著小品甚富，书藏山中，未随行笈。寓汉皋时，曾邮其书目以示。及往索之，则已客死楚中矣。迄今思之，能无浩叹？

我们知道张潮编辑《昭代丛书》共有三集，即甲集、乙集和丙集，它们编纂完成的时间分别为康熙三十五年（1696）、康熙三十九年（1700）和康熙四十二年（1703）。那么，张潮是在编纂完哪一集时撰写此《选例》的呢？笔者认为最迟是在甲集编纂完成时撰写的。正如《选例》所云："《昭代》右文，新编日盛。计耳目所及，可入丛书者，何啻数百种，兹只以五十种为额。盖少则易于成书，且便于行世也。……倘天假我以年，俾得每刻五十种行世，斯则仆之所矢愿也。"此段显然表明张潮完成了甲集五十种的编纂，以后还计划每集编纂五十种。而道光癸巳年（十三年，1833）世楷堂藏板（光绪二年丙子［1876］重印本）则直接将此《选例》称之为《昭代丛书甲集选例》，更是明证。既然张潮《昭代丛书选例》撰写不迟于康熙三十五年（1696），那么，我们就可以大致推测王炜卒年也不会迟于是年。王炜六十一岁作有《答毛稚黄书》，是年为康熙二十五年

---

① （清）王炜：《鸿逸堂稿》，《清代诗文集汇编》第100册，第536页。

（1686），这也是目前王炜作品中有时间可寻的最后一篇作品。另据张叔珽的《郄啸文集·与王不庵书》跋语称："甲戌冬，驱车北上，途中以此相寄。乙亥还里，而不庵竟作古人矣。"① "甲戌"为康熙三十三年（1694），"乙亥"为康熙三十四年（1695）。综合上述材料，张叔珽的记述更为准确可靠，我们可以推测王炜应卒于康熙三十三年（1694）至康熙三十四年（1695）间。②

关于王炜的卒地，目前有两说：一是张潮在《昭代丛书选例》中称其卒于楚中汉皋，一是杨复吉在《嗒史跋》中称其卒于娄东。笔者认为张潮的说法更可靠，因为张潮与王炜是同时代的人，且多有交往，张潮称王炜为"吾友"。在编辑《昭代丛书》过程中，张潮曾收到王炜所寄书目。更为重要的是他在前往王炜所在地楚中汉皋索书时，王炜则已客死于是地。这种亲身经历更为可靠。此亦与张叔珽的跋语"乙亥还里，而不庵竟作古人矣"相吻合。张叔珽的故里为今湖北汉阳。而杨复吉作《跋》时间为乾隆四十八年癸卯（1783）仲夏，认为王炜卒于娄东的依据仅仅是《嗒史》"干娄东事什得八九云"③。这种推测，有一定可信性，但未必正确。

（二）王炜的字、号。《钦定四库全书总目》称："艮字无闷，号不庵，……题曰王炜，盖艮之初名也。"④ 黄容《明遗民录》卷八载："王炜，字不庵，改名艮，字无闷。"⑤ 阙名朝鲜人《皇明遗民传》卷五载："王炜，号不庵。"⑥ 这些材料，比较一致的是：王炜是其初名，后改名为艮，字为无闷。不一致的是：有称不庵为其字者，有称不庵为其号者。而

---

① （清）张叔珽：《郄啸文集·与王不庵书》，《清代诗文集汇编》第183册，上海古籍出版社2010年版，第483页。
② 在此特别感谢高水元先生为本文提供的张叔珽《郄啸文集·与王不庵书》跋语材料。
③ （清）杨复吉：《嗒史跋》，（清）王炜：《嗒史》，《丛书集成续编》第26册，上海书店1994年版，第234页。
④ （清）纪昀等：《钦定四库全书总目》，中华书局1997年版，第112页。
⑤ （清）黄容：《明遗民录》卷8，谢正光、范金民编：《明遗民录汇辑》，南京大学出版社1995年版，第55页。
⑥ ［朝鲜］阙名：《皇明遗民传》卷5，谢正光、范金民编《明遗民录汇辑》，南京大学出版社1995年版，第55—56页。

《鸿逸堂稿·不庵记》载:"戊戌(笔者按:顺治十五年,1658)春,王子将有事于远,事无疑也。疑于时而筮之,得艮焉。异时又将有所事,再筮之,亦得艮。王子怃然叹曰:'先圣示我矣。'遂去其旧名而名艮,以无闷为字。……王子曰:'予之名、字易于今,而不庵之号不始于今也。'"① 《昭代丛书》本《嗒史》附录《释行愿不庵传》载:"举宇宙俯仰,无一可当其心者。于是,'不庵'之号从而立焉。"② 根据这两则材料,我们可以判定,不庵为王炜之号而非字,黄容误,且在王炜更名艮之前就已存在。

(三)王炜的交游。据《鸿逸堂稿》诸多之文及有关材料,我们知道王炜交游相当广泛,"与李夷山、顾蒋山、吴虚坚友,娄东称素心友,王南村、曾一庵、龚劬庵三人而已"③,还与吕氏家族、渐江(即弘仁)、张潮、魏禧、程守(蚀庵)、沈浩(即紫石山人)等有交往,其中与同里吕氏家族、昆山顾炎武、渐江大师的交往更为密切。

1. 与同里吕氏家族的交往。吕氏家族成员主要有吕直斋、吕丽农兄弟及其子侄辈吕士锽、吕士鹤、吕士骏等。王炜与吕氏家族的交往是从吕直斋开始的。他在顺治十五年(1658)与吕直斋相识于芝城,直至康熙六年(1667)吕直斋去世,相交近十年。王炜曾为其作《吕先生传》,还于康熙十九年(1680)应其子吕士锽的要求,为其诗集作《吕直斋遗诗序》。王炜与吕氏家族成员交往时间最长的要数吕直斋的五弟吕丽农,他们相交时间长达数十年。吕丽农卒于康熙二十一年(1682),王炜作《吕丽农传》以哀之。王炜同吕直斋、吕丽农兄弟的交往使吕家后代颇为受益,吕士骏、吕士鹤兄弟受王炜教诲二十年。同时,王炜的作品能得以传世也幸赖于吕士骏、吕士鹤兄弟裒集付梓,正如吕士骏、吕士鹤兄弟作《鸿逸堂稿跋》称:"骏兄弟侍吾不庵夫子函丈二十年,所见著述数百万言,既已荡

---

① (清)王炜:《鸿逸堂稿·不庵记》,《清代诗文集汇编》第100册,第476页。
② (清)杨复吉:《嗒史跋》,(清)王炜:《嗒史》,《丛书集成续编》第26册,上海书店出版社1994年版,第232页。
③ (清)黄容:《明遗民录》卷8,谢正光、范金民编:《明遗民录汇辑》,南京大学出版社1995年版,第55页。

为冷风霏烟不可寻缉。兹所刻诸篇，则集迩日之酬应，并探在昔之偶藏者也。……余小子窃念时名世好，非夫子所志，独是晦明风雨之候，低佪延伫，不忍使夫子之言竟与冷风霏烟尽同其灭没，则余小子集而梓之之意也。"①

2. 与昆山顾炎武的交往。目前尚无确切的资料显示王炜与顾炎武相交于何时，但王炜在其二十岁时深受顾母绝食而亡事的震撼，却是事实：

乙酉（笔者按：弘光元年，顺治二年，1645）秋，炜归。而有吴下述昆山顾绛母饿死事。贯一（笔者按：王炜父）叹息，久之，敕诸孙断弃举子业。②

王炜与顾炎武的具体交往过程，我们目前由于缺乏材料亦不得而知，但有一点可以肯定，那就是自顺治十三年丙申（1656）夏南陔堂一别，他们再无相见过。据王炜《书顾宁人昌平山水记后》称其与顾炎武"丙申夏别于南陔堂"至作该文时已分别二十二年了，该文作于康熙十七年（1678）。王炜在五十六岁时（康熙二十年，1681）作的《答顾宁人书》称："先生明年七十，弟今五十六矣。会面何时，尚不可知。迥忆旧游，真同梦寐，不待秉烛相对也。"③ 据此我们可以肯定，在康熙十七年（1678）至康熙二十年（1681）间王、顾仍未相见过。而顾炎武又卒于康熙二十一年（1682）。这样，我们基本上可以肯定，南陔堂一别成了王、顾最后的诀别，虽然其间还有书信往来。另外，王炜还与顾氏其他成员有交往，如顾恬庵、顾萍庵等，诚如《顾氏两先生诗序》云："予于顾氏不独一宁人为旧也。"④

---

① （清）吕士骏、吕士鹤：《鸿逸堂稿跋》，（清）王炜：《鸿逸堂稿》，《清代诗文集汇编》第 100 册，第 541 页。
② ［朝鲜］阙名：《皇明遗民传》卷 5，谢正光、范金民：《明遗民录汇辑》，南京大学出版社 1995 年版，第 55—56 页。
③ （清）王炜：《鸿逸堂稿·答顾宁人书》，《清代诗文集汇编》第 100 册，第 520 页。
④ （清）王炜：《鸿逸堂稿·顾氏两先生诗序》，《清代诗文集汇编》第 100 册，第 443 页。

3. 与渐江大师的交往。渐江（1610—1663），江南徽州歙县（今安徽歙县）人。俗姓江氏。名舫，字鸥盟。为僧后名弘仁，自号渐江学人、渐江僧，又号无智、梅花古衲。工诗书，爱写梅竹，以山水名重于时，属"黄山派"，又是"新安画派"的领袖。周亮工《读画录》卷二、张庚《国朝画徵录》卷下等有著录。王炜与渐江大师的交往主要体现在他们分别于顺治十七年庚子（1660）八月和康熙二年癸卯（1663）暮春偕游庐山和黄山。王炜写下了脍炙人口的《庐山游记》和《黄山游记》。其中《黄山游记》中的精彩内容被张其淦选入《明代千遗民诗咏》。另外，王炜还与其他禅师有过交往或为其作过传记，如与紫石山人（笔者按：沈浩）、绿雨大师等有过交往，并为五祖千仞禅师作过传记。

（四）王炜的著述。据吕士骏、吕士鹤兄弟《鸿逸堂稿跋》称王炜所著有数百万言，但大多"既已荡为冷风霏烟不可寻缉"[①]，目前王炜存世著述有：《易赘》二卷（笔者按：实一卷），顺治间刻本，现藏上海图书馆分馆，《四库全书存目丛书》（齐鲁书社1995年版）据此本影印；《鸿逸堂稿》不分卷，清初刻本，现藏浙江图书馆，《四库全书存目丛书》《清代诗文集汇编》据此本影印；《嗒史》一卷，道光间《昭代丛书》本刻本（光绪间重印），《丛书集成续编》第278册（新文丰出版公司1989年版）、《丛书集成续编》第26册（上海书店出版社1994年版）据此本影印；《黄山游记》诗咏，被张其淦收入《明代千遗民诗咏》。王炜以上著述，以《鸿逸堂稿》收集作品最为全面，包括《易赘》《嗒史》和《黄山游记》诗咏。不过，《鸿逸堂稿》本《易赘》较顺治本《易赘》插入不少内容，使实为一卷的顺治本真正成为二卷本。《鸿逸堂稿》本《嗒史》与《昭代丛书》本《嗒史》，在内容上完全相同，不同的是，后者将前者篇名中的"纪事"二字一概删去，因避乾隆帝讳将"赵尔弘"改为"赵尔宏"，并附录了前者没有的《释行愿不庵传》、张潮《昭代丛书选例》（节录）和杨复吉《嗒史跋》。王炜还著有《葛巾集》，王炜《书文先生所寄葛巾集

---

① （清）吕士骏、吕士鹤：《鸿逸堂稿跋》，《清代诗文集汇编》第100册，第541页。

序跋》提及文灯严先生曾为其作过《葛巾集序》，黄容《明遗民录》卷八亦称王炜有《葛巾集》行世，今未见。另外，《中国古代小说总目提要》《中国古代小说总目》（文言卷）等在著录《嗒史》时皆称"（《嗒史》）所叙为万历至崇祯间事，则其书似成于明末"。笔者认为此说不妥。现据《嗒史·大铁椎》"嗒史氏曰：……甲寅仲冬，予为《大铁椎纪事》，欲使海内知其人。"①，我们可以确认王炜完成《嗒史》创作，不会早于康熙十三年甲寅（1674）仲冬。上述二书著录有误。

  总之，通过以上辨析与梳理，再结合相关材料，我们大致可以对王炜的生平作一概述：王炜，号不庵，字无闷，顺治间更名为艮。生于天启六年（1626），卒于楚中汉皋，卒年不详，应在康熙三十三年（1694）至康熙三十四年（1695）间。安徽歙县人，长期寓居江苏太仓。祖龙山公、父贯一，母汪氏。幼时对理学有独悟，犹精《易》学，年方二十，作《易赘》，为时人称道。交游广泛，主要包括同里名士（如吕氏家族、张潮、吴怀、史白等）、当时名流（如顾炎武、魏僖等）、禅师（如淅江、紫石山人、绿雨等）等。王炜著述繁夥，但传世不多，以《鸿逸堂稿》收集其作品最为全面，包括《易赘》《嗒史》和《黄山游记》诗咏等。

---

① （清）王炜：《嗒史·大铁椎》，《丛书集成续编》第 26 册，上海书店 1994 年版，第 224 页。

明遗民王炜年谱简编

先生在著述中常自称"太原王氏"。歙县王姓来自太原。

  王出姬周武王之后。灵王太子晋以直谏废为庶人,后登仙。其子为司徒,时人以其王子孙,号曰王家成。父败狄有功,赐为氏。武城侯离长子元迁琅琊,次子九世孙霸迁太原。(明·程宽《新安名族志》后集"王"姓注)

  下传迄唐,有名王贞者,为河南推官,遂家河南。其五世孙王仲舒,历官至江南西道观察使,……有七子:初、哲、贞、弘、泰、复、洄。乾符五年(878)为避黄巢之兵……徙居于歙之黄墩(篁墩),太原王氏由此迁入徽州。(黄山市政协资料委员会《徽州大姓》之《徽州王氏》)

  在邑南三十里。唐江东西道观察使仲舒之后,曰希羽,天复元年(笔者按:901)进士,避巢乱迁此。传二世曰明历,官知广州。厥后曰缙,嘉靖乙酉(笔者按:1525)乡荐;曰景象,嘉靖辛丑(笔者按:1541)进士,见任四川按察司佥事。(明·程宽《新安名族志》后集"王"姓之"歙·王村"注)

  太原之王,出于周灵王太子晋。至唐曰秘阁较正希羽公者,由河南避黄巢乱,徙歙泽富(笔者按:今歙县王村)。十七传曰关公,复避元末乱,东徙龙溪。逊国之际,龙溪二世鹏寿公殉义,死淮水,季弟鹓寿公名子弟为奴,绝仕隐耕,由是龙溪四世无从学者。关公八传

至公。(《鸿逸堂稿·世父见初公墓志铭》)

  笔者按：从上述梳理，王炜当属龙溪王氏一脉。此脉一世祖当为唐末避黄巢乱的秘阁校正王希羽，二世为王明历，传十七世为关公。而关公又为龙溪一世，其二世有王鹏寿、王鹍寿，传至八世为王时沐一辈。可见，王炜当为龙溪王氏第九世。

先生祖父龙山公，族祖宁、宠、完三公。父王贯一、母汪氏（1599—1681年以后）。世父王德轩、王时沐（？—1641，字惟新，号见初）。仲兄三一先生、堂兄王税（王德轩第五子）、王玑、王文秋、王文祀（王时沐三子）。一子嗣仲兄并早殁，侄王应蛰、王应厬、王应照（王文秋二子、三子、四子）。

  先祖龙山公偕族王父宁、宠、完三公，于山麓构石梁，亭子立其上……先王父初号龙溪，后于郡中福城山房受王龙溪先生良知之学，以姓皆同，乃更曰龙山。所居实无是山也。(《鸿逸堂稿·龙溪记》)

  王炜，号不庵。自其祖龙山至父贯一，世传理学。(张佩芳、刘大櫆《乾隆歙县志》卷十二《文苑》)

  母汪氏，甚贤。与夫匡坐，集亲知，讲五经，四子无怠容，夫起乃起。(阙名朝鲜人《皇明遗民传》卷五"王炜"条)

  家仲兄三一先生常叹笑之，……(《鸿逸堂稿·亡友余子敬传》)

  税兄为德轩世父第五子。(《鸿逸堂稿·税兄小传》)

  予唯一子复嗣仲兄，年二十而殁。孝维之痛，非予不能知。予与孝维皆儒者，才与不才，各言其子。(《鸿逸堂稿·孙十一郎传》)

  公以崇祯十四年某月日卒。阅五年，公长子玑将偕两弟文秋、文祀，卜葬公里之象山，谒铭于顾亭林先生，宁人后不果，葬。又阅三十七年，公三子皆殁。文秋仲子应蛰偕弟应厬、应照、犹子国宾，葬公于飞龙坑之角坞，请炜铭之。……公讳时沐，字惟新，见初其号。(《鸿逸堂稿·世父见初公墓志铭》)

天启六年丙寅（1626） 一岁

先生生于是年，母汪氏二十八岁。

崇祯甲戌（笔者按：七年，1634），杞县刘文正公（宗周）大魁天下，九江文灯严先生以是科举进士。是年，予九龄，始学为制举艺，读先生之文，识其名。(《鸿逸堂稿·书文先生所寄葛巾集序后》)

崇祯戊寅（笔者按：十一年，1638）之岁，予年十三，仲兄挈予从学云间。(《鸿逸堂稿·陆母杨太孺人七十序》)

……弟今五十六矣。……因客娄东，家子如久不通问，伊人在乡，近未晤。家母今年八十三矣，仲秋病甚危，幸已平复。(《鸿逸堂稿·答顾宁人书》)

弘仁十七岁。

笔者按：弘仁（1610—1663），江南徽州歙县（今安徽歙县）人。俗姓江氏，名舫，字鸥盟。为僧后名弘仁，自号渐江学人、渐江僧。又号无智、梅花古衲。工诗书，爱写梅竹，以山水名重于时，属"黄山派"，又是"新安画派"的领袖。

顾炎武十四岁。

笔者按：顾炎武（1613—1682），初名绛，更名继绅，后仍名绛，字忠清。明亡后改名炎武，字宁人，亦自署蒋山佣。学者称亭林先生。江苏昆山人。① 曾参加抗清斗争，后来致力于学术研究。顾炎武一生共有370卷著作，以《日知录》《天下郡国利病书》《肇域志》等为其代表。

---

① 张穆：《顾亭林年谱》，中华书局1985年版，第1页。

五祖千仞禅师十四岁。

丙午（笔者按：康熙五年，1666）……冬十月，（五祖千仞禅师）脾疾作。师笑曰："毋相逼，吾行期定明春二月也。"届期……集众升座……遂端坐而逝世。寿五十又五。（《鸿逸堂稿·五祖千仞禅师传》）

曹一庵十四岁。

其年六十有七，以己未（笔者按：康熙十八年，1679）仲秋十七日卒。（《鸿逸堂稿·曹一庵墓志铭》）

王税十二岁。

税兄为德轩世父第五子，长予十一岁。（《鸿逸堂稿·税兄小传》）

吕直斋八岁。

直斋与予同里闬。戊戌（笔者按：顺治十五年，1685）春，始识之芝城。……至其事母朱太君也，四十如孩提，任质承欢，与群幼戏亲侧。（《鸿逸堂稿·吕直斋遗诗序》）

吴雪门六岁。

庚申（笔者按：康熙十九年，1680）仲秋，吴雪门卒于浙之遂安。……生辛酉（笔者按：天启元年，1621），死年过甲。（《鸿逸堂稿·吴雪门墓志铭》）

魏禧三岁。

笔者按：魏禧（1624—1680），字凝叔，一字叔子，号裕斋。江西宁都人。明末诸生。明亡后隐居宁都翠微峰，所居之地名勺庭，人又称之"勺庭先生"。康熙间，举博学鸿词，不应，后卒于仪真舟中。清初，人称魏禧、侯方域、汪琬为散文三大家。魏禧与其兄际瑞（字善伯）、弟礼（字和公），都能文章，世称"三魏"，后人裒集成《宁都三魏全集》。魏禧著有《魏叔子文集》二十二卷、《诗集》八卷、《日录》三卷、《左传经世》十卷、《兵迹》十二卷等。

有问诸葛君何以能苟全乱世，（王炜）答曰："甘贫贱，能忍事而已。"魏禧每三复此言。（黄容《明遗民录》卷八）

天启七年丁卯（1627） 二岁
吕丽农生于是年。

（丽农）年五十六，以痰疾卒于广陵。……予长丽农一岁……（《鸿逸堂稿·吕丽农传》）

龚劬庵生于是年。

（曹）一庵殁于己未（笔者按：康熙十八年，1679），劬庵殁于癸亥（笔者按：康熙二十二，1683），年皆六十七。（《鸿逸堂稿·龚劬庵墓志铭》）

（王炜）与李夷山、顾蒋山、吴虚坚友，娄东称素心友，王南村、曾一庵（笔者按：疑为曹一庵）、龚劬庵三人而已。（黄容《明遗民录》卷八）

崇祯七年甲戌（1634） 九岁
始学科举制艺。九江文灯严先生中进士。

崇祯甲戌，杞县刘文正公大魁天下，九江文灯严先生以是科举进士。是年，予九龄，始学为制举艺，读先生之文，识其名。(《鸿逸堂稿·书文先生所寄葛巾集序跋》)

对阳明心学有独悟。

王子生而颖异，自其祖龙山公及其父贯一先生，世受理学。王子方九龄，即能取"慎独""毋自欺"二语以告人。贯一先生深器之，遂以渊源指授焉。(《鸿逸堂稿·鸿逸堂稿序》)

（王炜）生而颖异，自其祖龙山公，及其父贯一先生，世受理学。艮方九龄，即能取"慎独""毋自欺"二语以告人。父深器之，遂以渊源指授焉。(黄容《明遗民录》卷八)

崇祯十一年戊寅（1638） 十三岁
与仲兄游学云间，过天竺。

崇祯戊寅之岁，予年十三，仲兄挈予从学云间。知吴门有杨维斗、陆履常两先生。(《鸿逸堂稿·陆母杨太孺人七十序》)

予年十三，从仲兄过天竺，至飞来峰下，叹赏不能去。(《鸿逸堂稿·味山堂记》)

南明弘光元年（顺治二年）乙酉（1645） 二十岁
春，游天姥山，与吴虚壑相见而携游。

乙酉春，予游天姥，独踞峰顶，有风自东北来，山谷鸣吼，乱云如掷絮，偶讽李白句，失声长号。虚壑闻之曰："是奚为者？"循声而至，相见则大喜，一语连日夜不休。自是浙西千里名山大川，毋论昔人伐木扣舷之地，即古今共弃，人所不道者。予两人无不历险穷支，指

顾点画，往往落日孤峰，徘徊不去。(《鸿逸堂稿·吴虚壑小传》)

作《易赘》。

年二十疾时愤世，思以所学救天下之倒悬，而时命未可，乃收视摄听，读《易》山中。微参冥契，豁然会心，羲皇以前，周孔以后，六合之内，瞬息之近，无非《易》也，可以无言，又乌可以不言于？是有《易赘》之作。(顾祖禹《鸿逸堂稿·鸿逸堂稿序》)

是书（笔者按：指《易赘》）每条皆泛论《易》理，不标经文。凡与人问答书中有论《易》者，亦节录附入。自序云："汉儒乱其数，宋儒凿其理，其有合于《易》而不失厥旨者，要非全《易》矣"。然大旨仍主义理而不言象数。《经义考》作一卷，称其友始安吴怀、鄱阳史白序之。①

年二十疾时愤世，思以所学救天下之倒悬，而时命未可，乃收视摄听，读《易》山中。微参冥契，豁然会心，于是有《易赘》之作。(黄容《明遗民录》卷八)

七月，顾炎武家遭难。

七月初六日巳刻，清军下昆山城，顾亭林生母何太孺人，被游骑斫右臂折，弟子矤、子武并遭难，子矤妻朱氏，引刀自刺其喉，僵卧瓦砾中，得免。②

秋，先生归里。

乙酉秋，炜归，而有吴下述昆山顾绛母饿死事。贯一叹息，久之，敕诸孙断弃举子业。(阙名朝鲜人《皇明遗民传》卷五)

---

① （清）纪昀等：《钦定四库全书总目》，中华书局1997年版，第112页。
② 张穆：《顾亭林年谱》，中华书局1985年版，第18页。

顺治七年庚寅（1650）　二十五岁
张潮生于是年。

　　康熙己卯（笔者按：三十八年，1699）六月，张子山来五十初度……（据王晫《张山来五十寿序》）

　　笔者按：张潮（1650—1707？），字山来，号心斋，又号三丰道人，安徽歙县人。康熙初岁贡生，充翰林院孔目。与孔尚任、冒辟疆、陈维崧等都有交往。著有《心斋诗集》《幽梦影》《花鸟春秋》《花影词》等，编有《昭代丛书》《檀几丛书》，辑有《虞初新志》等。

顺治十二年乙未（1655）　三十岁
逗留南屏吴惟处，并作《吴南屏惟小园诗稿序》。

　　予性畏暑，三十年来自中夏届中秋，率闭户百日不出，知友见过，亦无所答。其当酬复者，阍子辄严谢之，久而知予如此，概不责报也。今年夏，友人自里中招来欈李，入舟热憯，几欲返棹。而促者再至，不得已，暂留郭外，过南屏吴子惟小园。……予将别，还娄东，酒间，吴子出诗稿相质。诗如吴子之人，落落自奇，真气满纸；又如此园之小中见大，近处能远，使予读之而并忘暑也。故即园之景物，述以为吴子诗序。（《鸿逸堂稿·吴南屏惟小园诗稿序》）

顺治十三年丙申（1656）　三十一岁
与顾炎武别于南陔堂。

　　丙申夏，（与宁人）别于南陔堂。予索之，则前留，他所又不知。此诗今尚存否耶？宁人老矣，无子嗣矣。（《鸿逸堂稿·书顾宁人昌平山水记后》）

顺治十五年戊戌（1658）　三十三岁
春，与同里吕直斋相识于芝城。吕直斋四十岁。

直斋与予同里盖闻。戊戌春，始识之芝城。弘介贞谅，与人无隐，以直道自命。予观其处兄弟，则怡怡；处妇子，则嗃嗃。至其事母朱太君也，四十如孩提，任质承欢，与群幼戏亲侧。(《鸿逸堂稿·吕直斋遗诗序》)

或于是年更名为艮、字为无闷。

戊戌春，王子将有事于远，事无疑也。疑于时而筮之，得艮焉。异时又将有所事，再筮之，亦得艮。王子怃然叹曰："先圣示我矣。"遂去其旧名而名艮，以无闷为字。……王子曰："予之名、字易于今，而不庵之号不始于今也。"(《鸿逸堂稿·不庵记》)

笔者按：不庵是王炜的字还是号，相关材料有不一致的地方，如《钦定四库全书总目》、阙名朝鲜人《皇明遗民传》卷五称不庵为王炜之号，而黄容《明遗民录》卷八则称不庵为其字。现依据《鸿逸堂稿·不庵记》，再据《昭代丛书》本《嗒史》附录《释行愿不庵传》"举宇宙俯仰，无一可当其心者。于是，'不庵'之号从而立焉"，我们完全可以判定，不庵为王炜之号而非字，黄容误。

客鄱阳。

崇祯甲戌（笔者按：七年，1634），……越二纪，戊戌予客鄱阳，去九江不三百里，时时闻先生行履，或以为老狂，或以为介僻，以其不谐于世也。(《鸿逸堂稿·书文先生所寄葛巾集序跋》)

顺治十七年庚子（1660） 三十五岁
八月，与渐江游黄山。

予以庚子八月，偕渐江老衲入自汤院……(《鸿逸堂稿·黄山游记》)

庚子秋，予从渐公黄山道中，为匡庐期，期以次秋从事。(《鸿逸堂稿·庐山游记》)

顺治十八年辛丑（1661） 三十六岁
秋，游芝阳。

庚子（笔者按：顺治十七年，1600）秋，予从渐公黄山道中，为匡庐期，期以次秋从事。至时，予游芝阳待之，而渐公不至。盖渐公高卧云谷，迟迟不舍。(《鸿逸堂稿·庐山游记》)

康熙元年壬寅（1662） 三十七岁
仲冬，渐江来庐山。因雪阻，先生与渐江在里人吕君且读斋度岁。

……累书促之，乃以壬寅仲冬来，饶雪阻，湖冰在望难，即度岁于里人吕君且读斋。(《鸿逸堂稿·庐山游记》)

康熙二年癸卯（1663） 三十八岁
暮春十日开始与渐江游庐山。

癸卯暮春十日，始克束装进发。吕君先期招吾乡之侨居庐麓者，为予辈主买舟，从鄱阳水程抵南康。(《鸿逸堂稿·庐山游记》)

康熙五年丙午（1666） 四十一岁
秋，程守（蚀庵）寄《宣城俞去》文给先生。

丙午秋，蚀庵先生曾以《宣城俞去》文为其《省静堂文序》寄予芝城，且并属予为序。予以善病久忘之。(《鸿逸堂稿·省静堂文集序》)

康熙六年丁未（1667） 四十二岁
吕直斋卒，年四十九。

直斋卒年四十九。（《鸿逸堂稿·吕直斋遗诗序》）

五祖千仞禅师卒，年五十五。

乙巳（笔者按：康熙四年，1665）夏，大风雷山中，古木尽折，师喟然曰："法运凌夷，吾道之倾乎？"丙午（笔者按：康熙五年，1666）夏，时微恙。……冬十月，脾疾作。师笑曰："毋相逼，吾行期定明春二月也。"届期，四祖晦山显禅师问疾。……次日未刻，集众升座，问众集否，众云："集。"又问："晦公在否？"众云："在。"师云："好。吾今去矣。"遂端坐而逝世。寿五十又五。（《鸿逸堂稿·五祖千仞禅师传》）

康熙八年己酉（1669） 四十四岁
秋，收到绿雨大师所寄的文灯严先生所作的《葛巾集序》。

绿雨大师自五祖来鄱阳。予交绿师不独以禅也，常缕缕，先生不置，予始欲一识先生。盖予之知先生者三十年，先生知予不审始于何日。己酉秋，绿师忽以先生所为《〈葛巾集〉序》寄予吴中。中有"闻其名，见其集，心友之，未识为恨"之语。（《鸿逸堂稿·书文先生所寄葛巾集序跋》）

深秋，客娄东。

予自己酉杪秋客娄东，息影独居，不通户外者五年。（据《鸿逸堂稿·曹一庵墓志铭》）

康熙十二年癸丑（1673） 四十八岁

秋，紫石山人（沈浩）与先生别，去湖南武陵。

紫石山人，予同里老友，自江右届吴，所与朝夕者不可以岁月计。其高才远识，灵心逸趣，素为同人所称道。此其于诗，若石之出云窍之成响，殆固有者。然予未见其诗也。癸丑秋，别予去武陵。（《鸿逸堂稿·紫石山人诗序》）

康熙十三年甲寅（1674） 四十九岁

仲冬，作《大铁椎纪事》。

嗒史氏曰：……甲寅仲冬，予为《大铁椎纪事》，欲使海内知其人。（《鸿逸堂稿·大铁椎纪事》"嗒史氏曰"）

笔者按：《中国古代小说总目提要》[①]、《中国古代小说总目》（文言卷）[②] 等在著录《嗒史》时皆称："（《嗒史》）所叙为万历至崇祯间事，则其书似成于明末。"笔者认为此说不妥。现据《嗒史·大铁椎》"嗒史氏曰：……甲寅仲冬，予为《大铁椎纪事》，欲使海内知其人"，我们可以确认王炜完成《嗒史》创作，不会早于康熙十三年甲寅（笔者按：1674）仲冬。上述二书著录有误。

冬，与曹一庵相交。

甲寅冬，先生不鄙而交之。予交先生五阅岁耳。（《鸿逸堂稿·曹一庵墓志铭》）

[①] 朱一玄、宁稼雨、陈桂声：《中国古代小说总目提要》，人民文学出版社2005年版，第350页。

[②] 石昌渝等：《中国古代小说总目》（文言卷），山西教育出版社2004年版，第450页。

康熙十四年乙卯（1675）　五十岁
七月，读《魏叔子集》。

　　嗒史氏曰：……甲寅（笔者按：康熙十三年，1674）仲冬，予为《大铁椎纪事》，欲使海内知其人。明年七月，读《魏叔子集》，已有传，事详于予文，复奇肆精悍。其人传矣，予何必传言哉！爰识之以存诸簏。(《鸿逸堂稿·大铁椎纪事》"嗒史氏曰")
　　一事而两见者，叙事固无异同，行文必有详略。如《大铁椎》，一见于宁都魏叔子，一见于新安王不庵。二公之文，真如赵璧隋珠，不相上下。顾魏详而王略，则登魏而逸王。只期便于览观，非敢意为轩轾。（张潮《虞初新志·凡例十则》）

夏，作《省静堂文集序》。

　　今年夏，（程）蚀庵复理前说，乃搜《俞》文（笔者按：即《宣城俞去》文），读之而叹曰："今日之文，人人以八家自命矣！"非蚀庵，谁可与论哉？……年三十，即为病所困。二十年来，尽废旧业，率腕舌以言胸臆，不复可谓之文。(《鸿逸堂稿·省静堂文集序》)

康熙十六年丁巳（1677）　五十二岁
作《书顾宁人昌平山水记后》。

　　《昌平山水记》二卷，昆山顾绛宁人著。予别宁人二十二年。宁人寄予三书，沉其一。是记则从伊人得观借录者，其作之意与援引载籍，可以稽考故迹，备实用不论。(《鸿逸堂稿·书顾宁人昌平山水记后》)

康熙十八年己未（1679）　五十四岁
曹一庵卒，年六十七。先生作《曹一庵墓志铭》。

太仓沙溪有古君子曰曹先生一庵，其学以希圣为宗，其行坦易切实，其文章言语一如之。其年六十有七，以己未仲秋十七日卒。(《鸿逸堂稿·曹一庵墓志铭》)

康熙十九年庚申（1680） 五十五岁

作《吕直斋遗诗序》。

吕直斋殁十三年，令子士锽刻其遗诗而问序于予。予既习知直斋，因念当论其诗乎？抑当论其人乎？论其人，则诗见；论其诗，则人不见。论其人可以矣。(《鸿逸堂稿·吕直斋遗诗序》)

仲秋，吴雪门卒，年六十。

庚申仲秋，吴雪门卒于浙之遂安。明年五月始知其果死，为位哭之。……（雪门）生辛酉（笔者按：天启元年，1621），死年过甲。(《鸿逸堂稿·吴雪门墓志铭》)

龚刿庵子秉正卒，年三十。先生作《龚生义存赞并序》。

未几，（曹）一庵命其二子宁祥、庆祥从予游。既而，南村亦以其子烈，（龚）刿庵以其嗣子秉正、犹子秉直，及予门。诸子皆方正，具文彩，而秉正、秉直尤以文著州人，有"二龚"之目。庚申仲秋，秉正病卒，年甫三十。……秉正言行卓然，足为世赖，不为寇莱公之典枢，范宗尹之知政，而同于萧统、刘𬭎之殀折。岂古道终不可复邪？则予之哭也，非一人之私，实为天下惜之矣。因题其像而赞之曰……(《鸿逸堂稿·龚生义存赞并序》)

康熙二十年辛酉（1681） 五十六岁
与沈浩（即紫石山人）相见于吴，并作《紫石山人诗序》。

癸丑（笔者按：康熙十二年，1673）秋，（紫石山人）别予去武陵。相隔八载，客有自湖南来者，……未数日，吕生士鹤手一编，告曰："此则山人之诗。"……山人曰："昔所调弄禽石，如患难中友，实不忍弃。予且再游武陵以访之，倘得载而东，愿先生作歌志其事。"予曰："诺。"爰序诗以为之息壤。（《鸿逸堂稿·紫石山人诗序》）

作《吴雪门墓志铭》。

庚申（笔者按：康熙十九年，1680）仲秋，吴雪门卒于浙之遂安。明年五月，始知其果死，为位哭之。（《鸿逸堂稿·吴雪门墓志铭》）

作《答顾宁人书》。

久不得音问，忽领翰教，如亲謦欬，喜跃之极，不觉凄然。先生明年七十，弟今五十六矣。会面何时，尚不可知，迴忆旧游，真同梦寐，不待秉烛相对也。……家母今年八十三矣，仲秋病甚危，幸已平复。适自敝里出，兼接瑶函，恐岁首还里，别无鸿便此候，遂以奉闻。想先生亦为弟喜也，伏惟加餐，不胜私祝。（《鸿逸堂稿·答顾宁人书》）

康熙二十二年癸亥（1683） 五十八岁
龚刼庵卒，年六十七。先生作《龚刼庵墓志铭》。

以直道取友于太仓，得二人，曰曹一庵、龚刼庵。一庵学醇力厚，人见其是而不知其直；劬庵直致所性，人称其直而不知其学。一庵殁于己未（笔者按：康熙十八年，1679），劬庵殁于癸亥，年皆六十七。将无行齐者，其年亦齐耶？前志一庵墓，不禁为世道嘅。门人龚秉直为劬庵犹子，再拜泣以状请曰："非夫子无以不朽，世父也。"予辞不可，乃为之志。（《鸿逸堂稿·龚劬庵墓志铭》）

康熙二十三年甲子（1684） 五十九岁
作《世父见初公墓志铭》。

公以崇祯十四年（笔者按：1641）某月日卒。阅五年，公长子玑将偕两弟文秋、文杞，卜葬公里之象山，谒铭于顾亭林先生，宁人后不果，葬。又阅三十七年，公三子皆殁。文秋仲子应蛰偕弟应麐、应照、犹子国宝葬公于飞龙坑之角坞，请炜铭之。炜生虽晚，幸得奉公颜色，见公行事，而又与玑、秋、杞三兄谊至笃，不禁泫然于存亡之际，乃不敢辞而志之。（《鸿逸堂稿·世父见初公墓志铭》）

康熙二十五年丙寅（1686） 六十一岁
作《答毛稚黄书》。

弟与先生俱六十人矣。凡此皆就来教为相尽，非欲送难以炫已得，倘有未当，辛垂明晦，酷热竟无退期，吴棹必须稍凉，即当图晤，以尽欲言，先此布复。（《鸿逸堂稿·答毛稚黄书》）

康熙三十四年乙亥（1695） 七十岁
先生或最迟逝于是年。

笔者按：张叔斑的《郯啸文集·与王不庵书》跋语称："甲戌冬，驱车北上，途中以此相寄。乙亥还里，而不庵竟作古人矣。""甲戌"

为康熙三十三年（1694），"乙亥"为康熙三十四年（1695）。据此，我们可以推测王炜应卒于康熙三十三年（1694）至康熙三十四年（1695）间。

另外，王炜的卒地有两说：一是张潮在《昭代丛书选例》中称其卒于楚中汉皋，一是杨复吉在《嗒史跋》中称其卒于娄东。笔者认为张潮的说法更可靠，因为张潮与王炜是同时代的人，且有交往，在编辑《昭代丛书》过程中，张潮曾收到王炜所寄书目。更为重要的是他在前往王炜所在地楚中汉皋索书时，王炜则已客死于是地。这种亲身经历更为可靠。而杨复吉作《跋》时间为乾隆癸卯四十八年（1783）仲夏，认为王炜卒于娄东的依据仅仅是《嗒史》"于娄东事什得八九云"。这种推测，有一定可信性，但未必正确。

总之，经过以上梳理，我们大致勾勒出了王炜的生平轮廓。最后，我们再来对王炜的著述做一简要交代。据吕士骏、吕士鹤兄弟《鸿逸堂稿跋》称王炜所著有数百万言，但大多"既已荡为冷风霏烟不可寻缉"，目前存世的只有顺治间《易赘》（笔者按：题2卷，实1卷）刻本（藏上海图书馆分馆）、清初《鸿逸堂稿》（不分卷）刻本（藏浙江图书馆）、道光间《昭代丛书》本（光绪间重印）《嗒史》（1卷）（笔者按：较《鸿逸堂稿》本该本将篇名中的"纪事"二字删去、避乾隆帝讳改"赵尔弘"为"赵尔宏"并附有《释行愿不庵传》、张潮《昭代丛书选例》和杨复吉《嗒史跋》）、张其淦《明代千遗民诗咏》收有《黄山游记》诗咏等。王炜以上著述，以《鸿逸堂稿》收集作品最为全面，包括《易赘》（笔者按：在内容上较顺治本有所增加）、《嗒史》和《黄山游记》诗咏。王炜《书文先生所寄葛巾集序跋》、黄容《明遗民录》卷八提及王炜撰有《葛巾集》，今未见。

严首升生平小考

据《明遗民传记资料索引》，载有严首升传记的文献主要有邓之诚《清诗纪事初编》卷二、周亮工《尺牍新钞》卷九、《结邻集》卷十一、《藏弆集》卷七、徐鼒《小腆纪传》卷五十三、陈田《明诗纪事》辛签卷二十五。① 但这些传记资料对严首升的生卒年与入清后的生活状态，或未曾涉及，或语焉不详，笔者现据《濑园诗初集》《后集》《补集》及《华容县志》等有关资料，对这两方面做一小考。

（一）严首升的生卒年。关于严首升的生年，严首升在其《濑园诗初集》与《后集》《补遗》中的表述有些不一致，如《濑园诗初集》卷二《舟泊·自序》称"天启辛酉，予年十四，应郡试"②。"天启辛酉"为天启元年，即1621年，按古人以虚岁计算年龄，我们推测严首升当生于万历二十六年（1608）。而《濑园诗后集》"戊寅诗序"称"年三十二读书荆州"，"己酉诗序"称"年六十三家居"等。"戊寅"为崇祯十一年（1638），"己酉"为康熙八年（1669）。这样，我们又推测出严首升的生年为万历二十五年（1607）。那么，哪一个年龄更为可信呢？笔者认为是后者。因为《濑园诗后集》及《补遗》中的诗作均是以年份来划分的，从戊寅一直到己酉，即从其三十二岁至六十三岁。在这么长的时间内，作者

---

① 谢正光编著，王德毅校订：《明遗民传记资料索引》，新文丰出版公司1990年版，第411页。

② （清）严首升：《濑园诗初集》卷2《舟泊》，《四库禁毁书丛刊》集部第147册，北京出版社2000年影印本，第20页。

应该不会误记，而在《初集》中的年龄表述当为误记。

关于严首升的卒年，鞠盛据严首升《濑园遗集》卷五中的《夹山记》称其"予年近八旬"，又据刊于康熙二十四年（1685）该文集中的陈廷策序称严首升"前一二年方卒"，推定严首升当卒于康熙二十二年或二十三年（1683 或 1684）。① 但乾隆《华容县志》中的《严首升传》（详见下文）称其"卒年七十有五"。这样，我们可以推定严首升当卒于康熙二十年（1681）。这与《夹山记》自称"年近八旬"以及陈廷策序所称"前一二年方卒"并不矛盾，因为他们说的都是一个大致时间，并非确指。所以，鞠盛的推测有一定的偏差。

（二）严首升在明亡后的生活状态。据清乾隆十一年（1746）黄凝道重修，谢仲坈编纂《岳州府志》卷二十二《人物·文苑·严首升传》：

> 严首升，字平子，华容人。崇正（笔者按："正"当为"祯"）间岁贡，刻意诗、古文、词，落笔洒洒千言，能于诸家外得未曾有，当事雅重其名。所著《濑园前后集》，二十六卷。关西刘絃与毘陵薛寀梓之吴中。②

再据乾隆二十五年（1760）狄兰标等纂修《华容县志》卷八《人物中·严首升传》载：

> 严首升，字平子，号确斋，一名颐，字解人。年十二作《懊春》词，壮岁受知澧刺史周彝仲，知其贫，资给良厚。时督学王澄川、高汇旃，皆引客幕中。高破资格，举升明经。乙酉，走白门，值马、阮柄用，知无可为，遂访周与高于宜兴、无锡。经半载，归，筑室东

---

① 鞠盛：《〈夹山记〉揭开了奉天玉之谜》，湖南李自成归宿研究会编：《李自成禅隐夹山考实》，湖南大学出版社 1988 年版，第 216 页。

② （清）黄凝道重修，谢仲坈编纂：《乾隆岳州府志》，《中国地方志集成》之"湖南府县志辑 6"，江苏古籍出版社 2002 年影印本，第 312 页。

山，题曰"岸上船"。衲衣髡顶，绝意进取。甲午，督学郜凌玉强就闱试，力辞不赴。与同里程本以诗相唱和，一时士人多钦仰之。卒年七十有五。①

又据光绪八年（1882）孙炳煜等修，熊绍庚等纂《华容县志》卷十《人物·文苑·严首升传》载：

严首升，字平子，号确斋，一名颐，字解人。负奇才，有大志。年十二作《懊春》词，下笔千言，能谈当时务，名动王公。遭时不偶，走白门，值马、阮柄用，知无可为。归，筑室东山，题曰"岸上船"。衲衣髡顶，逃于禅。著有《制艺》《濑园全集》数十卷，行于世。②

又据该县志卷十五《志馀》载：

严濑园秉性最慧，百倍同侪，而嗜学尤勤。邑孙氏累叶才士，积书之多，匪但绛云楼比。濑园以交好，得尽观览，有为孙氏家众所未知未见者，悉了了如稚子数支干然。每夏月，则张单纱巨伞于星月下，午夜呫哔不辍。年三十余，即借髡顶解脱一切。补

周彝仲为奸相株连，锒铛拖曳，命与鬼邻。平生交好皆惶惶惧祸及，濑园顾独走数千里，抗疏请宥周，获保首领。补

北川王佩公以章草名家，尝于僧舍，夜半见濑园笔迹，辄走，人请见，意迫不待鸡鸣。徐荆庵，山阴才士，令华邑，甫下车即师事濑园。徐故饶古籍，频检以叩，答与问应，头尾贯彻，与流水相似。徐

---

① （清）狄兰标等纂修：《乾隆华容县志》，《中国地方志集成》之"湖南府县志辑11"，江苏古籍出版社 2002 年影印本，第 123 页。

② （清）孙炳煜等修，熊绍庚等纂：《光绪华容县志》，《中国地方志集成》之"湖南府县志辑11"，江苏古籍出版社 2002 年影印本，第 374—375 页。

益深北面之情。补

  康熙二十年，湖广总督蔡毓荣剿吴逆过华，闻距濑园居甚近，坚请相见，濑园携小僮，策蹇驴，造行营。蔡喜跃如见绮皓。濑园长揖不拜，坐定，蔡以请封洞庭王，乞代疏稿。濑园即席草就，文不加点。蔡益奇其人，厚赆。概辞，惟领盛筵而退。蔡送先生至壁垒外，见其跨驴不克上，抚掌大笑，三军粲然。然其驻军处，今称官堰。补①

  通过以上方志材料，我们发现严首升在明亡后，"衲衣髡顶，绝意进取"，在顺治十一年（1654），虽有"督学郜凌玉强就闱试"，但他"力辞不赴"，对湖广总督蔡毓的厚赠，亦"概辞，惟领盛筵而退"。可以说，严首升在明亡后，坚持了自己的民族气节。另外，严首升著有"《制艺》《濑园全集》数十卷"，"一时士人多钦仰"。由此可见，严首升在当时是一位颇受人们尊敬的士人。

---

  ①　（清）孙炳煜等修，熊绍庚等纂：《光绪华容县志》，《中国地方志集成》之"湖南府县志辑11"，江苏古籍出版社2002年影印本，第488页。

贺贻孙为明遗民小考

谢正光等编著的《明遗民传记资料索引》《明遗民录汇辑》等均未著录贺贻孙为明遗民。现据其生平材料及目前学界已有的学术成果，笔者认为其亦符合明遗民的三个基本条件。

目前学界对贺贻孙作全面研究的是罗天祥编著的《贺贻孙考》。罗天祥据贺贻孙的《先妣龙宜人行述》《亡儿稚圭行述》《祭大金吾李绳武文》《季弟子家行述》《先祖封文林郎西安县知县闻所公行述》《族侄季子墓志铭》《周伯召内兄墓志铭》等多篇文章，确凿推出"贺贻孙生于明万历三十三年乙巳（1605）"[①]。至于贺贻孙的卒年，罗天祥除据上文提及的部分文章外，还据《明经贺僧护墓志铭》《族侄小琮墓志铭》《周广平传》以及莲花县《良坊贺氏族谱》所记，推测出贺贻孙当"卒于清康熙二十七年戊辰（1688）十二月，享年八十四岁"[②]。这亦表明贺贻孙在生活时代上符合明遗民条件。

那么，贺贻孙在明亡后是否仕清或应试了呢？据乾隆十一年（1746）王瀚等修、陈善言等纂《永新县志》（国家图书馆藏有此本）卷八《人物·文学·贺贻孙传》（笔者按：此传《贺贻孙考》未附录）载：

贺贻孙，字子翼，厚田人，兖州丞康载蒙嗣也。幼聪慧，九岁能

---

① 罗天祥编著：《贺贻孙考》，江西人民出版社 1998 年版，第 19 页。
② 罗天祥编著：《贺贻孙考》，江西人民出版社 1998 年版，第 21 页。

文，入郡学食饩，两中前明副车。当时江右文人如陈大士、万茂先、陈士业、徐巨源辈，皆折节之。洎甲申之变，决志入山，肆力诗、古文辞，著作日富。本朝提学樊公缵前召之再，固辞不受。巡按笪公重光欲以布衣征入内翰，书至门，愀然曰："吾逃世而不能逃名，名之累人实甚！"遂变名高蹈，与高僧羽士往来。君常戒子弟，读书须有实际，不得以剽窃欺有司，终坐空疏之诮。逝年八十有四。著有《易触》《诗触》《史论》藏于家，其行世者，《诗筏》《骚筏》《激书》《水田居士诗文集》及《浮玉馆藏稿》凡三刻。子稚恭、稚圭，皆有宏博声。

由上述县志记载可知，贺贻孙在明亡后"决志入山"，清朝官员征召时亦"固辞不受"，并"变名高蹈，与高僧羽士往来"。换言之，贺贻孙在入清后没有仕清与应试经历，在民族气节上符合明遗民条件。这在《贺贻孙考》附录的其他传记资料中亦得到证实，如《国史馆·贺贻孙传》称"国变后，高蹈不出"，《辞海》"贺贻孙"条称"明亡隐居。康熙时，以博学鸿词荐，削发逃入深山"，乾隆《禾川书》、同治《永新县志·人物志·列传》、光绪《吉安府志·人物志·隐逸》等记载大致同乾隆本《永新县志》。贺贻孙为一士人，更毋庸置疑，从上述有关贺贻孙传记资料记载及其著述可窥之，在此无须赘述。总之，贺贻孙完全符合明遗民的三个条件，当为明遗民无疑。

下 编

《樵史通俗演义》与晚明朝事

《樵史通俗演义》，亦称《樵史演义》《樵史》，为清初一部颇具影响的时事小说，亦是一部清初遗民小说。其描述了明末天启、崇祯、弘光三朝25年（1621—1645）的史事，涉及的专题主要包括四个方面，即党争、辽东战事、农民起义、弘光朝事等。

一 《樵史通俗演义》与党争

《樵史通俗演义》涉及的党争主要是明末三朝（天启、崇祯和弘光）的党争。这三朝的党争主要是东林党人及其余党与阉党及其余党之间的殊死斗争。作者对这场错综复杂而又惊心动魄的政治斗争的描写，一方面它是全面的，它容纳了这三朝党争的主要事件和主要人物；另一方面又是客观的，它描述的主要事件和主要人物大体上与史书记载相一致。当然，在总体描述客观的同时，我们认为也承认有一部分不实的描写和明显有个人倾向的描写。无论是客观描写还是不实描写，其主要目的在于展现晚明的痼疾、表达对阉党的痛恨、总结明亡的教训等。

（一）较为全面而客观的三朝党争描写

1. 天启年间的党争

这是小说重点描述的党争。小说在描写这一时期的党争时，较为客观合理地描写了阉党形成的过程以及东林党人和魏珰之间的斗争。其特点主要有：

（1）党争的集团化。小说的第二、三回集中描写了阉党的形成过程。首先是魏忠贤与客氏勾结，接着是崔呈秀、顾秉谦之流卖身投靠，最后，"崔呈秀、阮大铖荐了个许显纯做掌刑官。大堂田尔耕原是忠贤心腹，不消说是顺他的了"①（第三回）。至此，阉党完成了重要成员的聚集。《明史》对阉党集团重要成员聚集过程也有记载。《魏忠贤列传》记载了魏客的勾结："长孙乳媪曰客氏，素私侍（魏）朝，所谓对食者也。及忠贤入，又通焉。客氏遂薄朝而爱忠贤，两人深相结。"②《阉党列传》记载了阉党的其他重要成员与魏忠贤的勾结："（天启二年）忠贤用事，以同乡同姓潜结之（指魏广微），遂召拜礼部尚书。至是，与（顾）秉谦俱以原官兼东阁大学士。"③"（天启四年）忠贤冀假事端倾陷诸害己者，得（崔）呈秀，恨相见晚，遂用为腹心。"④"天启四年十月（田尔耕）代骆思恭掌锦衣卫事。狡黠阴贼，与魏良卿为莫逆交。"⑤"天启四年，刘侨掌镇抚司，治汪文言狱，失忠贤指，得罪，以（许）显纯代之。"⑥

阉党在形成过程中，面临着同样集团化的东林党人。据阉党所列东林党人名录，可能最多有五百余人。清陈鼎《东林列传·凡例》载："《七录》所载或百余人，或二三百人，或多至五百余人。党人榜者，逆珰魏忠贤于天启五年十二月乙亥矫旨颁示天下，禁锢东林诸君子。"⑦ 我们可以想象，两个集团化的政治团体之间的残酷斗争，其手段可以说无所不用，其激烈程度也是无与伦比。

（2）手段的多样化。阉党在完成重要成员的聚集之后，排除异己就成

---

① （清）江左樵子编辑：《樵史通俗演义》，《古本小说集成》本，第46页。
② （清）张廷玉等：《明史》卷305《魏忠贤列传》，中华书局1974年版，第7816页。
③ （清）张廷玉等：《明史》卷306《顾秉谦列传附魏广微列传》，中华书局1974年版，第7843—7844页。
④ （清）张廷玉等：《明史》卷306《崔呈秀列传》，中华书局1974年版，第7848页。
⑤ （清）张廷玉等：《明史》卷306《田尔耕列传》，中华书局1974年版，第7872页。
⑥ （清）张廷玉等：《明史》卷306《田尔耕列传附许显纯列传》，中华书局1974年版，第7872—7873页。
⑦ （清）陈鼎：《东林列传·凡例》，（清）陈鼎：《东林列传》，《明代传记丛刊》学林类3，明文书局1991年版，第7页。

为它的主要目标。其手段层出不穷。我们在这里不妨将其主要手段梳理一下：

其一，留中不发。这是魏珰对于那些不利于自己的奏本的惯用手法。如对熊廷弼经略辽东的奏本，"却有魏忠贤庇护，只批得个'该部知道'"①（第二回）。对徐光启治兵的奏本，"谁来睬你，也只批得个'该部知道'"②（第二回）。对侯震旸参劾魏客专权的奏本，"侯给事的本，竟不发票了"③（第二回）。对文震孟勤政讲学的奏本，"本上了，魏忠贤明知是指他，留中未下"④（第三回），等等。

其二，降级外调。留中不发对于魏珰来说并不能铲除东林隐患，于是又采用调离京城的办法。如对江秉谦"降三级调外任了"⑤（第二回），对郑鄤和文震孟，"（魏忠贤）只怂恿天启皇帝各批'降级调外'"⑥（第三回）。

其三，制造谣言。魏客为了离间张皇后与天启之间的关系，"魏忠贤与李永昌等计较，买嘱几个奸人，飞造妖言，诬张娘娘是盗犯孙二所生，张皇亲过继为女的"⑦（第三回）。《明史》这样记载："进忠憾张后抑己，诬为死囚孙二所出，布散流言。"⑧这一事件由于"刑科给事中毛士龙擒了奸党几人，送巡城御史，顿时打死"⑨（第三回），而告一段落。不过，它也初露了魏珰的歹毒。

其四，罗织罪名。在天启初年，东林党人基本上掌控了朝政，所以魏忠贤要操纵朝廷，必须要采取特别的手段把东林党人清理出朝廷，罗织罪

---

① （清）江左樵子编辑：《樵史通俗演义》，《古本小说集成》本，第23页。
② （清）江左樵子编辑：《樵史通俗演义》，《古本小说集成》本，第25页。
③ （清）江左樵子编辑：《樵史通俗演义》，《古本小说集成》本，第33页。
④ （清）江左樵子编辑：《樵史通俗演义》，《古本小说集成》本，第42页。
⑤ （清）江左樵子编辑：《樵史通俗演义》，《古本小说集成》本，第35页。
⑥ （清）江左樵子编辑：《樵史通俗演义》，《古本小说集成》本，第43页。
⑦ （清）江左樵子编辑：《樵史通俗演义》，《古本小说集成》本，第40页。
⑧ （清）张廷玉等：《明史》卷246《王允成列传附毛士龙列传》，中华书局1974年版，第6386页。
⑨ （清）江左樵子编辑：《樵史通俗演义》，《古本小说集成》本，第40页。

名是最简易而又最有效的手段。他们首先制造了震惊朝野的杨（涟）左（光斗）魏（大中）等六君子事件。这六君子当中除赵南星外，其余五人都冤死狱中。接着又制造了让人瞠目的三周（按：周起元、周顺昌、周宗建）等七君子事件。这一事件是由魏忠贤指使，李实、曹钦程等具体策划的阴谋。（第十回）这七人，除高攀龙投水自尽外，其余六个全部死于镇抚司狱。阉党对付东林党人手段之残忍，在此可见一斑。

（3）斗争的激烈化。我们知道，东林党已于万历年间（1572—1620）即已形成，至天启年间（1521—1627）在朝廷上下已颇具影响，而阉党则形成于天启年间，与东林党展开了激烈的政治斗争。前文涉及的六君子事件、七君子事件即是这种残酷斗争的具体体现。笔者在此分别以其中的代表人物杨涟、周顺昌来管窥斗争的激烈程度。

杨涟虽是个都给事中，但他上的奏本确是一矢中的，振聋发聩。如他的移宫始末奏本，就受到天启"竭力忿争，忠直可嘉"①（第一回）的赞赏。列出魏忠贤二十四大罪状的奏本更是让魏珰诚惶诚恐。（第七回）《明史》卷二百四十四《杨涟列传》对此也有如是记载，关于移宫案，"涟恐（贾）继春说遂滋，亦上《敬述移宫始末疏》"②，"帝优诏褒涟志安社稷，复降谕备述宫掖情事"③；对于魏客专权，"其年（天启二年）六月，涟遂抗疏劾忠贤，列其二十四大罪"④，"忠贤初闻疏，惧甚"⑤。

周顺昌又是一个敢于同魏珰碰硬的汉子。当魏大中被押经过苏州时，周顺昌亲自为其送行，并把自己的幼女许配给魏大中的幼子，这种行为足见周顺昌为人耿直的性格，不畏阉党淫威的个性。后来，周顺昌被系入狱。在狱中，周顺昌仍表现出不畏强暴敢于斗争的精神。"周顺昌骂了又骂道：'你们这班奸贼，不受人罚，必有天诛！料你们决不放我活了，我死诉之上帝，必不饶你。'许显纯见他比别人更恨，骂得更毒，吩咐把铜

---

① （清）江左樵子编辑：《樵史通俗演义》，《古本小说集成》本，第8页。
② （清）张廷玉等：《明史》卷244《杨涟列传》，中华书局1974年版，第6323页。
③ （清）张廷玉等：《明史》卷244《杨涟列传》，中华书局1974年版，第6323页。
④ （清）张廷玉等：《明史》卷244《杨涟列传》，中华书局1974年版，第6324页。
⑤ （清）张廷玉等：《明史》卷244《杨涟列传》，中华书局1974年版，第6328页。

锤击齿。齿都打落，骂还不住。许显纯立起身来，听见他骂得含糊了，笑问道：'你还骂得明白吗？'周顺昌出口血，直喷他的面上，半明不白，骂越狠了。又把头触在石上，头额都碎"①（第十一回）。这一情节《明史》也有记载："顺昌至京师，下诏狱。许显纯锻炼，坐赃三千，五日一酷掠，每掠治，必大骂忠贤。显纯椎落其齿，自起问曰：'复能骂魏上公否？'顺昌嗫血唾其面，骂益厉。遂于夜中潜毙之。时六年六月十有七日也。"②

2. 崇祯年间的党争

崇祯帝上台后，在半年时间内迅速铲除了魏忠贤及其党羽。阉党与东林党之间的斗争告一段落。但是，崇祯时期仍然存在党争，只不过由于崇祯帝采用平衡策略，党争没有天启时期那么激烈，小说着重描写了温体仁为首辅时的党争。其特点是首辅继续与东林党人进行党争。

温体仁为浙江湖州人，或有浙派背景。据《明史》记载，温体仁是个很得崇祯帝宠信的人，谢国桢也认为"因为体仁能迎合毅宗的意，所以毅宗很信用他"③。特别是他在崇祯初年与周延儒联手阻止了东林党人钱谦益入阁之事，甚合厌恶朋党之争的崇祯帝之意。于是，"只有温体仁做了八年阁老，又是四年首相。自崇祯三年入阁"④（第三十回）。温体仁入阁后，首先排挤了同朝为政的周延儒，接着就是打击东林党人了。

文震孟是东林党人中被温体仁打击的主要对象。至于温体仁为什么要如此打击文震孟，谢国桢这样解释："体仁最恨的是文震孟，他因给事中许誉卿讦奏贼焚皇陵的故事，说体仁'纳贿庇私，贻忧要地，以皇陵为孤注'的话，被削了职。文震孟抗疏挽救誉卿，体仁复谓：'言官罢斥为至荣，盖以朝廷赏罚为不足惩劝，悖理蔑法。'帝遂逐震孟。"⑤ 除文震孟外，温体仁对于东林党人孙承宗、范景文亦不重用。

---

① （清）江左樵子编辑：《樵史通俗演义》，《古本小说集成》本，第198页。
② （清）张廷玉等撰：《明史》卷245《周顺昌列传》，中华书局1974年版，第6354—6355页。
③ 谢国桢：《明清之际党社运动考》之4《崇祯朝之党争》，中华书局1982年版，第68页。
④ （清）江左樵子编辑：《樵史通俗演义》，《古本小说集成》本，第526页。
⑤ 谢国桢：《明清之际党社运动考》之4《崇祯朝之党争》，中华书局1982年版，第65页。

小说对于这位尸位素餐且用人不当的首辅，颇为不满："自崇祯三年入阁。京师童谣就说，'崇祯皇帝温阁老'。取温瘟同音的意思。崇祯七年，做了首相。京师童谣又说，'崇祯皇帝遭温了'。也取温瘟同音。大是不祥之兆。从此用人全然不妥，流寇猖獗。督抚是何等重任，放着一个素号知兵，万里长城的阁部孙承宗，妒忌他不用。放着一个首先勤王，北兵远去的兵部范景文，只用他做南京闲散地方的尚书。反用那闻清兵逼近京城，畏怯不前恸哭不敢行的杨嗣昌，虚縻岁月，养成贼势。十年，体仁特旨回籍。"①

小说还简要地描写了薛国观专权和周延儒再相时的党争。对薛国观专权时的党争，小说只是一笔带过（第三十回）。但周延儒手里提拔的几个重要人物却耐人寻味，"把范景文起出来，做了工部尚书，但不是掌兵权的要地。知兵的史可法，升了南京兵部尚书，也只可防御一面。贵州杀苗贼素有名的马士英，起他出来做了凤阳巡抚，也只可保护陵寝"②（第三十回）。特别是史可法和马士英的任用，让人感到周延儒一方面投降了东林党人，另一方面又为弘光朝的党争张本。

3. 弘光年间的党争

弘光朝虽仅存一年时间，但其党争相当激烈，更是超过崇祯朝。这一时期的党争，小说着重描写了马阮集团对东林党人和复社成员的迫害。马士英入阁后，起用了逆案中人阮大铖。于是，马阮集团开始了弘光朝的党争。这一时期的党争最主要的特点为马阮集团利用各种案件来打击排挤东林党人和复社成员，主要表现在以下几个方面：

（1）翻逆案。所谓逆案是指崇祯时认定的魏忠贤逆党案件。作为魏党余孽的阮大铖，在弘光朝当权后，尽力翻此案。先是阮大铖让杨维垣上本翻三案，接着阮又怂恿逆案编修吴孔嘉上本重刻《三朝要典》。我们认为，在翻逆案的具体事件当中，说是阮大铖实施的，马士英逃脱不了干系；说

---

① （清）江左樵子编辑：《樵史通俗演义》，《古本小说集成》本，第526页。
② （清）江左樵子编辑：《樵史通俗演义》，《古本小说集成》本，第527页。

是马士英实施的，阮大铖也是脱不了干系的，因为他们是勾结在一起的，可以说是你中有我，我中有你。

（2）顺案。"顺案"出自阮大铖语①，是指那些牵涉接受李自成授官的案件。"大顺"为李自成的国号。他们还利用"顺案"排挤了周锺、项煜等人，谢国桢认为"完全是为着报复"②，因为"金坛道周锺受了李贼伪官，又替他做登极表"③（第三十二回），而且周锺又是复社的领袖。接着又排挤了东林党人周镳和雷缜祚等人，"又因雷缜祚、周镳与阮大铖有仇，牵连在案，勒令自尽"④（第三十八回）。关于周、雷之狱，朱一是的《为可堂集·周雷赐死始末》有详细的记载，《明通鉴》《明史》也都有记载。

（3）南渡三疑案。就在马阮忙于排挤东林党人和复社成员的时候，南渡三疑案又出现了。所谓南渡三疑案，就是指僧大悲案、伪太子案和伪皇妃案。这本是皇室内部的事务，只要甄别真伪即可，但它们与党争纠缠在一起，问题就变得极其复杂，这又是马阮集团借口打击东林党人和复社成员的好机会了。"且说湖广文武衙门，闻得首相马士英只贪财宝，全无经济。又信任了阮大铖，立意与正人为仇，必欲杀尽东林，掀翻世界。假太子、假皇后，都凭一班儿阿谀谄佞的人，锻炼成狱"⑤（第三十八回）。钱秉镫《藏山阁文存》卷六《南渡三疑案》较为详细地记载了马阮集团利用南渡三案迫害东林复社清流的情形。

纵观三朝党争，小说除均描写当权者与东林党之间的政治斗争及其复杂性、集体化等共同点外，还较为全面地交代了三朝党争的发生、发展和结局的全过程，对党争双方的态度也是较为客观的，鞭挞了阉党的丑恶，褒扬了清流的正直。同时，在叙述事件的过程中能做到客观公正，诸多

---

① 出自《明史》卷308《奸臣列传·马士英列传附阮大铖列传》阮大铖语"彼攻逆案，吾作顺案与之对"（第7941页）。
② 谢国桢：《明清之际党社运动考》之5《南明三朝之党争》，中华书局1982年版，第83页。
③ （清）江左樵子编辑：《樵史通俗演义》，《古本小说集成》本，第581页。
④ （清）江左樵子编辑：《樵史通俗演义》，《古本小说集成》本，第692页。
⑤ （清）江左樵子编辑：《樵史通俗演义》，《古本小说集成》本，第686—687页。

细节与史书记载大体一致。诚如栾星在《〈樵史通俗演义〉赘笔》里所说:"本书记事之'虚''实',即史事的真实与虚构,当分别言之。其记天启、崇祯、弘光三朝朝事,多为实录,谓'七实三虚',并不为过。"①

(二) 不实的描写与带有个人倾向性的描写

小说在描述党争事件过程中,总体上与史书记载是一致的,但我们也承认它有不实的描述和带有个人倾向的描述。

1. 不实的描写

这方面的描述主要是集中在对阮大铖某些罪恶的描写上。

小说一开始就把阮大铖纳入阉党核心成员范围(第一、三回),而据《明史》记载,阮大铖并不是大张旗鼓地投靠魏忠贤,而是颇有分寸的,他应该属于怕站错队的人物。"大铖自是附魏忠贤,与霍维华、杨维垣、倪文焕为死友,……然畏东林攻己,未一月遽请急归。而(魏)大中掌吏科,大铖愤甚,私谓所亲曰:'我犹善归,未知左氏何如耳。'已而杨、左诸人狱死,大铖对客诩诩自矜。寻召为太常少卿,至都,事忠贤极谨,而阴虑其不足恃,每进谒,辄厚贿忠贤阉人,还其刺。居数月,复乞归。忠贤既诛,大铖函两疏驰示维垣。其一专劾崔、魏"②。从这些记载,我们可以看出,阮大铖不太可能成为魏阉的核心人物。那么,他成为魏忠贤重大阴谋的策划人更是不太可能了,充其量只能算是替魏忠贤出出主意的人。但小说中却将其描绘成阉党人集团中举足轻重的人物,甚至成为屠杀杨涟、魏大中、左光斗等六君子的主谋了(第四回)。这明显是与其在阉党集团中的地位不相符的,实在是作者强加在阮大铖身上的罪责了。

还有一个细节,似乎也是作者有意安排的,那就是在第六回魏忠贤到

---

① 栾星:《〈樵史通俗演义〉赘笔》,《明清小说论丛》第4辑,春风文艺出版社1986年版,第104页。
② (清)张廷玉等:《明史》卷308《马士英列传附阮大铖列传》,中华书局1974年版,第7937页。

涿州进香途中，阮大铖向魏忠贤献上《点将录》这份东林党人黑名单。而据《明史》记载："奸党王绍徽创《点将录》，献之逆奄。"① "呈秀乃造《天鉴》《同志》诸录，王绍徽亦造《点将录》，皆以邹元标、顾宪成、叶向高、刘一燝等为魁，尽罗人不附忠贤者，号东林党人，献于忠贤。"② 这表明《点将录》为王绍徽所造，并非阮大铖所造，不过阮大铖确献过一张《百官图》，但不是他亲自送的，而是通过倪文焕转送的，"造《百官图》，因文焕达诸忠贤"③。由此观之，作者为表达他对阮大铖的憎恶，有意将一些情节移植到他身上，从而激起读者对阮大铖的痛恨。

当然，我们在这里并不能因为小说中对阮大铖罪恶有夸大描写，就否认阮大铖的罪恶了，他在弘光王朝迫害东林党人和复社成员，诱使弘光皇帝沉迷于声色犬马，最终导致亡国，其罪责是不可饶恕的，但我们一定要把属于他的罪责与不属于他的罪责辨别清楚。

2. 带有个人倾向的描写

这方面的描写主要集中在冯铨和袁崇焕等人的身上。

小说对冯铨的描述主要集中在第十二回。小说虽对冯铨描写不多，但作者对他褒奖的态度是一目了然的："……冯铨有些不同，他极恨崔呈秀这班人所为，在阁议事，毕竟自执己见。每每为了公议，有所救阻。又与呈秀原是同科中的，知道他贪戾不法，必然败坏朝廷，密谋要逐呈秀。"④ 而在《明史》里冯铨却是个与阉党、奸臣相勾结的人。"大学士冯铨由李鲁生、李蕃拥戴为首辅，素与崔呈秀昵。"⑤ "冯铨既入阁，同党中日夜交辄，群小亦各有所左右。"⑥ "涿州人冯铨，少年官侍从家居，与熊廷弼有

---

① （清）张廷玉等：《明史》卷235《蒋允仪列传》，中华书局1974年版，第6136页。
② （清）张廷玉等：《明史》卷305《魏忠贤列传》，中华书局1974年版，第7819页。
③ （清）张廷玉等：《明史》卷308《马士英列传附阮大铖列传》，中华书局1974年版，第7937页。
④ （清）江左樵子编辑：《樵史通俗演义》，《古本小说集成》本，第212页。
⑤ （清）张廷玉等：《明史》卷306《刘志选列传附孙杰列传》，中华书局1974年版，第7856页。
⑥ （清）张廷玉等：《明史》卷306《刘志选列传附孙杰列传》，中华书局1974年版，第7846页。

隙，遗书魏良卿劝兴大狱。"① 如果说冯铨与阉党之间有一次摩擦，那就是"大学士冯铨释褐十三年登宰辅，为忠贤所暱。呈秀妒之，（吴）淳夫即为攻铨"②。而不是像小说中所说的与阉党针锋相对的斗争。对于冯铨这个历史人物，作者的态度与史书记载有如此大的差别，最有可能解释这一现象的就是作者不敢得罪由明入清的当权者，而冯铨就是这样的人物。

作者对冯铨表达了好感，却对袁崇焕表达了厌恶之感，如第二十七回对京城百姓啖尽袁崇焕之肉的描写：

> 袁崇焕只是要成和议，杀了岛帅毛文龙。那知文龙虽系羁縻，不比宋朝岳飞的忠勇，却也赖他在岛上屯扎，北兵还怕从后掩袭，未能深入。文龙一死，和议不成，怎怪得京城百姓生啖崇焕的肉？③

而《明史》对袁崇焕的评价还是比较高的，"为人慷慨负胆略，好谈兵。遇老校退卒，辄与论塞上事，晓其厄塞情形，以边才自许"④。"初，崇焕妄杀文龙，至是帝误杀崇焕。自崇焕死，边事益无人，明亡征决矣"⑤。至于小说作者为何有如此态度，孟森在《重印〈樵史通俗演义〉序》中做了中肯的解释："世传崇焕磔死之日，京师人争购其肉，人持一脔归，啖之以泄愤，全体肤革立尽，即出是书。或谓太污蔑袁督帅，然既遭水白之冤，即有此事，亦与熊廷弼传首九边等耳。特熊之冤，当时尚有谅者，袁之冤，非敌国自输情实莫喻也。因嫉袁之故而并恨其杀毛文龙，亦谓所以媚敌，且从而称文龙为忠、为杰，为见忌于袁而冤死。"⑥

---

① （清）张廷玉等：《明史》卷306《刘志选列传附孙杰列传》，中华书局1974年版，第7848页。
② （清）张廷玉等：《明史》卷306《刘志选列传附孙杰列传》，中华书局1974年版，第7850页。
③ （清）江左樵子编辑：《樵史通俗演义》，《古本小说集成》本，第481—482页。
④ （清）张廷玉等：《明史》卷259《袁崇焕传》，中华书局1974年版，第6707页。
⑤ （清）张廷玉等：《明史》卷259《袁崇焕传》，中华书局1974年版，第6719页。
⑥ 孟森：《重印〈樵史通俗演义〉序》，（清）江左樵子编辑，钱江拗生批点，史愚校点：《樵史通俗演义》附录，人民文学出版社1989年版，第310—311页。

（三）党争描写的原因分析

《樵史通俗演义》较为完整地展现了晚明三朝的党争情形。那么，小说为何对于党争如此津津乐道呢？笔者认为其主要原因在于：

1. 展现晚明的痼疾。党争在我国由来已久，如汉代的钩党之争，唐代牛、李党争，宋代的新旧党争、和战之争等，而明代万历年间（1572—1620）东林党兴起后，各派与东林党之间的斗争一直未曾停息，自万历至弘光，绵延达半个世纪之久。其中，万历年间的党争主要是东林党与浙、齐、楚、宣、昆等党派之间的斗争，天启年间（1621—1627），昆、浙、宣等党投降了魏忠贤为核心的阉党，东林党与阉党之间的斗争异常激烈。崇祯与弘光年间（1628—1645），主要是东林党人与阉党余孽之间的斗争，东林党亦走向没落。小说主要描写了天启、崇祯、弘光三朝党争，每个时期均表现了各自的鲜明特点，从而展现了晚明的痼疾，在一定程度上也展现了历代末造之顽疾。正如邓实为《复社纪略》作跋云："吾国自秦后，已成专制之局，故每至其末造，而党祸遂兴。士君子生值衰时，目睹朝政之昏乱，金人之弄权得志，举世混浊，不得不以昭昭之行自洁。其讲学著书，皆其不得已之志。思以清议维持于下，如东汉之党锢，宋之元祐，明之东林、复社，其士夫忧时若瘝之心，不可见哉？"①

2. 表达对阉党及其余孽的痛恨。小说描写的三朝党争基本上都是东林党及其余绪与阉党及其余孽之间的政治斗争。小说在描写过程中，赞扬与同情的立场明显是在东林党及其余绪一边，而憎恨与厌恶的情绪明显是在阉党及其余孽一边。我们仅从一些回末评即可观之，如第六回回末评曰："要辨天启年间忠奸两案，请观《天鉴》《同志》《点将》《选佛》诸书，便了然明白。"② 第十二回回末评曰："魏珰之恶不可谓非小人曲成之，彼只恨十彪、十虎，当时皆未必心服也。"又评曰："五人死于珰而千古如

---

① 邓实：《复社纪略跋》，（清）陆世仪：《复社纪略》，《明代野史丛书》，北京古籍出版社2002年版，第287页。
② （清）江左樵子编辑：《樵史通俗演义》，《古本小说集成》本，第112页。

生,真是快事。"① 第十五回回末评曰:"写得凄凉,正为千古奸雄猛下一砭。"② 第十七回回末评曰:"此回败尽奸雄之兴,何啻晨钟三声。"③ 第三十九回回末评曰:"左之激烈,史之忠贞,虽微有不同,然亦可继张与韩、岳而鼎峙千古矣。"又评曰:"读此一段,有不泪盈盈下者,非男子也!"④ 第四十回回末评曰:"马士英后逃匿于天台寺中,其下黔兵缚送温州府,活剥其皮,使群下分食其肉。阮大铖经投诚清朝,随大军征闽,过仙霞岭,马上正扬眉得意,忽空中雷缠祚击之坠马而死,从人无一不见。"⑤

3. 总结明亡的教训。明亡的教训是多方面的,而党争则是从内斗的角度加速了明王朝走向衰落与灭亡,特别是阉党及其余孽执掌权势后,对东林党清流的排挤,使得朝廷上下一片乌烟瘴气。邓实《复社纪略跋》:"惜乎,'人之云亡,邦国殄瘁',清流既尽,而国亦随之以亡,然其霜雪正气,郁为国光,其于一代之人心风俗,深有所感,常收其效于易代之后。历代专制之极,君昏于上,率兽食人,而民不至相食于下,以入于禽兽者,实赖二三正类匡救扶持之力。"⑥ 文秉在《先拨志始小序》中认为东林与阉党的门户之争导致了"四维不张,国乃灭亡"⑦。戴名世亦将弘光政权的灭亡归结于党祸:"呜呼!自古南渡灭亡之速,未有如明之弘光者也!地大于宋端,亲近于晋元,统正于李昇,而其亡也忽焉。其时奸人或自称太子,或自称元妃,妖孽之祸,史所载如此类亦间有,而不遽亡者,无党祸以趣之亡也。"⑧

---

① (清)江左樵子编辑:《樵史通俗演义》,《古本小说集成》本,第 226 页。
② (清)江左樵子编辑:《樵史通俗演义》,《古本小说集成》本,第 278 页。
③ (清)江左樵子编辑:《樵史通俗演义》,《古本小说集成》本,第 316 页。
④ (清)江左樵子编辑:《樵史通俗演义》,《古本小说集成》本,第 713 页。
⑤ (清)江左樵子编辑:《樵史通俗演义》,《古本小说集成》本,第 740 页。
⑥ 邓实:《复社纪略跋》,(清)陆世仪:《复社纪略》,《明代野史丛书》,北京古籍出版社 2002 年版,第 287 页。
⑦ (清)文秉:《先拨志始小序》,《丛书集成初编》第 3969 册,中华书局 1985 年版。
⑧ (清)戴名世:《弘光朝伪东宫伪后及党祸纪略》,《东林本末》(外七种),《明代野史丛书》,北京古籍出版社 2002 年版,第 291 页。

二 《樵史通俗演义》与辽东战事

辽东战事是明末清初时期的重大历史事件，作为反映这一时期史事的小说，《樵史通俗演义》也表达对这一事件的关注。不过，它主要描写了天启到崇祯（1621—1644）这一段的辽东战事。在这长达 24 年的军事斗争中，小说着重描写了几位辽东将帅，并为他们的结局涂上了浓重的悲剧性色彩，如熊廷弼传首九边、袁崇焕惨遭磔刑等。小说通过这些悲剧人物的描写，确为我们抒写了一曲边疆的悲歌，其中这首悲歌的最强音当属熊廷弼与袁崇焕的被杀，因为他们二人最符合鲁迅的论断"悲剧将人生的有价值的东西毁灭给人看"①。

（一）熊廷弼的悲剧

熊廷弼曾三次赴辽任职，三次被撤，最后落得个传首九边的下场，这不能不说是一个大悲剧。总结熊廷弼的悲剧，可以用一"冤"字来概括。在小说中它主要体现在经抚不和、广宁迎降和传首九边等几个重大事件中。

1. 经抚不和中的"冤"

所谓经抚不和，就是指经略熊廷弼和巡抚王化贞之间的矛盾。他们的矛盾主要集中在作战策略上，一个主张固守城池，一个主张主动出击。关于这一策略的矛盾，江秉谦在奏疏中分析了其中的利弊，"经、抚不和，化贞欲战，廷弼欲守耳。夫守定，可以进战；战一不胜，而何以守？夫人而知之"②（第二回）。这可以说是总结了自萨尔浒大败以来诸多城池失守的经验教训。然而，"王化贞是兵部大堂张鹤鸣荐用的人，张鹤鸣是魏忠

---

① 鲁迅：《鲁迅全集》第 1 卷之《再论雷峰塔的倒掉》，人民文学出版社 1981 年版，第 192—193 页。
② （清）江左樵子编辑：《樵史通俗演义》，《古本小说集成》本，第 30 页。

贤荐用的人"①（第二回）。所以，王化贞在这场斗争中明显占有优势，从他们所掌握的兵力就可以看出这一点，当时熊经略手下只有五千兵力，而王巡抚却有十几万的部队。按照明朝官秩，经略在辽东权力最大，其次才是巡抚。这种局面，也引起了朝中大臣对经略节制巡抚问题的争论，但最终由于阉党的干预而未果。这种不正常的局面的形成，给熊廷弼实施自己的战略带来了极大的困难。不仅如此，在承担责任方面，经略还要首当其冲。常言道"在其位谋其职"，而熊廷弼在其位却不能谋其职，这不是他不想谋其职，而是不能谋其职，这不是悲剧所在吗？所以，熊廷弼在经抚不和中的"冤"就冤在空有其位而无其职。

2. 广宁迎降中的"冤"

一个"不晓边事"的王化贞，虽然在经抚权力之争中取得一定的优势，但其在具体实战中的结果就不言而喻了。小说是这样描写了广宁的失守：

> 且说王化贞在广宁，信任了心腹将孙得功，用他做了先锋，被他卖了阵，献了城。若不亏西将江朝栋护他出了重关，已做了广宁城里的鬼了。化贞跟随散骑走到闾阳，正值熊廷弼从右屯引兵来。化贞向廷弼大哭，廷弼笑道："六万军一举荡平，今竟何如？"化贞道："不消说了，如今乞公固守宁前。"廷弼道："迟了，迟了。公不受骗思战，不撤广宁兵往振武，当无今日。目今惟有护百万生灵入关，再作计较。"遂整兵西行，跟入的岂止百万。②（第二回）

从这段描写，我们明显可以看出，广宁是主动投降的，而不像以前失守的城池都是经过奋力抵抗后才陷落的。这也是辽东战事中第一座主动投降的城池。广宁的失守引起了朝野震惊，震惊之后就是要追究这次失城的

---

① （清）江左樵子编辑：《樵史通俗演义》，《古本小说集成》本，第30页。
② （清）江左樵子编辑：《樵史通俗演义》，《古本小说集成》本，第33—34页。

责任。从小说的描写和《明史》记载，我们知道，"广宁之失，罪由化贞"①。王化贞的责任主要体现在两方面：一是用人不当。他相信辽人，而辽人当中许多都是后金的奸细，连他手下主将之一的孙得功都被后金所收买；二是主动出击。这犯了以己之短攻人之长的兵家大忌，因为明军善于守城，后金兵则善于野战。然而王化贞有阉党撑腰，对广宁的失守得到的评价是"功罪相半"。这样无疑就将广宁失守一半的责任推到熊廷弼身上了。这是对熊廷弼不公正的对待，其原因有二：一是广宁的指挥权归王化贞，且当时熊廷弼并不在广宁；二是熊廷弼兵走榆关，这也是从保护百姓的生命财产出发的。然而，最终"把个熊廷弼与王化贞一样问成死罪，监在刑部牢里了"②（第二回）。所以，熊廷弼在广宁迎降中的"冤"就冤在不在其职却要负其之责。

3. 传首九边中的"冤"

小说这样描述熊廷弼被传首九边：

> 崔呈秀极怪熊廷弼，他对魏忠贤道："杨、魏诸人既有狱词受熊廷弼的贿，已经追比，如何反容廷弼优游刑部狱中？"魏忠贤立刻假传圣旨，发了驾帖，将熊廷弼提出，差官斩首西市，传首九边。③（第九回）

《明史》对此记载道：

> 二月逮化贞，罢廷弼听勘。四月，刑部尚书王纪、左都御史邹元标、大理寺卿周应秋等奏上狱词，廷弼、化贞并论死。后当行刑，廷弼令汪文言贿内廷四万金祈缓，既而背之。魏忠贤大恨，誓速斩廷

---

① （清）张廷玉等：《明史》卷259《赵光抃列传附范志完列传》，中华书局1974年版，第6723页。
② （清）江左樵子编辑：《樵史通俗演义》，《古本小说集成》本，第36页。
③ （清）江左樵子编辑：《樵史通俗演义》，《古本小说集成》本，第164页。

弼。及杨涟等下狱，诬以受廷弼贿，甚其罪。已，逻者获市人蒋应旸，谓与廷弼子出入禁狱，阴谋叵测。忠贤愈欲速杀廷弼，其党门克新、郭兴治、石三畏、卓迈等遂希指趣之。会冯铨亦憾廷弼，与顾秉谦等侍讲筵，出市刊《辽东传》谮于帝曰："此廷弼所作，希脱罪耳。"帝怒，遂以五年八月弃市，传首九边。①

  从以上的描述和记载，我们可以看出熊廷弼被杀主要还不是因为广宁的失守，而是与党争纠缠在一起。其实，据《明史》《明史纪事本末》《明季北略》等史书记载，熊廷弼并不是东林党人，他只不过是正直的东林党人支持的对象罢了。阉党之所以这样做，一方面，他们想借汪文言狱来迫害熊廷弼，妄说熊廷弼让汪文言行贿内廷以缓自己的死刑，这样一来，熊廷弼的所谓罪责就加重了，死刑更是逃脱不了了；一方面，他们又想借熊廷弼事件来迫害杨（涟）左（光斗）等东林党人，当时杨左二人都上疏斥责魏珰的罪行，特别是杨涟斥责魏忠贤的二十四大罪状，更是让阉党诚惶诚恐，于是诬说杨左二人是受熊廷弼的贿赂才上疏的，这样熊廷弼的所谓罪责就更大了。按照阉党这样的逻辑，熊廷弼是罪不能赦，只能传首九边了。所以，熊廷弼在传首九边中的"冤"就冤在他不死于边疆而死于党争。

  总之，熊廷弼的悲剧在一个"冤"字，而这个"冤"的根本原因在于党争。所以熊廷弼的悲剧是党争的悲剧，更是那个时代的悲剧。《明史》有这样一段对熊廷弼悲剧较为中肯的总结："惜乎廷弼以盖世之材，褊性取忌，功名显于辽，亦隳于辽。假使廷弼效死边城，义不反顾，岂不毅然节烈丈夫哉！广宁之失，罪由化贞，乃以门户曲杀廷弼，化贞稽诛者且数年。"②

---

  ① （清）张廷玉等：《明史》卷259《熊廷弼列传附王化贞列传》，中华书局1974年版，第6703页。
  ② （清）张廷玉等：《明史》卷259"赞曰"，中华书局1974年版，第6723页。

（二）袁崇焕的悲剧

继熊廷弼被冤杀，在辽东战事中再次上演了一场悲剧，那就是袁崇焕的悲剧，阎崇年先生称之为"旷世悲剧"。袁崇焕的悲剧可以用一个"误"字来概括，即为崇祯所误杀、为百姓所误解，在小说中它主要体现在毛文龙被杀、假吊修款、惨遭磔刑等几个重要方面。

1. 毛文龙被杀中的"误"

毛文龙是阉党中人，小说对其做了较客观的描写，"毛文龙在海岛里诳天子，诓钱粮，杀戮无辜（笔者按：指秀才王一宁），陷害兄弟（笔者按：指其兄毛云龙）。这些歹事，胜似强盗几分"①（第四回）。但对其在皮岛的牵制之功，还是颇加赞赏的，"那知文龙虽系羁縻，不比宋朝岳飞的忠勇，却也等他在岛上屯扎，北兵还怕从后掩袭，未能深入"②（第二十七回）。其实，毛文龙在皮岛的牵制作用是非常有限的，"既不像他夸大的那样，'牵制'后金、'恢复'疆土，又距朝廷'捣巢''扫穴'的希望甚为遥远。造成这种局面的根本原因是明廷在总体战略思想上不重沿海、辽东沿海兵力严重不足；同时也与统帅一方的毛文龙的战略部署不无有关"③。但在清军围攻北京的时候，朝野上下都认为袁崇焕杀了毛文龙，使其丧失了牵制功效而导致清军进攻北京，这实际上过分夸大了毛文龙在皮岛的牵制作用。所以，袁崇焕在毛文龙被杀中的"误"主要是误在人们过分夸大毛文龙在海岛的作用。

2. 假吊修款中的"误"

袁崇焕同清军议和一事，在小说中只是提到，"袁崇焕只是要成和议，杀了岛帅毛文龙"④（第二十七回），并没有具体的描写。《明史》这样记载："先是，八月中，我太祖高皇帝晏驾，崇焕遣使吊，且以觇虚实。我

---

① （清）江左樵子编辑：《樵史通俗演义》，《古本小说集成》本，第55—56页。
② （清）江左樵子编辑：《樵史通俗演义》，《古本小说集成》本，第481页。
③ 魏刚：《毛文龙在辽东沿海地区的战略得失》，《大连大学学报》1997年第5期。
④ （清）江左樵子编辑：《樵史通俗演义》，《古本小说集成》本，第481页。

太宗文皇帝遣使报之，崇焕欲议和，以书附使者还报。"①

这就是所谓的"假吊修款"。但在此之前的诸多史书并不是这样记载的，如《明季北略》就是以负面的形式记载的。它记载了袁崇焕同清军的议和是秘密的，议和遭到会总刘策、御史毛羽健等人的强烈反对，并把遵化失守的原因也归结为议和。②按照阎崇年先生的说法，袁崇焕的议和，主要有三方面依据：一是想打探后金虚实，二是为建宁（远）锦（州）防线争取时间，三是议和得到朝廷的认可。③然而袁崇焕这种良苦用心却并没有得到当时大多数人的理解，反而为自己埋下了祸根。所以，假吊修款中的"误"就误在人们没有真正认清袁崇焕议和的意图而把它当作是叛国的行径。

3. 惨遭磔刑中的"误"

磔刑是古代最为残酷的刑罚之一，据《清代六部成语词典》解释，磔刑俗名"剐罪"，也称"凌迟"，就是将犯人身上的肉一块一块的割下，直至其死亡。小说是这样描写袁崇焕遭磔刑而死的：

> 梁廷栋会同刑部胡应台，把袁崇焕复招定罪，奏过崇祯，登时绑到西市碎剐凌迟。京城的人恨他失误军机，致北兵进口，各处残破，生生的割一块，抢一块，把袁崇焕的肉，顷刻啖尽。④（第二十七回）

史料关于这一记载不多，目前笔者所见到的只有两种，即张岱《石匮书后集·袁崇焕列传》的记载：

> 遂于镇抚司绑发西市，寸寸脔割之。割肉一块，京师百姓从刽子

---

① （清）张廷玉等：《明史》卷259《熊廷弼列传附王化贞列传》，中华书局1974年版，第6711页。
② （清）计六奇：《明季北略》卷5《崇祯二年己巳》之《袁崇焕通敌射满桂》，中华书局1984年版，第117—118页。
③ 阎崇年：《明亡清兴六十年》第24讲《遭评辞职》，中华书局2006年版，第245页。
④ （清）江左樵子编辑：《樵史通俗演义》，《古本小说集成》本，第481页。

手争取，生啖之。刽子乱扑，百姓以钱争买其肉，顷刻立尽。开膛出其肠胃，百姓群起抢之。得其一节者，和烧酒生啮，血流齿颊间，犹唾地骂不已。拾得其骨者，以刀斧碎磔之。骨肉俱尽，止剩一首，传视九边。①

还有《明季北略》的记载：

> 时百姓怨恨，争啖其肉，皮骨已尽，心肺之间叫声不绝，半日而止，所谓活剐者也。……江阴中书夏复苏尝与予云："昔在都中，见磔崇焕时，百姓将银一钱，买肉一块，如手指大，啖之。食时必骂一声，须臾，崇焕肉悉卖尽。"②

袁崇焕惨遭磔刑而死，这是不容置疑的事实，但他在被行刑期间是不是像小说和上述两则史料所描述的那样，这是值得怀疑的。一方面，现在还没有足够的资料来证明张岱和计六奇记载的可靠性，其中可能有夸大的成分，有的甚至是不实的，如"传视九边"，这应该是熊廷弼，而不是袁崇焕；另一方面，这些描写和记载都是在明末清初时期，也正是袁崇焕还在被人误解和冤枉的时期，出现这样的描写，在某种程度上可能是对袁崇焕不满情绪的一种反映。康熙年间编纂的《明史》并没采纳上述的史料，它只作了如此记载："（崇祯）三年八月，遂磔崇焕于市。"③ 可见，袁崇焕在惨遭磔刑中的"误"就误在人们不仅不同情他所遭的酷刑，而且还过分夸大他所遭的酷刑。

袁崇焕在误解中愤然辞职，也在误解中惨遭酷刑，但这种误解并没有

---

① （明）张岱：《石匮书后集》卷11《袁崇焕列传》，《续修四库全书》第320册，上海古籍出版社2002年版，第497页。
② （清）计六奇：《明季北略》卷5《崇祯二年己巳》之《逮袁崇焕》，中华书局1984年版，第119页。
③ （清）张廷玉等：《明史》卷259《袁崇焕列传附毛文龙列传》，中华书局1974年版，第6719页。

随着袁崇焕的死亡而消失,相反他这种蒙冤长达 152 年。我们知道历史上也有几个著名将帅蒙冤,如岳飞和于谦,但岳飞在南宋高宗绍兴十二年(1142)时蒙冤被杀,绍兴三十二年(1162)孝宗即位时就得以平反,时隔 20 年;于谦在天顺元年(1457)明英宗复辟时蒙冤被杀,明宪宗成化元年(1465)其冤情得以平反,时隔 8 年。然而,袁崇焕在明崇祯三年(1630)八月遭磔刑而死,到清乾隆四十七年(1782)十二月其冤情才大白于天下。另外,袁崇焕与熊廷弼也大不一样,熊廷弼冤杀在当时就被人们所理解,认为他是死于门户之争,而袁崇焕在平反之前大多以通敌叛国的形象出现的,他在辽东的所有功劳似乎都被这一负面形象给掩盖了。这也是袁崇焕深层次的悲剧。

综上所述,熊廷弼死得冤枉,袁崇焕死于误解,在辽东战事中连续出现这样的悲剧,我们不能不归咎于当时黑暗而腐朽的社会制度。所以,他们的悲剧也可以说是大明王朝的悲剧,更是大明统治者自毁长城、自掘坟墓的表现。

三 《樵史通俗演义》与农民起义

明末农民起义主要有两次:一次是天启年间的白莲教起义。据《明史》载,徐鸿儒于天启二年(1622)夏五月丙午日起事,同年冬十月辛巳日兵败被擒,历时计 156 天①;一次是崇祯年间的李自成起义。李自成起事于崇祯三年(1630),卒于弘光元年(顺治二年,1645 年),历时长达 16 年。《樵史通俗演义》较为全面地反映了这两次农民起义,针对它们持续时间的长短,小说也给予了相应的篇幅,如前者用 1 回(第四回)的篇幅交代了白莲教起义的原委,而后者则用近 10 回(第二十一至二十二回、第二十六至三十二回、第四十回)的篇幅详细地描述了李自成起义的整个

---

① 徐鸿儒起事于天启二年夏五月丙午,即公历 1622 年 6 月 19 日,失败于天启二年冬十月辛巳,即公历 1622 年 11 月 21 日。所以,这次白莲教起义共历时 156 天。

过程。小说在描述这两次农民起义时，既有忠于史实的叙述，又有传奇虚构的描写。而且，在这些描述的背后又隐藏着作者复杂的遗民创作心态。

（一）近于史实的忠实描写

《樵史通俗演义》对天启（1621—1627）、崇祯（1628—1644）间年农民起义的描写，有诸多是忠于史实的。我们首先来看小说第四回对白莲教起义的描写：

> 近来咱这钜野县里一位徐爷，原是秀才，名唤鸿儒，重新广演教法，收集徒众。……那徐爷自己原有一二十万家私，如今各处钱凑集，只怕有整百万了。……那时徐鸿儒同丁寡妇因破了滕县，又破了峄县，声势大振。在夏镇、峄山又各占了要害，立了巢穴，分兵将重去守了邹县。……徐鸿儒死守邹县孤城，手下兵将也拼命死战。直到十月，粮尽援绝，徐鸿儒出城就缚，只求饶了城中百姓。山东一带地方才得太平。①

我们再来看史书的记载：

> 熹宗天启二年夏五月，山东妖贼徐鸿儒倡乱。鸿儒，钜野人，迁郓城。万历末，以白莲教惑众，党数千人。……（王）森死，遗赀巨万。子好贤藉其资以结客，有异志。……而鸿儒……先发，在卞家屯刑牲誓众，令众至梁山泊寄家口，然后起兵，往围魏家庄，又二千余人围梁家楼，据为巢。……（明廷遣）巡抚都御史赵彦、总河侍郎陈道亨、巡抚都御使王一中合捕之。……夏六月，徐鸿儒陷邹县……进陷滕县。②

---

① （清）江左樵子编辑：《樵史通俗演义》，《古本小说集成本》，第60—72页。
② （清）谷应泰：《明史纪事本末》卷70《平徐鸿儒》，中华书局1977年版，第1127页。

（天启二年）夏……五月……丙午，山东白莲贼徐鸿儒反，陷郓城。……六月戊辰，徐鸿儒陷邹县、滕县，滕县知县姬文胤死之。……己巳，前总兵官杨肇基、游击陈九德帅兵讨山东贼。……冬十月……辛巳，官军复邹县，擒徐鸿儒等，山东贼平。①

通过以上比较，我们发现在徐鸿儒的籍贯、家产，攻城略地、邹县被俘经历等方面，小说的描写与史书记载基本相吻合，甚至徐鸿儒兵败的具体时间都与史书相一致。

接下来，我们再来看小说对李自成起义过程的描写。小说在李闯出身、金县哗变、李岩投闯、水灌汴梁等方面的描写，与史实较为接近。在此仅以金县哗变为例作具体分析。金县哗变在小说第二十六回，主要叙述了李自成杀妻、杀艾同知后逃往甘肃，在金县筹粮时又刺死王参将，并投靠闯王高如岳。这一事件在史书上有类似的记载：

自成杀淫者，偕李过亡命甘州，投甘督梅之焕所部参将王国为兵。国奉调遣过金县，兵哗，自成缚县令索饷，并杀国，遂反。……自成于高（迎祥）为甥舅，往从之，……②

其中《明季北略》记载得较为详细：

自成……遂杀艾（同知），遁走甘州。……适征兵檄至，梅（之焕）巡、杨（肇基）镇勤王，以王参将为先锋，自成与刘良佐不服。……次日百里，抵金县，邑小令怯，闭署不出。王参将入城，欲见令，有兵哗于庭，笞六人，半为自成卒。自成怒，与良佐等缚令出，欲见肇基，适遇参将，刺杀之。……自成……闻高如岳有众八

---

① （清）张廷玉等：《明史》卷22《熹宗本纪》，中华书局1974年版，第300—301页。
② （清）吴伟业撰，李学颖点校：《绥寇纪略》卷9《通城击》，上海古籍出版社1992年版，第228页。

百，遂率所部往。①

通过以上小说与史籍的对比，我们发现小说的诸多细节与史书相近或相同。也正因如此，小说的部分内容为众多史家所采录。栾星在《〈樵史通俗演义〉赘笔》（下文简称《赘笔》）中称："在清初，本书是一部颇有影响的书。……其对清初史籍，影响尤大。经通检，计六奇《明季北略》，凡撮录本书数十事；《明季南略》于弘光时事亦颇撮录。其他如《平寇志》《怀陵流寇始终录》《南明野史》《小腆纪年》等书直接或间接采录本书史料亦夥的。"② 张平仁《〈明季北略〉〈明季南略〉对时事小说的采录》在栾星《赘笔》的基础上，对《明季北略》《明季南略》采录《樵史通俗演义》做了较为详尽的论述。

那么，小说在行文过程中有如此忠实的描写，其原因何在呢？笔者认为有以下两个原因：

第一，"补史"思想和实录精神的指导。作者在自序和回末评点中多次表达了"补史"思想。他在自序中称："或悄焉以悲，或戚焉以哀，或勃焉以忠，或抚焉以惜，竟失其喜乐之两情。久而樵之以成野史。"③ 第三十回回末评云："古来天子蒙尘者有之，未有遭变之惨若崇祯帝者。即古来忠臣炳炳千古者，固亦甚著，亦未有若明季之盛者也。握笔抇出，已眉竖骨立。况读之者能无魂惊心动乎？以备后来修史者之一助，良非诬也。"④ 第三十四回回末评云："字字实录，可为正史作津筏。"⑤ 这种"补史"思想也必然把著史的实录原则引进小说领域，对小说的创作产生深远影响。所谓实录，顾名思义，就是按照历史事实的本来面貌著述。这是史

---

① （清）计六奇：《明季北略》卷5《崇祯二年己巳》之《李自成起》，中华书局1984年版，第112—113页。
② 栾星：《〈樵史通俗演义〉赘笔》，《明清小说论丛》第4辑，春风文艺出版社1986年，第106页。
③ （清）江左樵子：《樵史序》，（清）江左樵子编辑：《樵史通俗演义》，《古本小说集成》本，第3—4页。
④ （清）江左樵子编辑：《樵史通俗演义》，《古本小说集成》本，第551页。
⑤ （清）江左樵子编辑：《樵史通俗演义》，《古本小说集成》本，第628页。

书著述的方法,更是史家对待历史事实的态度。但在"补史"论者看来,既然"稗官固亦史之支流"①,"记正史之未备"②,那么,史家的实录原则也就合乎逻辑地成为小说必须遵循的创作原则。从本原意义上讲,"实录",就是实录当下发生的事,即准确及时地反映现实,也就是所谓"先王立史官以书时事,载善恶以为沮劝,撮世教之要也"③。这种出自现实关怀的写实求真精神,才是实录的精髓与真谛。小说正是从这里找到与史家实录的结合点,并创造性地发展自己的写实传统。正是从这个意义上说,《樵史通俗演义》才能在众多明末清初的时事小说中一枝独秀,并受到诸多小说批评家和史学家的肯定。

第二,正确选材方法的运用。明季是一个动荡不安的社会,发生的大事很多,当时的各种记载和传说也很多,如《颂天胪笔》《酌中志略》《寇营纪略》《甲申纪事》等记载的出现,还有《剿闯小说》《新世弘勋》等小说的问世。面对这些纷繁芜杂的记载与描写,需要用敏锐的眼光去甄别,去伪存真,去粗取精,这样才能较为真实地反映历史原貌。作者正是借用了这一方法,达到了这一效果。如第二十一回回末评云:"李闯出身,细查野史,详哉其载之矣。《剿闯小说》及《新世弘勋》,皆浪传耳。质之识者,自能辨其真赝也。"④ 第二十六回回末评云:"李自成出身及陷身作贼,皆得之《异同补》一书,与《剿闯》诸小说迥乎不同。可谓后来修史者一证佐,识者勿以演义而漫然视之也。"⑤ 第三十一回回末评云:"此段各书所载互有同异,以所见合之所闻,便可订讹。其间纷杂不口口者,亦删十之三,正所以存真也。"⑥ 这种正确选材方法的运用,确实让我们看到

---

① （清）蔡元放:《东周列国志序》,黄霖、韩同文选注:《中国历代小说论著选》(上),江西人民出版社1990年版,第411页。
② （明）熊大木:《序武穆王演义》,（明）熊大木编:《大宋中兴通俗演义》,《古本小说集成》,据嘉靖三十一年(1552)杨氏清江堂刊本影印,上海古籍出版社1994年版。
③ （唐）房玄龄、褚遂良等:《晋书》卷82《司马彪列传》,中华书局1974年版,第2141页。
④ （清）江左樵子编辑:《樵史通俗演义》,《古本小说集成》本,第384页。
⑤ （清）江左樵子编辑:《樵史通俗演义》,《古本小说集成》本,第473页。
⑥ （清）江左樵子编辑:《樵史通俗演义》,《古本小说集成》本,第570页。

了明季混乱社会的真实一面。

（二）富于传奇的虚构描写

《樵史通俗演义》在忠于史实描写的同时，并没有放弃作为小说重要因素之一的虚构描写，而且这种描写还富有传奇色彩。笔者发现小说对两次农民起义的虚构描写有一个有趣的现象，那就是这些虚构描写主要集中在女性身上，如白莲教起义中的丁寡妇和李自成的三任妻子，且更多地关注她们的淫荡与不贞。

我们首先来看小说对丁寡妇的描写。在论述小说对丁寡妇的虚构描写前，笔者认为很有必要对丁寡妇形象的原型作一探讨。笔者目前通过各种资料的查阅，尚未发现与丁寡妇有关的资料，其应为作者虚构的人物形象。那么，这个人物形象是以谁为原型的呢？笔者疑为明永乐年间的农民起义领袖唐赛儿。理由有三：一是二者均为女性，均为山东（一为蒲台，一为郓城）人；二是二人均为白莲教领袖；三是二人都会一些神仙道术。在《樵史通俗演义》之后出现的《女仙外史》是将唐赛儿作为正面人物形象来塑造的，而《樵史通俗演义》中的丁寡妇则是作者贬斥的对象。白莲教中的丁寡妇，从其教规和行为来看，用淫荡来概括，一点不为过。她的教规是"凡入了这教，……就是汉子、老婆，也大家可以轮流换转，不象常人这样认真。故此叫做白莲教，又叫无碍教"[①]（第四回）。好一个"就是汉子、老婆，也大家可以轮流换转"，钱江拗生对此夹批道："此段宜着化，便知白莲教根脚。"[②]（同上）还有，雷老儿偷窥丁寡妇玩妖术，将两个纸人变成两个大活人，然后和其母各自搂着一个上床云雨。徐鸿儒在丁寡妇处小住两夜，"和丁寡妇颠鸾倒凤，自不必说"[③]（同上）。

小说对李自成三任妻子的描述也有过之而无不及。他的结发妻子韩金儿为娼妓出身，具有强烈的性欲，李自成无法承受其纠缠，被迫外出以避

[①] （清）江左樵子编辑：《樵史通俗演义》，《古本小说集成》本，第60页。
[②] （清）江左樵子编辑：《樵史通俗演义》，《古本小说集成》本，第60页。
[③] （清）江左樵子编辑：《樵史通俗演义》，《古本小说集成》本，第64页。

之。但她在李自成外出"隔不上五六日，把小厮李招收用了"①（第二十二回）。在李招仍然不能满足她强烈性欲的情况下，韩金儿又与光棍盖虎儿勾搭成奸。李自成从外归来时发现奸情，怒而杀之，后为艾同知所捕，又怒而杀之。于是李自成走上了背井离乡之路。这就是李自成最终走上起义之路的重要一步：杀妻逃难。李自成第二任妻子邢氏也是一个淫荡货色。李自成仍然不能满足邢氏强烈的性欲，于是邢氏与高杰偷情并私奔，后来高杰携之投靠了明廷（第二十七回）。李自成第三任妻子窦氏，出身皇宫宫人，但在李自成生病期间，与其侄儿李过发生乱伦。李自成在临终前发出歇斯底里的叫喊："为何咱的老婆，个个要偷人的。结发老婆偷了汉子，被咱杀了。邢氏跟了高杰走了。你如今堂堂皇后，又想偷侄子么？气杀我了！气杀我了！"②（第四十回）在李自成起义中，小说对其三任妻子的淫荡和不贞的描述，是作者的良苦用心所在。作者让小说中的李自成倍受妻子不贞的煎熬，而且是一而再再而三的让李自成的妻子重复同样的事情，从而达到对李自成内心深处的深度鞭挞。我们可以想象，李自成在发出最后的哀号时，作者的心里是一种多么浓烈的快感，甚至试图也让读者同样享受这份快感：这样一个对明廷有深重罪孽的人物，终于有了如此可悲的下场。

那么，小说的虚构描写为什么集中在女性的淫荡与不贞上呢？笔者认为有这样几点值得注意：

第一，受前代小说的影响。小说第二十二回所叙李自成杀妻逃难事，显然受《水浒传》的影响，诚如此回回末评云："此回摹仿《水浒传》潘金莲、潘巧云两段。"③ 另外，小说中的诸多性爱描写，则主要受《金瓶梅》及其影响下产生的情色小说《如意君传》《素娥篇》《绣榻野史》等的影响。《樵史通俗演义》在出版后遭禁毁，或许这也是一个重要的原因。

第二，曲折表达对"流贼"的痛恨。我们知道，徐鸿儒、李自成等均

---

① （清）江左樵子编辑：《樵史通俗演义》，《古本小说集成》本，第389页。
② （清）江左樵子编辑：《樵史通俗演义》，《古本小说集成》本，第721页。
③ （清）江左樵子编辑：《樵史通俗演义》，《古本小说集成》本，第400页。

为历史人物，在当时有关他们的资料也较为丰富，也为不少人所熟知，而作者在创作时又一再强调"字字实录"①。这样，作者如果对人们所熟知的历史人物直接虚构，就会违反自己的创作初衷。于是，小说就将虚构的笔墨投向了与这些历史人物密切相关的女性身上。而对于女性的虚构描写又很容易与性爱联系起来，性爱属闺中秘事，这也为作者提供了充足的想象空间。当然，对于这些女性淫荡与不贞的描写，并不是作者创作的终极目的。作者的终极目的是想通过对这些女性的描写，表达对危及明廷生存的农民起义的痛恨，表达对那些"流贼"的痛恨。

另外，明中期以来房中术的盛行、书商的逐利等因素也是催生小说这些虚构描写的诱因。

（三）复杂的遗民创作心态

《樵史通俗演义》的作者目前学界尚未考证清楚，参见前文《〈樵史通俗演义〉作者考辨》之详论。但据孟森推测，"其人盖东林之传派，而与复社臭味甚密，且为吴中人而久宦于明季之京朝者"②，也就是说江左樵子极有可能为明遗民。即使不是严格意义上的明遗民，但作者在描写两次农民起义时，明显具有遗民创作心态，主要表现在以下几个方面：

一是对故去明廷的眷恋。这种眷恋不是抽象的，而是具体的：1. 表现为对明廷阵亡将领的热情称颂。如第二十八回描写了卢象升的阵亡，第二十九回描写了湖广巡按刘熙祚的被杀，第三十回描写了巡抚蔡懋德、中军应时盛等人的牺牲等等；2. 表现为对殉国、殉君行为的极力褒扬。这样的描写在小说里比较多，仅在第三十回里就写了范景文、倪元璐、李邦华、李国桢等 30 位官员、皇亲在李自成攻陷北京时，为明廷殉葬的壮举；3. 表现为作者浓墨重彩地描写了崇祯帝自缢前后的过程。把一个末代帝王在临死之前的所作所为和心态写得淋漓尽致。这些描写，表达了作者对阵

---

① （清）江左樵子编辑：《樵史通俗演义》，《古本小说集成》本，第 628 页。
② 孟森：《重印樵史通俗演义序》，（清）江左樵子编辑，钱江拗生批点，史愚校点：《樵史通俗演义》，人民文学出版社 1989 年版，第 310 页。

亡将领的崇敬，对殉葬行为的宣扬，对崇祯之死的无比哀痛。总之，以上诸方面的描写是对故去明廷的恋恋不舍。

二是对清明政治的渴望。明朝末年是一个党派纷争、奸臣当道、国君昏庸、生灵涂炭的社会，作为明季的亲历者，作者更加渴望清明的政治，更加关注百姓的生活，更加贬斥贪赃枉法的官员。在小说中，主要表现为对农民起义的同情性描述上。这也是作者对农民起义矛盾心理的体现。如白莲教在徐州之战中的惨败，小说描写道："可怜三万无辜，一半杀了，一半赶在黄河里葬于鱼腹。"①（第四回）又如白莲教在兖州之战中再次惨败，小说描写道："（齐）本恭领残兵败将逃至横河，山水暴发，官兵又至，一半被杀，一半淹死了。"②（同上）这显然是对百姓遭难的一种同情。在李自成杀死艾同知与王参将以及民众杀死宋知县的事件中，作者明显有同情李自成和李岩的因素，而贬斥艾同知的贪赃枉法，揭露杨总兵的用人不当，斥责宋知县的官逼民反。作者也试图通过描述明季的这些事件来勾勒自己的政治理想：希望官员清正廉洁，善待百姓；希望军中量才为用，善待士兵；希望百姓安居乐业，轻徭薄赋。

三是对明廷之"贼"的痛恨。作者在表达对起义者的痛恨时，除通过对女性的淫荡与不贞的虚构描写来曲折表达外，还直接再现了起义者残酷的掠杀。如第四回描写徐鸿儒"打家劫寨，杀人如草"③；第二十八回描写李自成为补充兵力，强迫百姓从军，不愿意的"一刀就砍了"，当逃兵的"一拿住了，不是割耳，定是刺面"④；第二十九回描写李自成于崇祯十五年壬午（1642）五月水灌汴梁城，"百姓十人，只好存一人，真天地间一大奇厄"⑤；第三十一回描写了李自成攻陷北京后，疯狂地杀戮百姓、追勒官员财物，以李过最为突出。他"杀戮异常"⑥，为获取关押官员的金银财

---

① （清）江左樵子编辑：《樵史通俗演义》，《古本小说集成》本，第70页。
② （清）江左樵子编辑：《樵史通俗演义》，《古本小说集成》本，第71页。
③ （清）江左樵子编辑：《樵史通俗演义》，《古本小说集成》本，第67页。
④ （清）江左樵子编辑：《樵史通俗演义》，《古本小说集成》本，第493页。
⑤ （清）江左樵子编辑：《樵史通俗演义》，《古本小说集成》本，第519页。
⑥ （清）江左樵子编辑：《樵史通俗演义》，《古本小说集成》本，第554页。

物,"今日夹这个,明日夹那个"①。

综上所述,小说通过忠实的描写,反映了明季的社会现实;通过虚构的描写,使小说更具文学性与可读性。而这一切"虚"与"实"的描写,又都反映了作者在鼎革之际复杂的遗民心态。

四 《樵史通俗演义》与弘光王朝

崇祯十七年(1644)三月,李自成进驻北京、朱由检自缢煤山,宣布大明政权寿终正寝。残延其政权的先后有五个,即弘光政权、鲁王监国政权、隆武政权、绍武政权和永历政权。其中弘光历时较短,为期仅一年(1644年五月至1645年五月),这在以往南渡政权中也是极其罕见的。诚如戴名世所感叹:"呜呼,自古南渡灭亡之速,未有如明之弘光者也!地大于宋端,亲近于晋元,统正于李昪,而其亡也忽焉!"② 这引起了世人的思量,更引起作为明代遗民的文人的深度思考。《樵史通俗演义》正是基于这一考量,用了九回(第三十二回至四十回)的篇幅,较为全面地展示了弘光朝重大事件,如马阮翻逆案、南渡三疑案、四镇跋扈、弘光荒淫等等,并试图通过这些事件来探寻弘光朝短命的原因。

1. 马阮专权误国

马士英在弘光登基后就被选入内阁,兼掌兵部。他随后又提拔了阮大铖,并有张捷、杨维垣、杨文骢、田仰等人附和,从而形成了马阮集团。他们通过党争排挤清流,通过敛财积淀个人财富,通过操纵兵权掌控军力。这些奸臣逆子执掌权柄无疑给弘光政权带来无尽的动荡与不安,正如当时南京童谣所言"杨、马成群,不得太平"③(第三十四回)。同时,也加速了这个南明政权的灭亡,正如当时另则南京童谣所言"马阮张杨,国

---

① (清)江左樵子编辑:《樵史通俗演义》,《古本小说集成》本,第560页。
② (清)戴名世:《弘光朝伪东宫伪后及党祸纪略》,《明代野史丛书》,北京古籍出版社2002年版,第291页。
③ (清)江左樵子编辑:《樵史通俗演义》,《古本小说集成》本,第622页。

势速亡"①（第三十五回）。

（1）继续党争

门户之争一直是晚明挥之不去的阴霾，它在一定程度上断送了大明江山，而这个偏安江左的南明小朝廷并没有吸取前车之鉴，反而有过之而无不及，乃至形成愈演愈烈之势。马阮集团主要是通过定"顺案"、翻逆案，借"三疑案"来打击东林与复社势力。

所谓"顺案"就是指明朝官员接受李自成官职一案，即小说所言之"受伪官"案。因"顺案"涉及的东林党人和复社成员主要有魏学濂、雷縯祚、周镳、周锺、项煜等人。魏学濂是魏大中次子，为东林正人君子，曾"受贼户部司务职"②，也被解学龙六等拟罪当中列为第六等"有疑另议"类。这显然不符合马阮集团的利益，必置魏学濂于死地，其实据《明史》记载，魏学濂在崇祯殉社稷四十日后，也就饮恨自缢了。如果说魏学濂牵涉"顺案"，还有依据，那么雷、周二人牵连"顺案"，完全是阮大铖一手炮制，"因雷縯祚、周镳与阮大铖有仇，牵连在案，勒令自尽"③（第三十八回）。所以左良玉等二十八人在其所上的奏本中说道："士英自引用阮大铖以下，睚眦杀人。如雷縯祚、周镳等，锻炼周内，株连蔓引。"④（同上）在"顺案"当中，被打击的复社成员主要有周锺、项煜等人，因周锺曾为李自成造登极表，但谢国桢认为这"完全是为着报复"⑤。

所谓逆案是指崇祯帝铲除魏阉逆党一案。到弘光时，阉党中人阮大铖由马士英推荐入朝，并与杨维垣、张捷等人结成死党，且得到御赐蟒龙玉带，"从此阮大铖越得势了，与逆案心腹通政使杨维垣商量翻案"⑥（第三十四回）。他首先唆使杨维垣、吴孔嘉、张孙振等人就"三案"（按：梃击

---

① （清）江左樵子编辑：《樵史通俗演义》，《古本小说集成》本，第635页。
② （清）张廷玉等：《明史》卷244《魏大中列传附学濂列传》，中华书局1974年版，第6337页。
③ （清）江左樵子编辑：《樵史通俗演义》，《古本小说集成》本，第692页。
④ （清）江左樵子编辑：《樵史通俗演义》，《古本小说集成》本，第690页。
⑤ 谢国桢：《明清之际党社运动考》之5《南明三朝之党争》，中华书局1982年版，第83页。
⑥ （清）江左樵子编辑：《樵史通俗演义》，《古本小说集成》本，第622页。

案、红丸案和移宫案）重新定罪、《三朝要典》重颁天下、温体仁和文震孟重赐谥号等问题上本弘光，"一时朝野沸腾，人心不服"①（同上）。接着他又查抄水西门蔡益所书坊，贵池名士吴应箕"连夜回贵池去，逃往广东去了"，中书文震亨"没奈何星夜挂冠出京去了"②（同上），因为他们"晓得阮大铖主意，必要翻尽逆案，杀尽东林、复社众人，方才心满意足"③（同上）。总之，马阮集团通过各种途径与借口排挤清流，独掌朝政，弘光成了傀儡，也使其政权陷入了行将灭亡的境地。

所谓"三疑案"就是指弘光政权南渡后出现的僧大悲案、伪太子案和伪皇妃案。马阮集团利用南渡三疑案，特别是僧大悲案罗织清流，打击东林与复社。钱秉镫《藏山阁文存》卷六《南渡三疑案》云："阮大铖、杨维垣等令张孙振穷治之，欲借此以兴大狱，罗织清流。遂造为十八罗汉、五十三参之名，如徐石麒、徐汧、陈子龙、祁彪佳等，皆将不免。东林、复社，计一网尽之。"④ 另，"据徐鼒《小腆纪年》卷九谓：'……和从大铖作正续《蝗蝻录》《蝇蚋录》，盖以东林为蝗，复社为蝻，诸从和者为蝇为蚋。'把东林、复社的罪名，都加在大悲狱里面"⑤。

（2）大肆敛财

马阮集团在政治上排挤清流、控制朝政的同时，他们还在经济上疯狂地聚敛钱财，我们从小说中描写的童生纳银、疲癃武弁和倾铸银锭等事件可窥之。

童生纳银是马士英提出的，"各州县童生每名纳银三两，得赴提学官亲试，以助军兴"⑥（第三十四回）。然而，"近京州县，竟有半纳半考，

---

① （清）江左樵子编辑：《樵史通俗演义》，《古本小说集成》本，第626页。
② （清）江左樵子编辑：《樵史通俗演义》，《古本小说集成》本，第626页。
③ （清）江左樵子编辑：《樵史通俗演义》，《古本小说集成》本，第626页。
④ （清）钱秉镫：《藏山阁文存》卷6《南渡三疑案》，《清代诗文集汇编》第39册，上海古籍出版社2010年版，第710页。
⑤ 谢国桢：《明清之际党社运动考》之5《南明三朝之党争》，中华书局1982年版，第85页。
⑥ （清）江左樵子编辑：《樵史通俗演义》，《古本小说集成》本，第623页。

不肯依旨报纳。……那些肯纳银的童生，……渐渐没人纳银子了"① （同上）。这就激怒了马阮二人，并迁怒于复社少年，最后以溧阳知县李恩谟降级而告终。

疲癃武弁是阮大铖一手打造出来的"杰作"。他介绍来的十三名武官或为瘸拐，或为独眼，或为驼背，或为歪头，或兼而有之，连马士英亲视后也不胜感叹，"将咨来武职亲验一番，半是疲癃残疾，不胜愤叹"② （第三十七回）。究其原因，还是掌班堂候官吴一元道出原委："阮老爷咨到兵部来的，只论银子多少，或是小奶奶们荐的，或是戏子们认做亲戚的，一概与了他答付。"③ （同上） 这样一支疲癃之伍，面对强劲清军，其战斗力不言而喻，弘光政权的倾覆也就在所难免了。

倾铸银锭足可窥见马士英聚敛财富。马士英在实非本心的辞职后，深感不止百十万的收贿银两难以贮藏，也防人偷盗，乃唤银匠到家，每五百两倾铸一锭，十个银匠用足足一个月的时间才倾得一百个大元宝，共重五万两，黄金则择日再铸。这与当时的军队粮饷捉襟见肘形成了极大的反差。有了如此蛀虫，弘光政权的腐败可窥见一斑了。

谢国桢这样总结弘光政权的腐败："但弘光朝的政治，真是闹的一塌糊涂。马、阮一流人物，揽权纳贿，只要有了钱，就可以做官。所以当时有'职方贱如狗，都督满街走'的话。"④

（3）掌控军力

马阮集团除在政治上独掌朝政，经济上大肆敛财，在军事上还操纵兵权，掌控军力。如弘光登基后，马士英就入阁办事，兼掌兵部，成为这个南明政权军事上的最高指挥者；阮大铖也以兵部侍郎沿江筑堡，兼命统兵防江，其在得到御赐蟒龙玉带未久就升了兵部尚书，嚣张越甚；在左（良玉）兵东进、清兵南下的危急时刻，马阮大肆撤换边镇将领，甚至让"杨

---

① （清） 江左樵子编辑：《樵史通俗演义》，《古本小说集成》本，第623—624 页。
② （清） 江左樵子编辑：《樵史通俗演义》，《古本小说集成》本，第679 页。
③ （清） 江左樵子编辑：《樵史通俗演义》，《古本小说集成》本，第673 页。
④ 谢国桢：《明清之际党社运动考》之5 《南明三朝之党争》，中华书局1982 年版，第85 页。

文骢专监镇军，凡逃军南渡，用大炮打回，不许过江一步。不像防清兵来袭，倒像防史可法入朝奏事，万一翻局"①（第三十九回）。而且，他们对身陷绝境于扬州的史可法拒发援兵，致使淮、扬一带相继溃败，以长江为天堑的幻想也付之东流。马阮集团在军力上的把持与军事上的瞎指挥，直接把弘光政权葬送在清军的铁蹄之下。

2. 边镇跋扈内讧

弘光登基后设置淮徐、扬滁、凤泗、庐州四大镇，以靖南伯黄得功、兴平伯高杰、东平伯刘泽清、广昌伯刘良佐率兵分镇其地。其他势力较大的还有驻守镇江的郑鸿逵、在崇祯末年就尾大不掉的镇守武昌的左良玉等。他们或飞扬跋扈，或相互争斗，或兼而有之，使设镇御敌的初衷荡然无存，而且在巨大的内耗中还加速了弘光政权的灭亡。

（1）边镇的跋扈

在弘光边镇当中，高杰与左良玉的势力最为强大，也最为跋扈。不过他们的跋扈方式不同，高杰是位唯利是图的投机军阀，而左良玉则是位铲逆除奸的霸气将领，但他们都给这个脆弱的偏安江左的南明小朝廷以致命的打击。

众所周知，高杰曾是李闯手下一员战将，因与其妻刑氏有染而携之投奔明廷，除总兵头衔。到弘光时，因其握有重兵且是所谓"定策"功臣而封伯镇边，其嚣张气焰无以复加。如其为乞兵饷竟绑架阁部史可法（第三十三回）。这一事件造成严重的后果：一方面朝廷威严扫地，"高杰虽然还镇，那左镇与黄、刘三镇，都有笑朝廷、轻宰相的意思"②（同上）；另一方面为边镇乞饷开了先河，如郑彩截住解往督部的钱粮，并据本部苏州以乞兵饷，"自此各镇纷纷乞饷"③（第三十四回）。

左良玉与高杰不同，他曾是督师丁启睿手下一员虎将，后来被封为太子太傅、宁南侯，地位高于其他边镇，在边镇当中的威望也较高，于是觉

---

① （清）江左樵子编辑：《樵史通俗演义》，《古本小说集成》本，第705页。
② （清）江左樵子编辑：《樵史通俗演义》，《古本小说集成》本，第597页。
③ （清）江左樵子编辑：《樵史通俗演义》，《古本小说集成》本，第617页。

得安邦定国、铲奸除逆之责也高于其他边镇。当时马阮在朝廷里专权误国，朝廷上下正直之士个个痛心疾首，左良玉也不例外。他与27人联名的奏本中斥责马士英七大"不容于死"的罪状①（第三十八回），在讨逆檄文中，左良玉起兵为"清君侧"的意图是极为明显的，亦为史可法所理解（第三十九回）。然而，它的矛头直指马阮，自然使他们惟顾一己之利而不顾国家安危。左良玉等人奏本上过后，"马士英胸中只怕得是左兵杀来，自己与阮大铖定遭其害"②（第三十九回）；讨逆檄文传到南京后，"（马士英）一意只怕左兵害他，把边事反看缓了"③（同上），并撤江防兵以御左兵，于是给了清军可乘之机。这样，弘光政权离它的末日也就不远了。其实，左良玉这次起兵并未实现其"清君侧"的初衷，反而为马阮误国提供口实，同时还扰乱了本来就很脆弱的军事战略布局，左良玉可谓以另外一种跋扈的形式加速了这个南明政权的灭亡。

（2）边镇的内讧

边镇的内讧或为其私利而争斗，或为仇家而杀戮，种种情形，不一而足。

黄（得功）刘（良佐）与高杰之争，是因其私利而起。"且说黄得功曾建功江北，凤督题请，得与宁南伯左良玉同时受封，是时因并加良玉为宁南侯。刘良佐又是凤督部将，亦曾建功。良佐驻凤泗，得功驻庐州，二人十分不平，约会了发兵夺淮扬"④（第三十二回）。这场争斗以万元吉监军江北，"两为和解，方各罢兵"⑤（同上）。

高杰在睢州被杀，是因其仇家许定国而起。高杰在投降明朝之前，曾杀许定国全家老幼，只有许定国一人逃脱；投降明朝后，许定国与高杰同朝为将，外表假意莫逆，内里却伺机报复。弘光元年（1645）正月，许定国在睢州摆下鸿门宴，诱杀了高杰。"许定国既杀了高杰，怕朝廷加罪，

---

① （清）江左樵子编辑：《樵史通俗演义》，《古本小说集成》本，第688—690页。
② （清）江左樵子编辑：《樵史通俗演义》，《古本小说集成》本，第698页。
③ （清）江左樵子编辑：《樵史通俗演义》，《古本小说集成》本，第703页。
④ （清）江左樵子编辑：《樵史通俗演义》，《古本小说集成》本，第578页。
⑤ （清）江左樵子编辑：《樵史通俗演义》，《古本小说集成》本，第578页。

领部下兵将,竟投清朝去讫"①(第三十四回)。

边镇如此跋扈与内讧,导致左良玉中箭而亡、高杰被杀。另外,左良玉之子左梦庚、刘良佐与刘泽清等边镇将领也都投降清军。不仅如此,边镇军队的战斗力也是极其低下,诚如淮安一位秀才所说:"我淮安人没用,也不消说了。若是镇兵有一个把炭篓丢在地下,绊一绊他的马脚,也还算好汉了。"②(第三十九回)弘光政权真可谓"外面的架子虽未甚倒,内囊却也尽上来了"(《红楼梦》第二回)。

顾诚在《南明史》中对南明政权信赖武将做了中肯的分析:"南明几个朝廷最大的特点和致命的弱点正在于依附武将。武将既视皇帝为傀儡,朝廷徒拥虚名,文武交讧,将领纷争,内耗既烈,无暇他顾,根本谈不上恢复进取。"③这种方式不仅谈不上恢复进取,而且加速了南明政权的瓦解与灭亡。这既是对几个南明政权的总体分析,更是对弘光政权的一语中的。

3. 弘光昏庸荒淫

大凡末代帝王或偏安一隅的皇帝,不仅皇权被架空,而且昏庸荒淫,弘光帝也没有跳出这一历史怪圈。弘光在一片争议声中登上皇帝宝座,然而其皇权几乎为马阮集团一手把持,"弘光不过拱手听命的主人翁"④(第三十四回)。弘光这个十足的傀儡,对马阮集团定"顺案"、翻逆案、任心腹居要职等,只是俯首帖耳,件件依允。就其自身而言,也是极度昏庸与荒淫。小说中所描写的伪太子案和童妃案彰显其昏庸,选妃事件又透露其荒淫。

伪太子案曾在弘光朝轰动一时,几乎危及弘光帝位。在弘光的默许与授意下,马士英与阮大铖竭力干预其事,通过众官会审与上本,认定此太子系驸马王昺侄孙王之明。与此同时,他们又相应的采取了一系列措施,

---

① (清)江左樵子编辑:《樵史通俗演义》,《古本小说集成》本,第614页。
② (清)江左樵子编辑:《樵史通俗演义》,《古本小说集成》本,第709页。
③ 顾诚:《南明史》,中国青年出版社1997年版,第56页。
④ (清)江左樵子编辑:《樵史通俗演义》,《古本小说集成》本,第612页。

如赐张王两内官和李继周死，不许文武官员私谒太子，将太子及从行俱下中城兵马司狱里，指使都察院掌院李沾贴出"王之明假冒太子"①的告示，以此消除这一疑案带来的所谓负面影响。左良玉在奏疏中斥责马阮"不畏天道神明，不畏二祖、列宗，不畏天下公议，不畏万古纲常"②（第三十八回）。然而，其斥责的实质却是弘光的昏庸。

童妃案又是弘光的一块心病。针对童妃案，马阮集团内部曾有一番争议（第三十六回）。这番争议的实质源于弘光拒认自己微时收用的妃子。既然弘光拒认，童妃的命运只能走向灭亡。"可怜年少女子，指望贵为帝后，岂知饿死囹圄"③（第三十八回）。这一案，彰显了弘光的自私，更彰显了他的昏庸。

弘光不仅昏庸，而且荒淫。淫童女，选淑女，无所不为，俨然又一个陈后主。对于弘光的昏庸荒淫，时人张岱大骂道："自古亡国之君，无过吾弘光者，汉献之孱弱、刘禅之痴痦，杨广之荒淫，合并而成一人。王毓蓍曰：'只要败国亡家，亦不消下此全力也。'"④吴伟业也是极力贬斥弘光："及马士英代为首辅，福王拱手听之，深居禁中，惟以演杂剧，饮火酒，淫幼女为乐。民间称之曰老神仙。"⑤顾诚却不这样认为，"朱由崧的昏庸荒淫固然是事实，作为皇帝自然要负重要责任，但弘光朝廷继承的是党争、腐败、武将跋扈，忙于权力的再分配导致的内耗才是弘光朝廷土崩瓦解的最主要原因"⑥。也有替弘光昏庸荒淫辩解的。⑦但不管怎么说，弘光帝对其政权的覆亡是难辞其咎的。

---

① （清）江左樵子编辑：《樵史通俗演义》，《古本小说集成》本，第637页。
② （清）江左樵子编辑：《樵史通俗演义》，《古本小说集成》本，第691页。
③ （清）江左樵子编辑：《樵史通俗演义》，《古本小说集成》本，第686页。
④ （明）张岱：《石匮书后集》卷32《乙酉殉难列传》，《续修四库全书》第320册，上海古籍出版社1995—2002年版，第598页。
⑤ （清）吴伟业：《鹿樵纪闻》卷上《福王上》，《清代笔记小说小说丛刊》第19册，河北教育出版社1996年版，第434页。
⑥ 顾诚：《南明史》第5章《弘光政权的瓦解》第6节《弘光帝被俘》，中国青年出版社1997年版，第197—198页。
⑦ （清）温睿临：《南疆逸史》卷1《纪略第一·安宗》，中华书局1959年版，第10页。

弘光朝在挥之不去的党争、让人侧目的腐败、边镇将领的跋扈内讧和皇帝的昏庸荒淫等因素的共同作用下，已成为一棵腐朽不堪的枯木，只要一股强劲之风，它就会轰然倒塌了。这股强劲之风就是骁勇善战的清军，它除了在扬州遇到史可法的有力抵抗外，几乎就以秋风扫落叶之势，摧枯拉朽般摧毁了第一个南明政权。弘光政权堪称晚明的缩影，它的结束，在一定程度上透视了整个明王朝灭亡的原因，如党争、腐败、武将的跋扈、皇帝的昏庸，这些都是晚明的痼疾。所以作者在探寻弘光政权速亡原因的同时，也为我们揭示整个大明王朝灭亡的原因。

《樵史通俗演义》和《辽海丹忠录》中毛文龙形象之比较

毛文龙在历史上是个颇受争议的人物。因其投靠魏忠贤，天启时朝论多赞之，崇祯登基后，弹劾纷起，指责他虚功冒饷，跋扈不臣，毛文龙上疏抗辩，朝臣中也有人为他辩护。毛文龙被斩后，朝中多快之。至清兵入大安口，威逼京师，舆论又多认为若毛文龙在，必能蹑后牵制，清兵断不敢千里奔袭，渐以文龙死为冤。袁崇焕被逮后，此论益坚。这在清初颇为流行。①

此种争议从史料记载可略见一斑。《明季北略》正面载之，其中，卷二之《毛文龙入皮岛》："毛文龙……家虽贫，有英气，虬髯，相者谓必登坛制阃。善骑射，尤嗜弈，尝云'杀得北斗归南'。"②卷二之《毛文龙安州之战》："文龙居岛，联络朝鲜，招携辽庶，时以游兵出没海外，牵制东师，使不得深入山海，敌人患之。"③卷五之《袁崇焕谋杀毛文龙》："……崇焕曰：'与汝谈三日，谁知狼子野心，一片欺诳，若不杀汝，此一块土，异日岂朝廷所有？'文龙曰：'督师惟持节制，何得杀我？'崇焕曰：'今日非本部院意，乃是上旨。'左右色变，文龙自若，乃曰：'既出上旨，亦勿辨。'遂西望拜曰：'臣负朝廷久矣！'崇焕命旗牌官张国柄执

---

① 见张平仁《〈辽海丹忠录〉与〈镇海春秋〉的真实性和文体归属》，《齐齐哈尔大学学报》2003年第6期。
② （清）计六奇：《明季北略》，中华书局1984年版，第38页。
③ （清）计六奇：《明季北略》，中华书局1984年版，第42页。

剑杀之，诸将伏尸恸，崇焕曰：'止斩文龙一人，馀悉供职如故。'命殓之。"①

而朝鲜李肯翊的《燃藜室记述》则反面载之："文龙与房交通。详丁卯房乱"②"文龙因讨索粮货，朝廷不给，露奏诋诬，差谢恩使金尚宪，奏本陈辨。撮要"③ "文龙恣虐日甚，时称海外天子，部下诸凶，肆害尤甚。崇焕巡到海上，送节招之，文龙自疑，问便否于参佐，或劝或止，文龙乃进谒于双岛，崇焕数其罪而斩之。日月录"④ 史书记载有如此争议，作为源于现实的文学作品也概莫能外。如《樵史通俗演义》和《辽海丹忠录》就塑造了两个截然不同的毛文龙形象，在此不妨作比较如下：

1. 一个虚报战功，一个战功卓著。在《樵史通俗演义》中，毛文龙虽然取得了镇江之捷，但小说却认为"文龙铺张其事，申文与巡抚王化贞。化贞上本，就说是镇江奇捷"⑤（第二回）。之后，毛文龙还冒饷冒功，借"报捷的假功，自己加封荫子"⑥（第三回）。甚至"魏忠贤借他假报每叙军功"⑦（第三回）。而在《辽海丹忠录》中，镇江之捷被描绘成毛文龙的成名之战，并且产生巨大影响，"数百里之间，守堡贼将，非逃即降，不降不逃，必遭擒捉，声势大振"⑧（第十回）。此后，毛文龙取得的战役的胜利不下十次之多，如第十七回的樱桃涡和汤站大捷、第十九回的满浦和昌城大捷、第二十回的牛毛寨大捷、第二十一回的深河寨大捷、第二十三回的复州之捷等等。

---

① （清）计六奇：《明季北略》，中华书局1984年版，第116页。
② ［朝鲜］李肯翊：《燃藜室记述》27（仁祖朝1623—1649）之《毛文龙诛死》，潘喆等编：《清入关前史料选辑》（一），中国人民大学出版社1984年版，第460页。
③ ［朝鲜］李肯翊：《燃藜室记述》27（仁祖朝1623—1649）之《毛文龙诛死》，潘喆等编：《清入关前史料选辑》（一），中国人民大学出版社1984年版，第460页。
④ ［朝鲜］李肯翊：《燃藜室记述》27（仁祖朝1623—1649）之《毛文龙诛死》，潘喆等编：《清入关前史料选辑》（一），中国人民大学出版社1984年版，第462页。
⑤ （清）江左樵子编辑：《樵史通俗演义》，《古本小说集成》本，第27页。
⑥ （清）江左樵子编辑：《樵史通俗演义》，《古本小说集成》本，第47页。
⑦ （清）江左樵子编辑：《樵史通俗演义》，《古本小说集成》本，第52页。
⑧ （明）孤愤生：《辽海丹忠录》，《古本小说集成》本，上海古籍出版社1994年据明崇祯间翠娱阁刊本影印（下同），第183页。

2. 一个狂妄自大，一个智勇双全。在《樵史通俗演义》中，毛文龙是这样出场的，"有个杭州人毛文龙，平日好为大言，没甚本事"①（第二回）。镇江之捷后，更是妄自尊大。而在《辽海丹忠录》中，毛文龙是个有勇有谋的人，如第十七回"毛帅规取建州路"，将自己的军队分成七路进攻后金，这里的毛文龙俨然成了一个军事战略家了，还有第十九回的昌城之捷，毛文龙将声东击西的战术发挥得淋漓尽致。

3. 一个居心叵测，一个造福一方。《樵史通俗演义》把毛文龙在皮岛描写成一个野心勃勃的人，如他想在皮岛称霸一方，"竟效巡方官例，列四六考语。特上一本，举刺东征将士及海运委官，以至朝鲜君臣、经略都饷、部院司道、登莱巡抚、海防各道，尽入荐牍"②（第三回）。这一本让朝廷震惊，御史江日彩就此上本斥毛文龙违反祖宗法度，是大不敬。而《辽海丹忠录》却将毛文龙在皮岛描写成一个造福一方的救世主。为确保皮岛安全，毛文龙分兵据守各路要地，皮岛真可谓"居中驭外，璧合珠联，真已成一个雄镇了"③（第十四回）。他还"大屯田战守兼行，通商贾军资兼足"④（第十六回），"把当日这些荒榛败棘，野草寒烟，一派冷落的穷岛，都已变做一个殷陈富庶的世界了"⑤（同上）。"把个皮岛做了商贾鳞集、百货辐辏的所在"⑥（同上）。

4. 一个杀弟鸩友，一个孝母爱民。在《樵史通俗演义》中，小说描述了毛文龙杀害了两个重要人物，一个是帮他打下一片天下的秀才王一宁，一个是他的亲弟毛云龙，被杀的原因都是他们劝谏毛文龙不要在皮岛胡作非为。而《辽海丹忠录》对此却是只字未提，相反，这部小说还把他描写成一个孝顺老母、爱护百姓的形象。毛文龙老母去世后，他特上本给经略王司马，表明自己未能对寡母尽孝道，望能建牌坊来旌表，王司马准奏。

---

① （清）江左樵子编辑：《樵史通俗演义》，《古本小说集成》本，第25页。
② （清）江左樵子编辑：《樵史通俗演义》，《古本小说集成》本，第49页。
③ （明）孤愤生：《辽海丹忠录》，《古本小说集成》本，第261页。
④ （明）孤愤生：《辽海丹忠录》，《古本小说集成》本，第283页。
⑤ （明）孤愤生：《辽海丹忠录》，《古本小说集成》本，第290页。
⑥ （明）孤愤生：《辽海丹忠录》，《古本小说集成》本，第294页。

《樵史通俗演义》和《辽海丹忠录》中毛文龙形象之比较

小说这样赞道："至此，真是子无母无以宣威海甸，母无子无以阐发幽光，可云生死两无余恨了。"①（第十八回）毛文龙在皮岛通商时还很注意保护商人的利益，"凡是交易的，都为他平价，不许军民用强货买，又禁岛民诓骗拖赖。那些客商，哪一个不愿来的"②（第十六回）。

那么，为什么会出现一个人物两种形象呢？

第一，它们的创作背景不同。《辽海丹忠录》最早刊行于崇祯三年（1630），为翠娱阁刊本，现藏日本内阁文库。此年，距毛文龙被杀已一年有余，也就是袁崇焕被杀之年。此时舆论偏向毛文龙，认为其在东江牵制，功不可没。在此之前，已有为毛文龙颂扬和辩冤的书籍出版，如天启三年（1623）毛文龙的门客汪汝淳撰有《毛大将军海上情形》，为其歌颂；毛文龙被杀当年，即崇祯二年（1629），毛文龙之子毛承斗集毛文龙之疏、揭、塘报，撰有《东江疏揭塘报节抄》，为其父辩冤。故而，《辽海丹忠录》是在吸收前人为毛文龙颂扬和辩冤材料的基础之上，再与当时社会舆论倾向相结合，而创作出来的。而《樵史通俗演义》，据其所述之事，不应早于顺治八年（1651）（因书中提及顺治八年刊印的《新世弘勋》），其时舆论仍偏向毛文龙，如《国榷》等就力主此说，但毛文龙毕竟是阉党中人，人多警议，且其在海岛的斑斑劣迹在这时也有所暴露，如《满文老档》《朝鲜李朝实录》都有详载。因之，《樵史通俗演义》力排众议，为人揭示了毛文龙较为真实的一面。

第二，它们的创作意图不同。《辽海丹忠录》的创作意图主要是为毛文龙辩冤。从其序言可观之，"所可痛者，贺兰山下之侠骨犹蒙垢詈之声，钱塘江上之鸥夷只快忌嫉之口，此忠臣饮恨九原，傍观者亦为之愤懑也"③。"顾铄金之口能死豪杰于舌端，而如椽之笔，亦能生忠贞于毫

---

① （明）孤愤生：《辽海丹忠录》，《古本小说集成》本，第 323 页。
② （明）孤愤生：《辽海丹忠录》，《古本小说集成》本，第 293 页。
③ （明）翠娱阁主人：《辽海丹忠录·序》，（明）孤愤生：《辽海丹忠录》，《古本小说集成》本，第 1—2 页。

下"①；从其署名"平原孤愤生"可窥知其一腔悲愤之气；从其文亦可感之，如第十四回，"当时镇江复陷，有人道毛文龙贪功生事，贻害一城"②。经毛文龙的座师叶向高上疏辩解后，"是非已是大定"，并赋诗一首云："抒赤亦由我，雌黄且任君。一朝公论定，麟阁共铭勋。"③ 再如第三十五回，毛文龙在皮岛，有人疑其虚冒战功、尾大不掉，作者对此辩道："至说剿零星之虏冒功，这也是边上常态，多发拨夜，一掩杀，因报大举入犯，临阵叫杀，却零星也是虏，有首级便是功。说到尾大不掉，也只在毛帅之心，不受节制，虽孤军也不为用；若乃心本朝，势大更可效力。……他秉性忠贞的，怎做这样事，但怀忠见疑，以贞得谤，此心怎甘忍，怎肯置之不辩。"也赋诗一首云："身为非刺的，臆满不平鸣。肯惜疏封事，殷殷悟圣明。"④ 再如第三十八回，毛文龙与袁崇焕的一段精彩的生死对白，袁崇焕说他迂道济钱粮，毛文龙辩道："本镇诚恐路迂，接济不时，且更劳民，故不若登莱为便。"⑤ 袁崇焕说他冒功冒饷，毛文龙道："督师若以我为冒功，宁远数战，何不也杀取几个鞑子献功？若说冒饷，日昨督师安慰东江将官道：'宁前官有许多俸，兵有许多粮，尚不足饱。'各将士海外劳苦，只得米一斛，还要养家，是东江常苦不足，还有得冒？也并无甚说谎欺君。"⑥ 这段与其说是毛文龙的自辩，倒不如说是作者在为其为辩冤。

目前学界基本认可《辽海丹忠录》的辩冤的创作态度，如苗壮先生在《关于〈辽海丹忠录〉的几个问题》如是说："《辽海丹忠录》的重点是写毛文龙，浓墨重彩地塑造作者心目中的英雄，为毛文龙颂功，为毛文龙辩冤。"⑦ 欧阳健先生也认为，"《辽海丹忠录》写的是辽东之役以毛文龙为

---

① （明）翠娱阁主人：《辽海丹忠录·序》，（明）孤愤生：《辽海丹忠录》，《古本小说集成》本，第4—5页。
② （明）孤愤生：《辽海丹忠录》，《古本小说集成》本，第246页。
③ （明）孤愤生：《辽海丹忠录》，《古本小说集成》本，第247—248页。
④ （明）孤愤生：《辽海丹忠录》，《古本小说集成》本，第621—623页。
⑤ （明）孤愤生：《辽海丹忠录》，《古本小说集成》本，第670页。
⑥ （明）孤愤生：《辽海丹忠录》，《古本小说集成》本，第670—671页。
⑦ （明）陆人龙著，苗壮点校：《辽海丹忠录·书末附录》，辽沈书社1989年版。

忠心的一群丹心报国的忠臣饮恨九泉之事迹"①。

而《樵史通俗演义》的创作意图则主要是羽翼信史,从其自序中我们可以看出,"然樵子颇识字,闲则取《颂天肪笔》《酌中志略》《寇营纪略》《甲申纪事》等书,销其岁月。或悄焉以悲,或戚焉以哀,或勃焉以忠,或抚焉以惜,竟失其喜乐之两情。久而樵之以成野史"②。具体到毛文龙身上,作者想用实录的方式对毛文龙作重新诠释,而不是人云亦云。孟森在《重印〈樵史通俗演义〉序》中就小说对毛文龙描写的真实性,给予了充分的肯定,如其杀害王一宁与毛云龙一事,"本书亦不免于诛毛、通敌并为一谈(笔者按:这里指袁崇焕),然其先叙文龙事实,则罪状甚著,不因被诛于袁而追信其忠且杰,则闻见尚真也。其书文龙因过恶受人指摘,而杀其人以逞忿,一为身受大惠之王一宁,一为至亲之胞弟。他书纪载不详,而以今考之,则皆可信。事在天启三四年间,而《熹宗实录》天启四年一年,为冯铨所毁,已不可复见,赖此书详其归宿。此为大有关系之事"③。"本书亦言其以谏文龙杀良冒功,与王一宁怜意相同而被杀,此亦必可信者也。"④ 由此可见,作者在羽翼信史精神的指导下,对毛文龙的描写在某种程度上达到了实录的效果。胡莲玉从《辽海丹忠录》所述毛文龙之事,也证明了这一点,"但有一点是可以肯定的,毛文龙绝非如这部小说中所描写的那样,是个赤胆忠心的抗金英雄"⑤。

这两部小说塑造的毛文龙形象虽然差异很大,但仍然有其共同点,那就是它们都肯定了毛文龙的在皮岛(亦称东江)的牵制之功。如在毛文龙被杀后,《樵史通俗演义》这样惋惜道:"袁崇焕只是要成和议,杀了岛帅

---

① 欧阳健:《悲歌慷慨〈丹忠录〉——〈辽海丹忠录〉初探》,《宁夏教育学院学报》1988年第4期。
② (清)江左樵子:《樵史序》,(清)江左樵子编辑:《樵史通俗演义》,《古本小说集成》本,第2—4页。
③ 孟森:《重印樵史通俗演义序》,(清)江左樵子编辑、钱江拗生批点,史愚校点:《樵史通俗演义》,人民文学出版社1989年版,第311页。
④ 孟森:《重印樵史通俗演义序》,(清)江左樵子编辑、钱江拗生批点,史愚校点:《樵史通俗演义》,人民文学出版社1989年版,第313页。
⑤ 胡莲玉:《〈辽海丹忠录〉试评》,《南京农业大学学报》2003年第3期。

毛文龙。那知文龙虽系羁縻，不比宋朝岳飞的忠勇，却也等他在岛上屯扎，北兵还怕从后掩袭，未能深入。"①（第二十七回）《辽海丹忠录》对毛文龙的牵制之功的颂扬可以说达到无以复加的地步了，众多回末评都提及。如第十四回回末评："得思白、岵云两疏，而毛将军根脚定，所以得成八年牵制之功。"② 第十八回回末评："非三潮而毛镇又免矣，犹不忘牵制，是不以险阻退心。"③ 第十九回回末评："挠之一法，的是东江能事。挠之，奴且不敢离穴，况得呼鱼皮诸类而来也，一痛。"④ 等等。其实，毛文龙在东江（即今丹东）的牵制作用是非常有限的，"根本原因是明廷在总体战略思想上不重沿海、辽东沿海兵力严重不足"⑤。

---

① （清）江左樵子编辑：《樵史通俗演义》，《古本小说集成》本，第481页。
② （明）孤愤生：《辽海丹忠录》，《古本小说集成》本，第263页。
③ （明）孤愤生：《辽海丹忠录》，《古本小说集成》本，第331页。
④ （明）孤愤生：《辽海丹忠录》，《古本小说集成》本，第349页。
⑤ 魏刚：《毛文龙在辽东沿海地区的战略得失》，《大连大学学报》1997年第5期。

清初李自成题材小说的嬗变

我们知道，清初遗民小说的创作主要集中在顺康时期（1644—1722）。具体而言，顺康时期总体上又可划分三个时期，即前期、中期和后期。前期是指顺治前期，中期是指顺治后期，后期是指康熙时期。清初遗民小说在这三个时期创作的主要特点分别是采录、反思、重构。李自成题材小说非常典型地体现了清初遗民小说的嬗变特点与规律。

李自成题材小说，亦称"剿闯"小说，是指清初顺康时期以描写李自成起义为重要内容的章回体小说。按问世的先后顺序，主要包括《新编剿闯通俗小说》（下文简称《剿闯小说》）《新世弘勋》《樵史通俗演义》《铁冠图全传》等四部章回体小说。这四部小说学界一般将其纳入时事小说序列论述[1]，但笔者认为其亦可进入遗民小说序列，因其反映了清初遗民意识的演变过程。那么，这四部小说围绕着"剿闯"关目，存在着怎样的嬗变过程呢？

在探讨这四部小说的嬗变之前，我们还必须要解决一个问题，那就是这四部小说各自以哪个版本为底本来进行比较。笔者认为要同时符合这样两个条件：一是内容较为丰富的版本，因为只有这样的版本才可能为后来的李自成题材小说所资取，只有这样的版本才有探讨的价值；二是版本的

---

[1] 前三部小说学界已公认为明末清初时事小说，至于《铁冠图全传》，由于其目前发现的最早版本为光绪四年宏文堂刊本，其是否为明末清初时事小说，学界还有争议，但咸敏在《〈铁冠图全传〉为明清初时事小说考》（《明清小说研究》2002年第4期）一文中已考证出其确为明末清初时事小说。

时间较早，至少前一种小说的版本不能晚于后一种小说的最早版本，只有这样，后一种小说版本才有借鉴前一种小说版本的可能。按照这两个条件，笔者选取这四部小说的版本分别为：《剿闯小说》为明弘光元年（1645）兴文馆刊本，《新世弘勋》为顺治八年（1651）庆云楼刻本，《樵史通俗演义》为清初顺治刻本①，《铁冠图全传》为光绪十年（1884）胡士莹藏本。上述诸本，《古本小说集成》均有影印。

一 李自成题材小说的采录阶段

这一阶段的小说主要是两部，即《剿闯小说》和《新世弘勋》。这两部小说总体呈现"采录"的特点，我们从《剿闯小说》的题署与序可以看出。小说的第一回与第六回分别题署为"西吴懒道人口授""西葫懒道人口授"（笔者按："西葫"当为"西吴"之误），这从西吴九十翁无竞氏所作的《剿闯小说叙》可以得到印证："余结夏半月泉精舍，口（笔者按：原文被涂而字迹不清）懒道人从吴下来，口述此事甚详，因及西平剿贼一事，娓娓可听，大快人意，命童子援笔录之。"② 由此可见，小说总体上是采录西吴懒道人的口述而成。另外，小说还采录了当时的野史笔记，如第七回涉及《国变录》与《泣鼎传》，它们有记载的则予采录，如小说采录了《国变录》的有钱位坤受李自成"伪职"事，采录《泣鼎传》的有时敏受"伪职"事及魏学濂受"伪职"后自缢事等，而《国变录》与《泣鼎传》未记载的则不予采录，"有公讨降贼揭帖刊刻大字，传贴各郡。因传录未载其事，故不录其揭"③（第七回）。小说除这些明显采录之外，更为重要的还表现在回目与内容不甚相符。如第二回的回目是"北京城文武

---

① 《樵史通俗演义》的清初刻本产生时间现在学界还未定论，张平仁在其博士论文《明末清初时事小说研究》中据小说涉及《新世弘勋》以及《明季北略》涉及《樵史通俗演义》，推测其应产生于顺治八年（1651）至康熙六年（1667）间。

② （清）无竞氏：《剿闯小说叙》，（清）懒道人口授：《剿闯小说》，《古本小说集成》本，第9—10页。

③ （清）懒道人口授：《剿闯小说》，《古代小说集成》本，第245页。

偷安　　承天门闯贼射箭",影印本共 42 页,属于回目内容的仅有 16 页,而其余的 26 页则是龚云起的一大段哀痛之文、《痛哭诗》2 首、《重纪越郡三忠死难实录》《草莽孤臣吊越郡三忠赋》《重纪马素修先生死难实录》《重订死难名臣籍贯姓氏》、吊刘熙祚(笔者按:蒋模作)、金铉、马士奇、王章诗四首等内容堆砌在一起。这些内容显然是作者在创作时直接采录相关资料而来,而并没有对其进行有机整理。这些回目与内容有出入,一方面说明作者创作小说还很欠成熟,另一方面也可能是作者为了让每回的篇幅大致相当。另外,小说虽名为《剿闯小说》,但并未对"闯贼"李自成的出身作交代,显然也是个缺憾。总之,小说如此简单地拼凑材料及对重要人物记述的缺失,原因主要有以下几个方面:一是当时关于李自成的材料作者在创作时还没有掌握,也就无从记述,这也正体现了小说的采录特点;二是小说的创作距事件发生的时间太近,还来不及对已有材料进行有机的整理,而在某种程度上只能采用堆砌的方式;三是满足当时人们对"剿闯"事件的阅读需求,快速刊刻而过于粗糙也就在所难免。一言以蔽之,小说的成书过程只是简单的采录。

《新世弘勋》的最早刊本为顺治八年(1651)庆云楼刻本,距李自成起义失败已有六年之久,李闯的有些材料与传说已为人们所掌握,所以《新世弘勋》的开头并没有像《剿闯小说》那样对李自成出身作缺失描述。虽然《新世弘勋》对李自成出身的描述带有强烈的天人感应色彩,甚至有的记述出现了错误,但我们仍然可寻到采录的痕迹。如李自成的父亲李十戈去武当山求嗣、李父为李自成聘请家庭教师等,在一些文献资料里有类似的记载,"守忠(即李自成父亲)娶金氏而无子,既以侄李自立为后矣,祷于华山,梦神告之曰:'以破军星为若子。'……长名鸿基,改自成,从延安人罗君彦者学刀槊,颇尽其技"[①]。我们说《新世弘勋》仍处于李自成题材小说的采录阶段,并不只是其对李自成的出身的描述有所采录,更为

---

① (清)吴伟业撰,李学颖点校:《绥寇纪略》卷 9《通城击》,上海古籍出版社 1992 年版,第 227 页。

重要的是它还对《剿闯小说》进行了采录。虽然其在采录的过程中有所变动，但有些采录基本上就是一种抄袭，如李岩投闯事，几乎就是《剿闯小说》的翻版，还如费氏刺闯将被杀（第十三回）后，小说引用的《诸女出宫诗》十四首、《美女叹》二首基本上就是抄袭《剿闯小说》第六回的《宫娥出禁词》《美女叹》二首。小说不仅在事件与诗词上承袭《剿闯小说》而来，而且在创作态度上也承袭《剿闯小说》，如对吴三桂的态度，《剿闯小说叙》称："吴三桂舍孝取忠，弃家急国，效申胥依墙之泣，以遂秦哀逐吴之功，真正奇男子大丈夫作用。虽匡扶之局未结，而中兴之业已肇。"① 而《新世弘勋》的第十七、十八回基本上就是对吴三桂这位"奇男子大丈夫"的最有力的注释。不过，《新世弘勋》对《剿闯小说》最大的变动，就是将《剿闯小说》中的带有对清朝蔑称的"虏""酋"等字去掉，改为"我""大清"等字样。诚如孙楷第所云："此书实脱胎于《剿闯通俗小说》，仅增益首尾及删去书中'虏'字耳。"② 据《"剿闯"系列小说版本及版本演变考》，《新世弘勋》从顺治到民国有十几个版本，而《剿闯小说》并没有这么多的版本。这一方面说明《新世弘勋》比《剿闯小说》更受读者青睐，另一方面也说明《新世弘勋》青于蓝而胜于蓝，在承袭《剿闯小说》的同时，对《剿闯小说》中堆砌的材料进行了一定程度的有机整理，从而更适合读者的阅读。但是，我们认为《新世弘勋》相对于《剿闯小说》在创作上取得可喜的进步，但它仍没有超出李自成题材小说的采录阶段。

从上述分析，我们可以看出这两部李自成题材小说主要使用采录，甚至拼凑的方式进行创作，从而导致其艺术性乏善可陈，此亦是学界诟病所在。但是，有一方面为学界所忽视，那就是它们所表现的遗民意识却非常强烈，主要表现在以下几个方面：

其一，开始总结明亡教训。明朝的灭亡对于当时的士人来说，震撼是

---

① （清）无竞氏：《剿闯小说·剿闯小说叙》，《古本小说集成》本，第8—9页。
② 孙楷第：《中国通俗小说书目》，作家出版社1957年版，第69页。

极其强烈的。反思明亡的原因，总结明亡的教训，似乎成为当时士人的一项重要任务。而作为士人的一部分的小说作家，亦在文学作品中开始表现这一倾向。明亡第二年问世的《剿闯小说》，即开始了这方面的关注。小说第一回总结道：

> 其如自逆珰以来，习成了一个庸庸碌碌保全富贵的套子，大家以不罹珰祸为幸，相安无事，不展一筹。偶有几个打病虎、断死蛇，以击珰为己功者，又立起个门面来，自谓气节清流，高自标榜，要人依附，但论同异，不论贤愚，但问恩仇，不问好歹。就有一班随声唱和的，借他名色，哄取要位，立定了脚头，一般样招权纳贿，事非钱而不行，人非钱而不用。朝中如此，外任亦然。贪官污吏，布满天下。加之征调太烦，加派太重，征收无法，民不聊生。所以奴虏未息，流贼后起。①

在懒道人看来，明亡的主要原因在于官员的尸位素餐与招权纳贿，以及激烈的党争与繁重的赋税。这种总结虽有一定的合理性，但也明显有其偏颇及缺乏深度、系统性的一面。然而，这在明亡后仅一年的时间内，小说作家即有这样的思考，已是难能可贵了。

其二，开始丑化亡明者李自成。我们知道，李自成领导的农民起义直接推翻了明王朝。当时的士人对李自成的痛恨是可以理解的，而这种痛恨在作家的笔下，特别是小说作家的笔下，就转化成对李自成的丑化描写。这种丑化在《新世弘勋》中表现得非常突出。

首先是李自成出生前的异常气象描写。小说第二回描写道："这日是为万历三十四年丙午元旦，……这些人家看那积雪时，却有四五尺厚，又有一桩异事，不分内庭外院、市井屋瓦之上及荒郊僻旷之所，那积雪上，

---

① （清）懒道人口授：《剿闯小说》，《古本小说集成》本，第6—7页。

皆有巨人足迹，及牛马脚迹，约有尺来深，遍处惊传，如出一口。"① 万历三十四年（1606），正是李自成出生之年。这年"元旦"的异常气象预示着给大明带来灾难的人物即将诞生。

其次是李自成之母非常受孕及李自成出生之丑描写。李母石氏多年未孕，与其父李十戈往均州太和宫求子。其父服用海狗肾丸，李母孕，并诞下一相貌丑陋之子："深目嵌睛，却似鸠盘鬼子；红眉赤发，犹如水怪山魈。遍身疙瘩块青胖，满面瘤堆戳手刺。啼声同破竹，马笑驴悲；形象类众生，人头狗面。十戈见了心中恼，只为亲生没奈何。"②（第三回）

再次是李自成的暴戾乡邻与不孝父母描写。小说第三回描写李自成长到十五六岁时，"气质狠恶，打爹骂娘"③，"时尝里施刀弄剑，狠作狠为，声言要弑父母，杀亲邻"④。父母被其气病亡故后，"也不来顿念衣衾棺椁，亏了众亲邻，怜他养了这样不孝不仁的儿子，仗义来殡葬完事"⑤。

据《明史·李自成列传》记载："（李自成）父守忠，无子，祷于华山，梦神告曰：'以破军星为若子。'已，生自成。幼牧羊于邑大姓艾氏，及长，充银川驿卒。善骑射，斗很（笔者按：似作狠更恰当）无赖，数犯法。"⑥

通过对比，我们发现小说仅有两点有史实依据，即李父初"无子"，及李自成幼时"斗很无赖"。其他故事情节均为作者根据自己的好恶对李自成及其父母进行的虚构描写，以达到丑化李自成的目的，进而表达对这种亡明者的痛恨之情。

其三，表达深沉的亡国之痛。这种悲痛情绪的表达在李自成攻陷北京、崇祯帝自缢身亡后特别强烈。如《剿闯小说》第二回大部分内容为拼

---

① （清）蓬蒿子编次：《新世弘勋》，《古本小说集成》本，第19—21页。
② （清）蓬蒿子编次：《新世弘勋》，《古本小说集成》本，第47—48页。
③ （清）蓬蒿子编次：《新世弘勋》，《古本小说集成》本，第48页。
④ （清）蓬蒿子编次：《新世弘勋》，《古本小说集成》本，第50页。
⑤ （清）蓬蒿子编次：《新世弘勋》，《古本小说集成》本，第52页。
⑥ （清）张廷玉等：《明史》卷309《李自成列传》，中华书局1974年版，第7948—7949页。

凑的哀悼诗文,篇幅占到此回的近 62%。但是,其亡国之痛却达到极点。龚云起哀痛之文称:"先帝以死为功名,泪倒填江,脑涂九土。呜呼!痛哉!"①《新世弘勋》第十一回亦在崇祯自缢身亡后,连用 45 首诗纪其壮烈。诚如作者哀痛道:"呜呼!痛哉!以亘古未有之奇祸,肆于我明;以三百年无缺之金瓯,隳于彼贼。诚使天崩地裂,鬼泣神号,亿兆臣民,无依无怙者也。"② 这种亡国之痛的情绪可谓达到无以复加的程度。

二 李自成题材小说的反思阶段

李自成题材小说发展到《樵史通俗演义》,已进入反思阶段了,也就是小说作者通过创作开始全面反思李自成起义原因,反思明廷灭亡的原因。《樵史通俗演义》的创作距明廷灭亡、李自成起义失败已很有一段时间了,也是诸多由明入清的遗民由沉痛地记录开始走向深沉地反思的时候。《樵史通俗演义》的有些内容仍然没有摆脱采录,但它却是"拿来主义",即将采录来的内容有机地融入反思的语境中去。我们试以李闯杀妻逃难、金县哗变、李岩投闯等事件为例,做具体分析。

李闯杀妻逃难事(第二十回)显然是"摹仿《水浒传》潘金莲、潘巧云两段"③(第二十二回回末评)而成,小说将李自成描写成这一事件的受害者。李自成所娶韩氏本是娼家女,由于耐不住寂寞,先后与小厮李招和本村光棍盖虎儿偷情,有次与盖虎儿偷情时被李自成逮个正着,李自成愤而杀其妻,盖虎儿却趁混乱而溜走。此事闹到县衙,知县缺失,艾同知掌印。在县衙丁门子的点拨下,李自成将卖房子、田地的五六百两银子中的二百两送给了艾同知,但艾同知却以没有拿住盖虎儿为由,拒绝开释其罪。于是,李自成又愤而杀死艾同知,走上背井离乡之路。这一事件至少向我们透露了这样的信息:一是晚明时期民风不纯,偷情苟且之事时有发

---

① (清)懒道人口授:《剿闯小说》,《古本小说集成》本,第 54 页。
② (清)蓬蒿子编次:《新世弘勋》,《古本小说集成》本,第 200 页。
③ (清)江左樵子:《樵史通俗演义》,《古本小说集成》本,第 400 页。

生；二是晚明时期地方长官的缺失，相关事件不能得到迅速有效地处理；三是地方官员贪污成风，却又伪善至极。

如果说杀妻逃难事只是迫使李自成走上起义之路的第一步，那么金县哗变（第二十六回）则是直接导致了李自成走上起义之路的转折性的一步。李自成在杀妻之后，投奔到甘肃杨总兵的麾下。在军中，李自成表现不俗，由亲兵到总旗，再到把总，一路提拔上来。当时由于清兵围困京师，甘肃巡抚梅之焕出师勤王，杨总兵亦愿同往，于是杨总兵就将军中大权交给没什么本事的王参将，李自成等人心中不满。在金县筹粮时，知县拒绝筹集，李自成手下在县衙大闹，却被王参将手下痛打。此事激怒了李自成，与王参将相见时，李自成亲手将王参将刺死。这样，李自成最终走上了起义之路。这一事件，我们可以看出：一是军中不能量才为用，上下级军官之间矛盾重重；二是军队与地方不能有效地协作，特别是军队粮饷，地方政府与军队没有较好的合作；三是紧急与常态没有有效处理好，京师紧急固然需要勤王，但也不能置地方于不顾。

李岩是否实有其人，是史学界一大公案，但他却是李自成题材小说中的一个重要人物，是李自成后期重要政策的制定者与实施者。李岩投闯事从《剿闯小说》到《新世弘勋》，再到《樵史通俗演义》，它们之间明显有承袭的痕迹，只不过到了《樵史通俗演义》，杞县知县被冠以宋姓，其余的事件细节基本上大同小异。"河南开封府杞县……连年荒旱，米价腾贵，县官不知抚恤穷民"①（《剿闯小说》第一回），"一味比较钱粮。镇日里把这些粮户，打得血流淋漓，啼号嗟怨，单作成讨卯的书手，行仗的皂隶，吃得肥头胖耳，积得产厚家饶"②（《新世弘勋》第五回）。李岩将自家粮食分给饥民，却遭知县囚禁，从而激起饥民义愤，饥民"顿时聚了千人，杀入县衙，先把宋知县砍为数段，……另有一班杀入牢里，放了李岩并久滞狱底的囚犯……"③（《樵史通俗演义》第二十九回）最后，李岩同

---

① （清）懒道人口授：《剿闯小说》，《古本小说集成》本，第15页。
② （清）蓬蒿子编次：《新世弘勋》，《古本小说集成》本，第87—88页。
③ （清）江左樵子编辑：《樵史通俗演义》，《古本小说集成》本，第514—515页。

其兄弟李牟率民众一起投奔李自成。这一事件，表达的一个核心思想就是"贪酷县官无见识，致令良善作强徒"①（同上）。这是一个令人反思的深刻问题。

总之，我们通过以上几个事件的分析，可以发现作者在创作《樵史通俗演义》时，极力在营造自己的反思语境。我们试想，假如当时的民风纯正，李自成就不会杀死妻子；假如艾同知处事得当，李自成也就不会逃难他乡；假如军中量才为用，李自成也就不会走上起义之路；假如宋知县能妥善处理群体事件，李岩就不会投奔李闯。当然，历史是不能、也不允许"假如"的，但它能为后来者提供可鉴之处。这亦正是作者反思的真谛所在。

那么，李自成题材小说在反思阶段的遗民意识又出现哪些新变化呢？笔者认为主要表现在以下几个方面：

一是全面反思明亡原因。明亡的原因是极其复杂的，而李自成题材小说以文学的形式反思这一深邃问题，却有着自己的独特方式。在采录阶段，李自成题材小说主要是作者直接评述，虽然有些方面是值得肯定的，但在深度与广度上却有明显不足。到了反思阶段，李自成题材小说则直接以叙事的方式在字里行间中表达作者的反思，在深度与广度上均超越前者。上文述及李自成起义三事，在一定程度上亦是反思了明亡的原因，如晚明的民风不纯与饥民成群，地方官员的贪得无厌、昏庸无能，军中不能量才为用等。特别值得注意的是，《樵史通俗演义》在描述明廷镇压包括李自成在内的明末农民起义时，在军事上连连失误，亦是明亡的一个重要原因。这种反思与《明亡述略》卷上的总结有不谋而合之处："呜呼！用兵之法，审势而已。我众彼寡利用战，彼众我寡利用守，故战无不胜，而其几莫可失也。守则或乘其懈，或待其变，而有交之，姑缓之而不容急也，则守亦所以为战之地而已。杨鹤、陈奇瑜之时，贼势未张，故数战数

---

① （清）江左樵子编辑：《樵史通俗演义》，《古本小说集成》本，第516页。

天，免二言抚①，此一误也。洪承畴、卢象昇战无不胜，而不与竟其功，此二误也。熊文灿庸才，再以抚败，杨嗣昌曲从之，此三误也。至嗣昌为督师，贼势已强，宜守战兼用，顾撤四川兵，使不克守，俾湖广之战遂无功，此四误也。"②《樵史通俗演义》能从政治、经济、军事、民风诸方面反思明亡的原因，在清初遗民小说中，甚至清初遗民文学中，实属难能可贵了。

二是继续丑化李自成。《樵史通俗演义》在丑化李自成方面延续了采录阶段的李自成题材小说，但丑化的内容已由李自成转向其三任妻子，即韩氏、邢氏、窦氏。其中，对前两任妻子的丑化是有一定的史实依据的。《绥寇纪略》卷九《通城击》载："自成妻韩氏，故倡也，县役盖君禄与之通。自成杀淫者，偕李过亡命甘州，投甘督梅之焕所部参将王国为兵。"③ "高杰尤暴戾，不可法度使，特以窃自成之妻邢氏，为所切齿……"④《明亡述略》卷上载："自成妻邢氏，美容色，武勇多智，掌军资。其将高杰日支粮过邢氏营，通之，私随杰降于总督洪承畴。自成追邢氏与承畴战败，遂复合献忠。"⑤ 不过，小说在描写过程中，除渲染李自成之妻的淫荡外，对于李自成的酒色描写也有一定的着笔。其实，据史料记载："自成不好酒色，脱粟粗粝，与其下共之。"⑥ 这种丑化描写，着重表达了作者对于亡明者的痛恨之情。

三是亡国之痛的情绪表达相对减弱。我们知道，采录阶段的李自成题材小说在描写明亡时，中断了原有故事情节的描述，而采录大段的祭文或诗词，来表达作者内心强烈的亡国之痛的情绪。而作为反思阶段的李自成

---

① "故数战数天，免二言抚"二句，《台湾文献丛刊》本《明亡述略》作："故数战数胜，顾好言抚"，似更通顺。
② （清）锁绿山人：《明亡述略》卷上，《中国野史集成》第33册，巴蜀书社2000年据《荆驼逸史》本影印，第590页。
③ （清）吴伟业：《绥寇纪略》卷9《通城击》，上海古籍出版社1992年版，第228页。
④ （清）吴伟业：《绥寇纪略》卷9《通城击》，上海古籍出版社1992年版，第250页。
⑤ （清）锁绿山人：《明亡述略》卷上，《中国野史集成》第33册，巴蜀书社2000年据《荆驼逸史》本影印，第593—594页。
⑥ （清）吴伟业：《绥寇纪略》卷9《通城击》，上海古籍出版社1992年版，第245页。

题材小说,《樵史通俗演义》在描写明亡时,这种强烈情绪明显有所减弱。小说第三十回集中描写了北京沦陷时的情景。不过,描写上至帝王下至行人壮烈殉国的篇幅仅占此回的一半有余。首先描写了崇祯帝在煤山自缢身亡。"崇祯被发覆面,上穿白绵绸袄、蓝纱道袍,下穿白绵绸裤,右足跣,左足有白绫袜、红方舄鞋。衣带有血诏,道:……"① 接着描写了范景文等二十三位官吏②及其家人为国殉节的壮举。这部分的描写基本上采用罗列的方式,按官衔由高到低进行描述。这些官员多为自缢、自焚身亡,多于临死前作遗书或绝命诗以明志。如周凤翔作遗书以诀别其父曰:"君辱臣死,君死臣焉可独生?况男复身居讲职,忝列侍从乎!忠孝不能两全,矢以来生再图奉养尔。"③ 又作绝命诗曰:"碧血九原依圣主,白头二老哭忠魂。"④ 最后,小说描写了刘文炳等六位皇亲⑤为国殉节。这些皇亲及其家人多为自焚、自缢、自刎、投井而亡,而且多为整个家口为大明殉节。小说在描写过程中,更多地体现了作者对于殉节者的崇敬之意。与采录阶段的李自成题材小说相比,此阶段的李自成题材小说无论是在描写篇幅上,还是在情感表达上,均有所弱化。

三 李自成题材小说的重构阶段

李自成题材小说经历了采录、反思阶段,到《铁冠图全传》的问世,开始进入重构阶段。据成敏考证,《铁冠图全传》成书"上限应该是在顺

---

① (清)江左樵子编辑:《樵史通俗演义》,《古本小说集成》本,第539页。
② 笔者按,二十三位官吏是指:阁老范景文、户部尚书兼侍读学士倪元璐、刑部右侍郎孟兆祥、左庶子兼侍读学士周凤翔、左谕德兼侍读学士马世奇、左都御史李邦华、左副都御史施邦曜、翰林院左谕德刘理顺、翰林院检讨汪伟、大理寺卿凌义渠、太仆寺丞申佳胤、太常寺少卿吴麟徵、户科都给事中吴甘来、河南道御史王章、顺天督学御史陈纯德、吏部员外许直、兵部郎中成德、兵部主事金铉、工部主事王钟彦、阳和卫经历毛维张、中书舍人宋天显、户部主事范方、行人谢于宣。
③ (清)江左樵子编辑:《樵史通俗演义》,《古本小说集成》本,第542页。
④ (清)江左樵子编辑:《樵史通俗演义》,《古本小说集成》本,第542页。
⑤ 笔者按,六位皇亲是指:新乐侯刘文炳、驸马都尉巩永固、惠安伯张庆臻、襄城伯李国桢、宣城伯卫时春、嘉定伯周奎之任都督周镜。

治十六年后，下限是康熙十二年左右"。① 应该说，这个时候，距李自成起义事的时间比较长了，李自成起义事的相关材料也基本被公之于众，如小说中首次出现了当时任米脂县知县的边大绶的材料②，这在前几部李自成题材小说中是没有出现过的。同时，遗民情结也开始淡化，那些"剿闯"故事，作者们也不再过多地对其寄托自己内心对明廷眷恋的情怀，而是对其进行了重构。这在小说结构与人物关系方面表现得尤为明显。

李自成题材小说的前三部在结构上基本上就是按照时间先后顺序，将李闯起义事的过程作一描述，并未有意识地设置类似"戏眼"之物来统领情节的发展过程。而《铁冠图全传》在结构上较前三部小说有一个很大的进步就是有了自己的统领情节发展的"戏眼"之物，那就是铁冠道人的三幅谶图。小说以这三幅谶图开始，又以这三幅谶图结束，而一切的情节发展都在其统领之下。这三幅谶图到小说第四十八回才揭晓，可谓草蛇灰线、伏脉千里。在此，我们试将这三幅谶图与小说的情节做个比较。第一幅谶图"写着些彩云，托定无数天兵天将，一个个金光满体，瑞气腾腾，拿住十八个孩儿，尔抢我夺，好似要生食一般"③（第四十八回）。第二幅谶图"上面写着一个大人，披发悬梁，身穿蓝衣，左脚脱赤，右脚穿红鞋一只"④（同上）。第三幅谶图"上面只写着'天下万万年'五个大字"⑤（同上）。第一幅中的"十八个孩儿"显然就是当时宋献策的谶言"十八孩儿当主神器"，即李自成称帝事，它所展示给读者的主要是李自成起义从开始到失败的过程。第二幅谶图显然表明崇祯帝煤山自缢事。第三幅谶图应是大清定鼎中原。这三幅谶图将小说情节发展的重要关节点展示给我们，也是从宏观上统领着小说情节的发展。李闯题材小说虽然在这个时候的新闻性已大大降低，但在故事性方面却大大加强了，而这一切都得益于

---

① 成敏：《〈铁冠图全传〉为明末清初时事小说考》，《明清小说研究》2002 年第 4 期。
② 据赵维国《清初剿闯小说采摭史籍考述》（《明清小说研究》2004 年第 1 期）文，关于李自成个人身世的最早史料当为边大绶的《虎口余生记》和赵士锦的《甲申纪事》。
③ （清）松排山人编：《铁冠图》，《古本小说集成》本，第 367 页。
④ （清）松排山人编：《铁冠图》，《古本小说集成》本，第 367 页。
⑤ （清）松排山人编：《铁冠图》，《古本小说集成》本，第 367 页。

结构的重要调整。

标志《铁冠图全传》进入重构阶段的另外一个重要方面，就是它对"剿闯"事件中的人物关系做了重新调整，使前后情节之间更加紧密，也使小说更加成为一个有机整体。其中以米脂县令阎法一家人的悲欢离合为线索，关联着李自成起义过程的诸多情节。阎法以李自成犯法害民将其监禁，李自成里应外合，杀死阎妻，掳走其女蕊英、其子玉奇。闯妻因妒蕊英貌美，诓骗蕊英姐弟出城意图戕害，二人虽意外获救，但姐弟分离。后来蕊英与其父阎法偶遇，述其经历。阎法将蕊英安顿在其姐家，并将蕊英许配给外甥左良玉。于是，左良玉与李自成的对抗蒙上了报岳家仇的色彩。而玉奇也因偶然的机会与其外祖父陈永福相见，陈永福升为河南总兵后，进陕剿闯，意外与左良玉军队相遇。这样，一家人算是初步团圆。当陈永福与阎如玉（玉奇改名）镇守汴梁，阎如玉拔箭射中攻城的李自成的左目。在汴梁内外交困的情况下，陈永福投降李闯，阎如玉与其祖父分道扬镳，南下广东寻父。在惠州府如玉与其父阎法相见，听到陈永福已降李闯，父子二人急赴河南请左良玉起兵勤王。当父子二人赶到河南左良玉府时，左良玉已病故，但阎家终得团圆。在左府，阎氏父子闻得京师已破，崇祯自缢，悲痛不已，随即辞别蕊英，投奔时任淮南经略使史可法，但弘光帝并未对其委以重任，遂辞职转道河南，携蕊英母子回开封府原籍居住，但考虑此处非久留之地，又举家迁往武昌府罗公山居住，而最后李自成被乡民杀死的地点又恰恰在罗公山。

我们知道，知县阎法一家是小说虚构的，阎法与左良玉、陈永福之间的关系也是虚构的，但小说通过这一人物及其关系的虚构，却将李自成起义从开始到失败的整个过程连缀起来，而且成为贯穿小说始终的人物，而前三部小说中没有一个能贯穿如此众多情节的人物。这正体现了小说的重构特征。

那么，相对于前两个阶段，重构阶段的李自成题材小说在表现遗民意识方面又有哪些新的变化呢？笔者认为主要表现在以下两个方面：

一是丑化李自成有了新情节。李自成题材小说在丑化李自成方面，出现了一个有趣的变化过程，采录阶段主要是丑化其本人，反思阶段则主要丑化其妻，而重构阶段又回归丑化其本人。但是，具体丑化内容又有了新意。《铁冠图》第一回即描写李自成听信宋炯之言"要将祖宗父母同时合葬，免得日后动土泄气，兴发更快"，而毒死其父母：

> 这贼子痴心太重，不顾天伦，即买毒药回家，与父母食了。可怜李十戈夫妇食了毒药，登时七窍流血而死。李闯假哭一场，即时买棺收殓，抬至破云山中，再迁祖枢，一齐照式葬下，完了贼子一场心愿。①（第一回）

这种出场定型的虚构情节，无疑体现了作者要将亡明者李自成塑造成贪婪、狠毒的形象，正如卷首李自成题画诗所云"生成蛇蝎质，作逆谲民兵。残杀滔天罪，难逃罗网刑"②，从而将这种情绪也传达给读者。

二是明亡之痛进一步淡化。在《樵史通俗演义》弱化明亡之痛的基础上，《铁冠图》又有了进一步淡化。首先是表现在篇幅上进一步缩减，《铁冠图》虽有两回（第四十三、四十四回）着重描写，但在篇幅上不及《樵史通俗演义》的大半回，更比不上《剿闯小说》《新世弘勋》的长篇累牍了。其次是具体故事情节上新意不多。最有新意的是费宫人刺杀对象变成了李岩。我们知道，采录阶段的刺杀对象是默默无闻的罗姓将领。这与史料记载基本一致，如陆次云《费宫人传》即作如是记载。反思阶段未涉及费宫人刺杀事。而到了重构阶段，刺杀对象即变成大名鼎鼎的李岩了。这一更改一方面提升了费宫人刺杀的意义，体现了其睿智与侠义的个性；另一方面亦为后面的故事情节做铺垫，意味着李自成丧失了一个重要的左膀右臂，更意味着李自成起义出现重要拐点。费宫人被冠以"贵贞"之名，亦始于此书。此名或为作者杜撰，或据不为人所知的史

---

① （清）松排山人编：《铁冠图》，《古本小说集成》本，第7页。
② （清）松排山人编：《铁冠图》，《古本小说集成》本，第8页。

料。另外，与崇祯帝同缢的太监又回归了王承恩，并增加了一个触石而亡的太监高时明。回归王承恩亦即是回归历史①，而高时明的出现则又是作者的重构②。

李自成题材小说总体上经历了上述的采录、反思、重构三个阶段，也就是说这三个阶段的小说分别以采录、反思、重构作为其主要特征，但并不是说某个阶段只有某个特征。相反，某个阶段的小说也包含有其他两个阶段特点的因素，如采录阶段的《剿闯小说》《新世弘勋》中的李岩投闯事就明显含有反思因素，而《新世弘勋》中的李闯出身就明显为虚构，具有重构特点。同样，反思阶段中也有采录与重构因素，《樵史通俗演义》中李岩投闯事就是采录《剿闯小说》《新世弘勋》而来，李闯杀妻事除反思因素占主导外，也有虚构的色彩，颇具重构特点。重构阶段也有采录与反思的因素，《铁冠图全传》以"《剿闯通俗小说》《新世弘勋》等为蓝本作成"③，采录因素不言而喻；陈永福投闯事是也引人深思的。李自成题材小说在嬗变过程中鲜明地体现着嬗变规律与嬗变特点，同时也体现着嬗变的复杂性。

李自成题材小说的嬗变，原因是多方面的，有外部因素与内在因素，有社会因素与作者因素，在这些众多因素当中，笔者认为其中两方面因素更为突出：

---

① 史料记载与崇祯帝同缢而死的太监有王之心、王之俊、王承恩等多种说法。如冯梦龙《甲申纪闻》谓之王之心，程源《孤臣纪哭》谓之王之心、王之俊，《燕都日记》谓之王之俊，冯梦龙《绅志略》谓王之心从死，王之俊、王德化俱自尽，陈济生《再生纪略》及王世德《崇祯遗录》均谓王之心从死，徐梦得《日星不晦录》谓之王承恩，清《国史补遗》及《国变录》谓之王承恩。赵翼根据顺治十一年（1654）传谕，在《檐暴杂记》中认定为王承恩，并得到后来发掘的明代史料钱䛒《甲申传信录》的证实。《明史》亦采用王承恩说。与史料相似，不同的"剿闯小说"亦出现不同的同缢太监，如《剿闯小说》为王承恩，《新世弘勋》与《樵史通俗演义》均为王之俊，《铁冠图》又为王承恩。

② 小说描写高时明在崇祯帝尸首边触石而亡，与史料记载有所出入。据王源《司礼监高时明传》记载，高时明在北京城破时，仰卧先前准备的棺材中，命人举火焚之而死，从死者九人。（清）王源：《司礼监高时明传》，《居业堂文集》卷2，《丛书集成初编》第2478册，商务印书馆1936年版，第32页。

③ 江苏省社会科学院、明清小说研究中心文学研究所编：《中国通俗小说总目提要》，中国文联出版公司1990年版，第746页。

一是与这一时期时事小说创作规律有关。如果将"剿闯"题材小说与明末清初出现的魏忠贤题材小说进行对比，我们会发现它们之间有许多相似的创作演变规律。魏忠贤题材小说按产生的先后，主要有《警世阴阳梦》《魏忠贤小说斥奸书》《皇明中兴圣烈传》《樵史通俗演义》《梼杌闲评》等。这五部小说也大致经历了采录、反思与重构三个阶段。前三部小说大致处于采录阶段，如《警世阴阳梦》虽然"阴梦"部分是作者的想象，但"阳梦"部分"回目之间不相连属"①，明显是采录见闻而成，"长安道人知忠贤颠末，详志其可羞、可卑、可畏、可恨、可痛、可怜情事，演作阴阳二梦"②。《魏忠贤小说斥奸书》在凡例第三条中称："是书自春徂秋，历三时而始成。阅过邸报，自万历四十八年至崇祯元年，不下丈许。且朝野之史如正续《清朝》、《圣》《政》两集、《太平洪业》《三朝要典》《钦颁爰书》《玉镜新谈》，凡数十种。一本之见闻，非敢妄意点缀，以坠于绮语之戒。"③ 采录不言而喻。不过，此书与《警世阴阳梦》相比较，回目之间相对连贯，正如《新世弘勋》相对《剿闯小说》。《皇明中兴圣烈传》"特从邸报中与一二旧闻演成小传"④。另外，回目之间也不甚连属，回目与正文之间还出现不一致的情况，如第四卷目录中的《好汉推李太监坠河》《周宗建阴灵搭船》，正文则为《姑苏好汉推李实坠河》《周季侯阴灵搭船》。有些正文内容采用了非文学性语言描述，如第五卷《魏忠贤缢死阜城》对魏忠贤死后的描述简直就是一份魏忠贤尸检报告，《籍没崔呈秀、客氏、魏忠贤》简直就是他们三人财产清单的罗列。这些都表明，《皇明中兴圣烈传》主要是直接采录相关材料而成，而并未进行有机整理。魏忠贤题材小说经过采录阶段，正如李自成题材小说一样，到了

---

① 侯忠义：《警世阴阳梦·前言》，（明）长安道人国清编次：《警世阴阳梦》，《古本小说集成》本，第 1 页。

② （明）长安道人国清编次：《警世阴阳梦·醒言》，《古本小说集成》本，第 7—8 页。

③ （明）峥霄主人：《魏忠贤小说斥奸书·凡例》，（明）吴越草莽臣：《魏忠贤小说斥奸书》，《古本小说集成》，据北京大学图书馆藏崇祯元年（1628）刻本影印，上海古籍出版社 1994 年版，第 1—2 页。

④ （明）乐舜日：《皇明中兴圣烈传·小言》，（明）西湖义士述：《皇明中兴圣烈传》，《古本小说集成》本，第 3 页。

《樵史通俗演义》开始进入反思阶段。虽然《樵史通俗演义》也采录了诸多野史说部而成，但它对其进行了有机的整理，呈现给读者的是深沉的思考，它让人们感觉到魏党乱政、门户之争给岌岌可危的大明王朝带来的是多么致命的打击，崇祯御极虽欲力挽狂澜于既倒，但最终未果。可以说，《樵史通俗演义》又从另外一个角度，即魏忠贤题材方面，总结了明亡的教训。到《梼杌闲评》的问世，魏忠贤题材小说就进入了重构阶段。这部小说以魏忠贤与客印月之间的信物"明珠"为线索展开，所以此小说亦称《明珠缘》。这样，相对于前两个阶段的小说而言，《梼杌闲评》的文学性更强，正如《铁冠图全传》相对于李自成题材小说前两个阶段的一样。在这里，我们必须指出的是文学性更强的小说未必就是文学成就更高的小说，如《铁冠图全传》的文学成就并不高于《樵史通俗演义》，但《梼杌闲评》在魏忠贤题材小说中成就相对较高。另外一个现象，我们也必须承认，那就是魏忠贤题材小说和"剿闯"题材小说的创作都经历了相似的嬗变过程，但由于它们迅速崛起，又迅速消亡，所以，未能出现如《水浒传》《三国志演义》这样集大成式、艺术成就很高的小说。

二是与遗民意识逐渐淡化有关。李自成题材小说在嬗变过程中出现新闻性逐渐降低，故事性逐渐增强的发展趋势，这与作者创作时的遗民意识逐渐淡化联系紧密。在采录阶段，李自成题材小说对明亡极为沉痛、对李自成极为仇视："君父之仇，天不共戴；国家之事，下不与谋。不共戴，则除凶雪耻之心同；事不与谋，则愤时忧世之情郁。于是乎闻贼之盛则怒，闻有绁首拜贼之人则愈怒，闻贼之衰则喜，闻有奋气剿贼之人则愈喜。怒则眦裂发竖，恨不得挺剑而摏其胸；喜则振足扬眉，恨不得执鞭而佐其役。此天理人心之必然而不容己者也。壬申三月之变，天摧地裂，日月无光。举朝肉食之夫，既悠悠忽忽，以酿此巨祸，迨乎溃败决裂。死者死，降者降，逃者逃，刑辱者刑辱。降者贪一日之荣，逃者徼一时之幸，刑辱者偷一夕之生。罪有重轻，失节则一。即死者亦仅了一身之局，而于国何补？国家养士近三百年，而食报区区若此，岂不痛哉！"① 甚至在不明真相的情况下对引狼入室的吴三桂大为赞赏，"吴三桂舍孝取忠，弃家急国，效申胥依墙之泣，以遂秦哀逐吴之功，真正奇男子大丈夫作用。虽匡扶之局未结，而中兴之业已肇……因及西平剿贼一事，娓娓可听，大快人意……"② 更是将创作的教化意图表露无遗："用以激发忠义，惩创叛逆其于天理人心，大有关系。非泛尝因果平话比。"③《新世弘勋》仍然表达了对主辱臣死的悲痛、对李闯亡明的仇视，体现其遗民心态，但却将《剿闯小说》中的"北虏""夷兵""鞑子""虏酋"等所谓违碍字眼全部摒掉，表现了其在一定程度上接受了清朝的统治。到了《樵史通俗演义》，我们发现作者的遗民意识开始趋于理性化，一方面从党争、李闯起义事、辽东战事等多个角度总结明亡的教训，另一方面，批评的锋芒开始直指最高统治者，如对天启帝的昏庸、弘光帝的荒淫都有所鞭挞。同时，对那些由明入清的当权者，如冯铨、吴三桂，小说也不敢妄加造次。冯铨本是阉党成员，入清后又以篡改、毁弃与己有关的明实录而劣迹斑斑，在明末与清初都为正直士人所唾弃，但《樵史通俗演义》却为其鸣冤："有人还道冯铨入阁，亏了忠贤，遂认他也是崔呈秀一样的人；魏广微虽去，又是一个魏广微来了。哪知道冯铨有些不同，他极恨崔呈秀这班人所为，在阁议事，毕竟自执己见。每每为了公议，有所救阻。又与呈秀原是同科中的，知道他贪戾不法，必然败坏朝廷，密谋要逐呈秀。"④（第十二回）如果说《剿闯小说》《新世弘勋》对吴三桂大加赞赏还是因为作者对其借师助剿不明真相，那么，到《樵史通俗演义》创作时，它还是用赞赏的口吻来描写吴三桂，则表明作者是有意为之了，因为此时人们已经认识到了吴三桂"冲

---

① （清）无竞氏：《剿闯小说叙》，（清）懒道人口授：《剿闯小说》，《古本小说集成》本，第1—8页。
② （清）无竞氏：《剿闯小说叙》，（清）懒道人口授：《剿闯小说》，《古本小说集成》本，第8—10页。
③ （清）无竞氏：《剿闯小说叙》，（清）懒道人口授：《剿闯小说》，《古本小说集成》本，第11页。
④ （清）江左樵子编辑：《樵史通俗演义》，《古本小说集成》本，第212页。

冠一怒为红颜"只是欺世盗名的借口,投降清朝才是其真正的意图。这种正面描述由明入清的当权者的笔触,表明了作者遗民意识进一步淡化,有种趋同清朝的倾向。到《铁冠图全传》,我们唯一感受到作者遗民意识的就是其对李自成的极度痛恨,这与之前的李自成题材小说并无二致。不同的是,作者在小说里要将李自成、张献忠塑造成"大清圣主之獭鹯"①。另外,小说第一回开篇还引用了铁冠道人张子华谶歌称:"东也流,西也流,流到天南有尽头;张也败,李也败,败出一个好世界。"②这一谶歌在小说结尾时得到解答:"所谓'东也流,西也流',乃应流贼劫掠之事,所谓'流到天南有尽头',乃应宏光帝江南殄灭,李贼湖广丧命之后。所谓'张也败,李也败',乃应张献忠、李自成不成大业之事。所谓'败出一个好世界',乃应败了流贼,才有今日风调雨顺、国泰民安的好世界也。"③(第五十回)由此可以看出,作者完全以大清臣民自居,遗民意识已非常淡化了。

综上所述,清初四部李自成题材小说经历了采录、反思、重构三个阶段,呈现了这样的嬗变规律:一是在创作内容上渐趋丰富。单从篇幅言之,四部李自成题材小说,总体上呈现逐渐增多的趋势。如《剿闯小说》为十回,《新世弘勋》为二十二回,《樵史通俗演义》在四十回中有二十回为"剿闯"部分,《铁冠图全传》则铺演成五十回的篇幅了。二是在创作方法上渐趋小说化。我们知道,第一阶段主要以采录为主要特征,第二阶段虽主要依傍史实,但在李自成三任妻子等情节描写上,开始具有更多虚构等小说化创作倾向。第三阶段则整体上摆脱史实依傍,并进行主要情节虚构的方式进行创作。虽然第三阶段的创作成就不比第二阶段,但其小说化创作倾向却非常鲜明。三是在创作心态上遗民意识整体逐渐淡化。这四部李自成题材小说的遗民意识主要包括明亡之痛、明亡反思、丑化李自

---

① (清)松排山人:《铁冠图·忠烈奇书序》,(清)松排山人编:《铁冠图》,《古本小说集成》本,第8页。
② (清)松排山人编:《铁冠图》,《古本小说集成》本,第1页。
③ (清)松排山人编:《铁冠图》,《古本小说集成》本,第387—388页。

成、对清廷态度等几个方面。其中，丑化李自成保持了一致性，特别是第二、三阶段增加了诸多虚构情节，以达到丑化这位亡明者。明亡之痛以第一阶段最为强烈，后二阶段呈减弱的趋势。明亡反思以第二阶段为最著，第一阶段来不及过多反思，第三阶段则不愿过多反思。对清廷态度则由最初的蔑视到后来的逐渐接受。总体而言，作者的遗民意识呈现淡化趋势。

晚明民变在《梼杌闲评》中的文学书写

民变有广义与狭义之分，广义民变包括民众暴动与农民起义①，狭义民变专指民众暴动。民众暴动与农民起义相比较，其最主要的特点在于：一是自发性。农民起义一般具有一定的组织性，主要包括宗教组织、军事组织等，而民众暴动一般只是民众自发行为，缺乏统一的组织领导，但也不排除由个别人物来领导；二是短暂性。农民起义一般时间较长，短则一月或数月，长则达几十年，而民众暴动则常常只有几天时间，绝少出现数月以上者；三是针对性。农民起义常常以推翻地方或中央政权并建立自己的政权为主要诉求，明显具有政治性，而民众暴动一般不以谋求政权为目的，只是针对某一具体事件而发生的群体性行为。有史记载的最早民众暴动，一般认为是发生于共和元年（前841）的"国人暴动"②，而最早的农民起义比最早的民众暴动要晚得多，史界一般认为是秦二世元年（前209）的陈胜、吴广起义③。本文所述民变是指狭义之民变，即指民众暴动。

晚明民变是从民众反对矿监税使的斗争开始的。明神宗朱翊钧（1563—1620），为满足自己的奢华生活及弥补对外征战造成的巨大军费亏空，从万历二十四年（1596）开始派宦官前往全国各地充当矿监税使，以开矿征税为名，搜刮民脂民膏。这也引起民众的强烈反对，主要包括万历

---

① 民国时李文治编《晚明民变》（《民国丛书》第4编第74册，上海书店1989年影印本）即将明末农民起义视为民变。
② 徐元诰：《国语集解》卷1《周语上》，中华书局2002年版，第14页。
③ （汉）司马迁：《史记》卷48《陈涉世家》，中华书局1959年版。

二十七年（1599）反对税使陈奉的武昌民变、万历二十八年（1600）反抗市舶太监李凤的新会民变、万历二十九年（1601）葛成领导的反对税监孙隆的苏州民变、万历三十年（1602）反对矿监潘相的景德镇民变等。进入天启时期，民变开始转向反对阉党的斗争，主要有天启六年（1626）三月的苏州民变、天启七年（1627）二月的徽州民变等。崇祯时期，农民起义风起云涌，民变又成为农民起义的催化剂，主要有崇祯十三年（1640）的杞县民变。这次民变直接导致李岩率领民众投奔李自成。

民变是晚明时期的重要历史事件，清初遗民小说表达了应有的关注，如《剿闯小说》第一回、《新世弘勋》第五回、《樵史通俗演义》第二十九回描写了杞县民变，《樵史通俗演义》第十回、第十三回分别描写了苏州民变和徽州民变，等等。相对于上述小说，《梼杌闲评》描写的民变次数更多，计有三次，包括武昌民变、苏州民变、徽州民变；描写民变更有自己的特色，如武昌民变的虚构因素，苏州民变中的五义士形象更为具体，徽州民变的过程更为完整。通过这些民变的描写，小说更加突出晚明时期的重要历史人物魏忠贤的形象。故此，笔者将以《梼杌闲评》为例，着重探讨历史上的三次民变在此小说中的文学书写。

一 更多虚构的武昌民变

小说第八、九回描写了武昌商民痛打税使程士宏事件。这一事件当以万历二十七年（1599）的反对税使陈奉的武昌民变为原型。《明史·神宗本纪二》载："（万历二十七年）十二月丁丑，武昌、汉阳民变，击伤税使陈奉。"①《明史·冯应京列传》又载：

> 税监陈奉恣横，巡抚支可大以下唯诺惟谨，应京独以法裁之。奉掊克万端，至伐冢毁屋，剖孕妇，溺婴儿。其年十二月，有诸生妻被

---

① （清）张廷玉等：《明史》卷21《神宗本纪二》，中华书局1974年版，第281页。

辱，诉上官。市民从者万余，哭声动地，蜂涌入奉廨，诸司驰救乃免。应京捕治其爪牙。奉怒，阳饷食而置金其中。应京复暴之，益惭恨。明年正月，置酒邀诸司，以甲士千人自卫，遂举火箭焚民居。民群拥奉门。奉遣人击之，多死，碎其尸，掷诸途。可大慑不敢出声，应京独抗疏列其十大罪。奉亦诬奏应京挠命，陵敕使。帝怒，命贬杂职，调边方。给事中田大益、御史李以唐等交章劾奉，乞宥应京。帝益怒，除应京名。……缇骑抵武昌，民知应京获重谴，相率痛哭。奉乃大书应京名，列其罪，榜之通衢。士民益愤，聚数万人围奉廨。奉窘，逃匿楚王府。遂执其爪牙六人，投之江，并伤缇骑；詈可大助虐，焚其府门，可大不敢出。奉潜遣参随三百人，引兵追逐，射杀数人，伤者不可胜计。日已晡，犹纷挐。应京囚服坐槛车，晓以大义，乃稍稍解散。奉匿楚府，逾月不敢出，亟请还京。①

这即是史载武昌民变。从上述记载，我们可以看出民变的原因是税监陈奉"恣横"，民变的导火线为"诸生妻被辱，诉上官"，民变结果是冯应京遭罢官、押解，而陈奉却逍遥法外。

接下来，我们再来看《梼杌闲评》中的武昌民变。这次民变是由税使程士宏引起的。程士宏在魏进忠（笔者按：即魏忠贤）的建议及殷太监的周旋下，得到了"湖广矿税钱粮，着程士宏清查"②（第八回）的批条。在前往湖广的途中，程士宏及其一帮随从，"狐假虎威，虚张声势，无般不要，任意施为"③，"山东、江淮经过之地，无不被害"④，"荆湘一带，民不聊生"⑤（同上）。特别是在均州武当山时，以"擅开金矿，刨挖禁

---

① （清）张廷玉等：《明史》卷237《冯应京列传》，中华书局1974年版，第6174—6175页。
② （清）佚名：《梼杌闲评》，《古本小说集成》本，第267页。
③ （清）佚名：《梼杌闲评》，《古本小说集成》本，第269页。
④ （清）佚名：《梼杌闲评》，《古本小说集成》本，第269页。
⑤ （清）佚名：《梼杌闲评》，《古本小说集成》本，第269—270页。

地"① 之名,"把黄同知父子拿来收禁,把家财抄没入官。田地房产仰均州变价,侵占的田地准人告覆。将妇女们尽行逐出"②,最后,"黄同知父子苦打成招,问成死罪,候旨正法"③(同上)。冯应京在前往湖广任参政、途经武当山时,遭黄同知妻拦轿喊冤,愤而上疏斥责程士宏"凌雪(笔者按:雪或为虐,雪在此处不通)有司,诈害商民,罪恶已极,难以枚举"④,并策划众人捉拿程士宏。程中书在送走前来拜见的冯应京后,"忽听得一声炮响,岸上一面白旗一展,只见江上无数小船望大船边蜂拥而来,岸上也挤满了人。大船上只疑是强盗船,正呼岸上救护,忽又听得一声炮响,岸上江中一齐动手,把五六号大船登时打成齑粉,把程中书捆起送上岸来,馀下人听其随波逐流而去"⑤(同上)。这次民变的结果是"程士宏暴虐荆、湘,以致激变商民,着革职解交刑部严审。冯应京倡率百姓毁辱钦差,着锦衣卫差官扭解来京,交三法司审拟具奏。其馀愚民着加恩宽免"⑥(第九回)。

从小说的描写,我们可以看出民变的主要原因是程士宏借清查矿税、钱粮的名义一路搜刮商民,民变的导火线是黄同知妻在武当山的拦轿告状,民变结果是程士宏与冯应京双双落职。

通过史书记载与小说描写的比较,我们可以发现小说在创作时,更多体现其虚构性:

(一)民变中加入了魏忠贤因素。据《明史·魏忠贤列传》,魏忠贤在万历时期未有参与矿监税使的记载,而小说将此次民变加入魏忠贤因素,当为小说作者的虚构。在小说中,无论是在民变前、民变中,还是民变后,魏忠贤因素自始至终贯穿其中。

民变前,中书程士宏在魏忠贤的建议下,顺利成为朝廷钦差前往湖广

---

① (清)佚名:《梼杌闲评》,《古本小说集成》本,第286页。
② (清)佚名:《梼杌闲评》,《古本小说集成》本,第287页。
③ (清)佚名:《梼杌闲评》,《古本小说集成》本,第287页。
④ (清)佚名:《梼杌闲评》,《古本小说集成》本,第290页。
⑤ (清)佚名:《梼杌闲评》,《古本小说集成》本,第291—292页。
⑥ (清)佚名:《梼杌闲评》,《古本小说集成》本,第295页。

清查矿税、钱粮。当时，魏忠贤随其母侯一娘进京探访魏云卿，不料魏云卿却外调广东任职。于是经人介绍，无所事事的魏忠贤成为中书程士宏的跟随。在程府，由于魏忠贤说话乖巧、办事麻利，深得程中书喜爱。有一次，程中书因杨太监往陕西织造驮绒事而大为受气，魏忠贤建议其上本说"历年进贡钱粮拖欠不明，当差官去清查"①（第八回）。果不其然，在得到重金贿赂的殷太监的周旋下，程中书得到前往湖广清查矿税、钱粮的差事。

民变的导火线发生在武当山，而武当山正是魏忠贤建议程中书前往游玩的处所。在武当山时，魏忠贤受到黄同知吏目的欺侮，而武当山道士与当地百姓亦深受黄同知的欺压。程中书在魏忠贤及道士的怂恿下，以"擅开金矿，刨挖禁地"之名，拘押了黄同知父子、抄没家产、逐出妇人。而此时正前往湖广任参政的冯应京恰好经过武当山，黄同知妻拦轿喊冤，冯应京大为光火，一方面去抚院申诉其事，一方面又出示白牌告知民众。最后，在冯应京的策划下，民众痛打了程中书及其随从。

民变后，程中书为冯应京羁押，而魏忠贤则落水漂流至沙市，并与时任荆州卫经历的魏云卿相见。在小说中，魏忠贤自始至终经历了这一次民变。这亦是魏忠贤在入宫前，经历的重大变故之一。

《梼杌闲评》为何将此次民变与魏忠贤联系起来呢？笔者认为原因有二：一是基于对矿监税使的痛恨。我们知道，在明万历时期，矿监税使可谓横行霸道，亦为时人所痛恨，而作者以小说的形式来描写这次民变，一方面是对当时现实的一种反映，另一方面亦是对矿监税使罪恶的揭露及对民众反抗的同情。二是基于对魏忠贤的痛恨。小说冠以"梼杌"之名盖即指此。这次民变的直接责任应归咎于中书程士宏，而程士宏的诸多行为又与魏忠贤的建议与怂恿有关。换言之，小说中的这次民变的出现与魏忠贤有千丝万缕的联系，小说作者亦意欲借这次民变加入魏忠贤因素而达到间接痛恨魏忠贤的创作目的，从而保持全书对魏忠贤态度的一致性。

---

① （清）佚名：《梼杌闲评》，《古本小说集成》本，第 258 页。

（二）小说更改了史书中的民变结果。从上文对史书与小说中的民变的比较，我们可以看出，史书中的冯应京在民变后是"囚服坐槛车"，而陈奉是"亟请还京"。出现这种民变结果，主要是因为陈奉代表了明神宗的利益，而冯应京冒犯陈奉的行为实际上也就冒犯了明神宗的利益，所以在《明史·冯应京列传》中出现了几次"帝怒"现象："奉亦诬奏应京挠命，陵敕使。帝怒，命贬杂职，调边方"。此一"帝怒"；"给事中田大益、御史李以唐等交章劾奉，乞宥应京。帝益怒，除应京名"。此二"帝怒"；"吏科都给事中郭如星、刑科给事中陈维春更连章劾奉。帝怒，谪两人边方杂职，系应京等诏狱，拷讯久之不释"。此三"帝怒"。① 小说家似乎并不太满意已有的史实，而是按照自己的情感因素去设置情节。于是，在小说中就出现了这样的民变结果：程士宏"着革职解交刑部严审"，冯应京"着锦衣卫差官扭解来京，交三法司审拟具奏"，"其馀愚民着加恩宽免"。这种民变结果的更改主要是指将史书中的陈奉更改为小说中的程士宏。而这一更改却反映了作者的创作心态。历史上的陈奉在湖广做税监时为所欲为，却在明神宗的庇护下逍遥法外，时人为之不满，稍有正义感的文人更为不满。但是，面对无法更改的史实，小说作者只能通过文学的形式表达自己的情绪。将程士宏革职并交刑部严审，即是作者良好愿望的表达，亦是民意的一种选择。换言之，作者对历史上的陈奉的不满，在小说中的程士宏身上得到了纾解。这或许即是作者将历史上的陈奉更名为小说中的程士宏的原因之一吧。

不过，小说与史书相比，有一个重要共同点，那就是都有一位极力支持民变的人物冯应京。但是，他们在表现方式上又有所不同。《明史·冯应京列传》记载了湖广佥事冯应京直接与税监陈奉进行针锋相对的斗争，包括"捕治其爪牙""独抗疏列其十大罪"等。而小说则将其描写为这次民变的直接策划者，包括出白牌告示民众、以白旗为号拿下程士宏等。欧

---

① （清）张廷玉等：《明史》卷 237《冯应京列传》，中华书局 1974 年版，第 6175—6176 页。

阳健谓之云:"文中云冯应京为民变之策动指挥者,则是对于史料的典型加工的结果,这种构思,更显匠心独运。"① 小说中的冯应京与史书中的冯应京,虽在支持民变的方式上有所不同,但其深受民众爱戴却又是相同的。《明史·冯应京列传》记载了冯应京被逮后士民为其送行与申冤的情形:"应京之就逮也,士民拥槛车号哭,车不得行。既去,则家为位祀之。三郡父老相率诣阙诉冤,帝不省。"② 小说第九回描写道:"抚院接了旨,官校即将冯公上上刑具,荆、湘之民扶老携幼,皆各出资财送与官校,才放松了刑具。有送至中途者,有直送至京到法司处代他打点的,各衙门都用到了钱。"③ 无论是史书记载,还是小说描写,我们均能感受到反抗矿监税使的斗争在当时是符合民意的,而斗争的代表人物受到民众的爱戴即是这种民意的一种表现。所以,冯应京是民变的支持者,实质上也是民意的支持者。

总之,小说中的武昌民变在依据一定史料的基础上,增加了更多的虚构成分,特别是魏忠贤因素的加入,对于塑造入宫前的魏忠贤形象起到重要作用。我们知道,小说在描写入宫前的魏忠贤时,更多倾向于"明珠缘"的描写,而未更多突显其权诈的个性。然而,这次民变无疑将魏忠贤本质性的一面展露无遗,亦为其入宫后种种罪恶表现埋下伏笔。

二 更为具体的苏州民变

在明万历时期,苏州发生过两次民变,即万历二十九年(1601)葛成领导的反对税监孙隆的斗争、万历三十年(1602)反对税监刘成的斗争。进入天启时期,由于阉党专权,苏州民众由先前反对税使的斗争,开始转向反对阉党的斗争。天启六年(1626)三月的反对阉党的斗争正是在这一

---

① 欧阳健:《〈梼杌闲评〉本事考》,《明清小说研究》第4辑,中国文联出版公司1986年版,第208页。
② (清)张廷玉等:《明史》卷237《冯应京列传》,中华书局1974年版,第6176页。
③ (清)佚名:《梼杌闲评》,《古本小说集成》本,第295—296页。

历史背景下发生的。

　　天启六年（1626）的苏州民变在史书与文学作品里多有记载与描写，史书记载得较为全面的是《明史·周顺昌列传》①，文学作品主要有张溥的《五人墓碑记》、吴肃公的《五人传》、江左樵子的《樵史通俗演义》第十回、佚名的《梼杌闲评》第三十五回等。其中，《梼杌闲评》第三十五回的描写相对于史书记载及其他文学作品的描写，更加丰满与具体：

　　（一）五义士形象更为丰满。我们知道，无论是史书的记载，还是文学作品的描写，都重点突出了这次民变中的五义士，包括颜佩韦、杨念如、沈扬、马杰、周文元。但是，《五人墓碑记》《樵史通俗演义》第十回及《明史·周顺昌列传》均只对五人的英雄气概作总体上的记述，而未对其中某个人物作具体描述。如张溥《五人墓碑记》描写五人就刑时的气概道："然五人之当刑也，意气扬扬，呼中丞之名而詈之；谈笑以死。断头置城上，颜色不少变。"② 不过，《五人传》却相对有具体描写，如颜佩韦"蓺香行泣于市中"③、马杰"击柝呼市中"④、杨念如、沈扬"攘臂直前诉"等。⑤ 然而，相对于《梼杌闲评》第三十五回的描写，仍然稍显单薄。我们且看《梼杌闲评》对马杰描写道：

　　　　有司只道是来看开读的，不知内中有个豪杰，起了个五更，在街上敲柝喝号道："要救周吏部的都到府前聚齐！"故此满城的挨肩擦背，争先奋勇来了无数。⑥

　　又描写颜佩韦道：

---

① （清）张廷玉等：《明史》卷245《周顺昌列传》，中华书局1974年版，第6354页。
② （清）张溥：《五人墓碑记》，《七录斋诗文合集·古文存稿》卷3，明刊本。
③ （清）吴肃公：《五人传》，《虞初新志》卷6，《古本小说集成》本，第261页。
④ （清）吴肃公：《五人传》，《虞初新志》卷6，《古本小说集成》本，第262页。
⑤ （清）吴肃公：《五人传》，《虞初新志》卷6，《古本小说集成》本，第263页。
⑥ （清）佚名：《梼杌闲评》，《古本小说集成》本，第1205—1206页。

各官迎接龙亭，进院分班行礼毕，才宣驾帖。忽听得人丛中一片声喊道："这是魏忠贤假传的圣旨，拿不得人！"就从人肩上跳出一个人来，但见他：阔面庞眉七尺躯，斗鸡走狗隐屠沽。胸中豪气三千丈，济困扶危大丈夫。这个豪杰手中拿了一把安息香，说道："为周吏部的人，各拿一枝香去！"一声未完，只见来拿香的推推拥拥，何止万人，抚按各官那里禁压得住？①

又描写沈扬、周文元、杨念如痛打校尉李国柱道：

有一个不识时务的校尉李国柱乱嚷道："甚么反蛮，敢违圣旨！"只见人丛中又跳出几个人来，一个个都是：凛凛威风自不群，电虹志气虎狼身。胸中抱负如荆棘，专向人间杀不平。几个豪杰上前将李国柱拿住道："正要剿除你们这伙害人的禽兽！"才要动手，人丛中又抢出几个来，把李国柱揪翻乱打，各官忙叫"不要动手"，那里禁得住？打的打，踢的踢，早已呜呼了。②

从上述小说对五人的描写，我们可以看出，小说出现了对五人外貌与气质的描写，如对颜佩韦描写："阔面庞眉七尺躯，斗鸡走狗隐屠沽。胸中豪气三千丈，济困扶危大丈夫。"再如对沈扬等三人的描写："凛凛威风自不群，电虹志气虎狼身。胸中抱负如荆棘，专向人间杀不平。"这种描写亦是《梼杌闲评》的独特之处。小说还出现了对五人的动作与语言的描写。在动作上，如马杰"在街上敲梆喝号"，颜佩韦"从人肩上跳出""手中拿了一把安息香"，沈扬等三人"上前将李国柱拿住""把李国柱揪翻乱打"等；在语言上，如马杰的"要救周吏部的都到府前聚齐"，颜佩韦的"这是魏忠贤假传的圣旨，拿不得人""为周吏部的人，各拿一枝香

---

① （清）佚名：《梼杌闲评》，《古本小说集成》本，第1206页。
② （清）佚名：《梼杌闲评》，《古本小说集成》本，第1206—1207页。

去"，沈扬等三人的"正要剿除你们这伙害人的禽兽"等。这种动作与语言的描写，一方面表现了五义士那种对周顺昌的崇敬及对阉党的痛恨，另一方面又为我们展现了五义士有血有肉的触手可摸的形象。总之，通过外貌与气质、动作与语言的描写，相对史书与其他文学作品较为笼统而模糊的描写，《梼杌闲评》对五义士形象的描写更为具体与丰满，同时亦将作者的情感因素蕴含其中。

（二）民变中被打死的校尉有了具体的姓名。笔者查阅现有材料，尚未发现在这次民变中被打死的校尉有具体的姓名，如《五人墓碑记》未涉及校尉事。《五人传》描写缇骑被杀道："一（缇骑）匿署阁，缘楹桷动，惊而坠，念如格杀之。一逾垣仆淖中，蹴以屦，脑裂而毙。其匿厕中、翳荆棘者，俱搜得杀之。"① 但是，作者仍然没有提及死者缇骑的姓名。《樵史通俗演义》第十回虽涉及两位被打校尉的姓名（笔者按：张应龙、文之炳），但我们仍然无从得知那位被打死的校尉的姓名。《明史·周顺昌列传》亦只作如是载："旗尉东西窜，众纵横殴击，毙一人，馀负重伤，逾垣走。"② 而《梼杌闲评》在这方面有所突破，给予了那位死者校尉以李国柱的具体姓名。李国柱在小说第三十五回共出现了四次，分别是：

有一个不识时务的校尉李国柱乱嚷道："甚么反蛮，敢违圣旨！"③（着重号为笔者所加，下同）

几个豪杰上前将李国柱拿住道："正要剿除你们这伙害人的禽兽！"才要动手，人丛中又抢出几个来，把李国柱揪翻乱打，各官忙叫"不要动手"，那里禁得住？打的打，踢的踢，早已呜呼了。④

府县恐有不虞，叫将城门关了，一面着人访拿为首的，一面具题道："三月十八日开读时，合郡百姓执香号呼，喧闹阶下，群呼奔拥，

---

① （清）吴肃公：《五人传》，《虞初新志》卷6，《古本小说集成》本，第264页。
② （清）张廷玉等：《明史》卷245《周顺昌列传》，中华书局1974年版，第6354页。
③ （清）佚名：《梼杌闲评》，《古本小说集成》本，第1206—1207页。
④ （清）佚名：《梼杌闲评》，《古本小说集成》本，第1207页。

声若雷鸣。众官围守犯官周顺昌，官校望风而逃，有登高而坠者，有墙倒而压者，有出入争逃互相践踏者，遂至随从李国柱身被重伤，延至二十日身故。"①

李国柱在小说中可谓"短命"人物，刚出现就结束了自己的生命。但是，小说将校尉姓名的具体化，或许是作者依据了不为人知的材料，或许是小说家的"创造"。正如《樵史通俗演义》第二十九回描写杞县民变时将知县冠以宋姓一样，栾星谓之云："有趣的是，在懒道人及蓬蒿子笔下，这位杞县知县为无名氏。因而蓬蒿子代写的告示，只能写'杞县正堂示'，不能写'杞县正堂某（应填姓）示'，这是一大缺点，现实生活中是没有这种空头告示的。更有趣的，到了江左樵子手中，就迳直派这位知县姓宋了，且说'极是执拗'（第二十九回《李公子投闯逃祸，杨督师失机殒身》）。江左樵子始料不及，这样竟引起了一场小风波。待康熙间杞县人看到了他的书，坚执说这是造谣，杞县既无乙卯举人姓李名岩者，那时也没有知县姓宋。为此县人专门写了一篇《李公子辨》，载之县志。这就是最早否定李岩其人的那篇《李公子辨》的写作缘由与抛出的经过。"②

从以上分析，我们可以看出，相对于史料记载与其他文学描写，小说在描写苏州民变时着重突出其具体化。这种突出描写对于塑造巅峰时期的魏忠贤形象，有着重要的作用。一方面间接反映了魏忠贤及其党羽把控朝政、肆意妄为已达到登峰造极的地步。其中，把控朝政的一个重要方面即是假传圣旨，以达到排除异己的目的。肆意妄为则主要表现在魏忠贤党羽为虎作伥，鱼肉百姓。另一方面直接反映了民众对于魏忠贤及其党羽的痛恨。有血有肉的五义士的具体描写，将民众与阉党之间的矛盾刻画得极为细致。这亦说明，阉党的飞扬跋扈行径早已造就一个一触即发的火药桶，只需等待导火线的点燃，而周顺昌事件正是点燃火药桶的导火线。故此，

---

① （清）佚名：《梼杌闲评》，《古本小说集成》本，第1209—1210页。
② 栾星：《明清之际的三部讲史小说——〈剿闯通俗小说〉〈定鼎奇闻〉与〈樵史通俗演义〉》，《明清小说论丛》第3辑，春风文艺出版社1985年版，第157页。

苏州民变是晚明时期的一个重要事件，同时又是小说中塑造魏忠贤"梼杌"形象的一个重要事件。

三 相对完整的徽州民变

徽州民变发生于天启七年（1627）二月。这次民变是由发生于天启六年（1626）闰六月的吴养春狱引起的，即程演生在《天启黄山大狱记》中谓之明天启间徽州三大狱之一的"吴养春侵占黄山之狱"①。所谓吴养春狱，《明史·魏忠贤列传》载："编修吴孔嘉与宗人吴养春有仇，诱养春仆告其主隐占黄山，养春父子瘐死。忠贤遣主事吕下问、评事许志吉先后往徽州籍其家，株蔓残酷。知府石万程不忍，削发去，徽州几乱。"②《明史·霍维华列传附李鲁生列传》又载："主事吕下问治徽州吴养春狱，株累者数百家，知府石万程不能堪，弃官去。"③正是由于阉党成员吕下问秉承魏忠贤的旨意，在徽州为所欲为，从而激起民变。关于这次民变的前期过程，《安徽文化史》引用了《天启黄山大狱记》及相关材料作了较为完整的描述：

> 天启七年（1627）2月底，吕下问"坐勒士商吴献吉山价银一万两"（笔者按：此段未注明出处的均引自《天启黄山大狱记》）。献吉逃匿，吕下问即命差快黄文拘催，两白捕窜至岩寺献吉至亲潘谟家。"时潘谟已外出，文所带白捕知潘谟邻室潘家彦富厚、思蚕食之。适家彦亦远出未回，室尽妇人，两白捕擘门入，妇人惊号。众愤不平，殴两捕死，毁其尸……乡城之人，无不切齿部差者，乘机而起，大书'杀部安民'四字，遍布通衢。"（《丰南志》第10册）三月初一日，

---

① 程演生：《天启黄山大狱记》，沈云龙选辑：《明清史料汇编》（58）7集第2册，文海出版社1967年版。
② （清）张廷玉等：《明史》卷305《魏忠贤列传》，中华书局1974年版，第7821页。
③ （清）张廷玉等：《明史》卷306《霍维华列传附李鲁生列传》，中华书局1974年版，第7866页。

民众万余人冲入吕下问公署，吕已"仓惶破后壁宵遁"，于是愤怒的民众"毁门火其官"（《丰南志》第 10 册）。最后，歙县令倪元珙"徒步，挥涕慰谕"，民众方散。此即"徽州民变"。①

《樵史通俗演义》第十二回对吴养春狱作了简要描述，第十三回又对徽州民变作了简要描述。而《梼杌闲评》第四十一、四十二回对吴养春狱、徽州民变的描写则相对完整。

徽州民变由两部分组成：前期是由吕下问激起的，后期是由许志吉激起的。史书记载多为前期的民变，而对于后期的民变，则较少涉及，如《熹宗实录》《国榷》《明史纪事本末》《明通鉴》《明史》等。《樵史通俗演义》对这次民变的描写亦具有这样的特点，如小说对后期民变仅在崇祯帝的旨意中提及："许志吉以参处秽吏，投身奸逆，借吴养春籍没追赃变价之事，鱼肉乡邑，深可痛恨。着抚、按一并提问。"②（第二十三回）但是，《梼杌闲评》不仅对前期的民变有较为完整的描述，而且对后期的民变也有充分的描写。吕下问在徽州激起民变后，魏忠贤再派徽州籍寺丞许志吉查处吴养春狱。许志吉"本是徽州许相公（笔者按：许国）的孙子，以恩荫仕至苑马寺丞，与吴养春是至亲"③（第四十一回），但他到徽州后并不顾乡梓情谊，一方面厚脸行事、大肆敛财，另一方面意欲霸占程有政遗孀，从而激起民愤，小说描写道：

那许寺丞犹自做张做势的狂吠，众人上前一齐动手，打得个落花流水，将手下人打死了几个，那许寺丞早逃走个不见。众人见他走了，竟打到他家里去，放火烧他的房屋。百姓都恨他，也齐来帮助。家财尽遭掳掠，妇女们剥得赤条条的，赶出街坊。这一场丑辱，却也

---

① 《安徽文化史》编纂工作委员会：《安徽文化史》（下卷），南京大学出版社 2000 年版，第 1810 页。
② （清）江左樵子编辑：《樵史通俗演义》，《古本小说集成》本，第 406 页。
③ （清）佚名：《梼杌闲评》，《古本小说集成》本，第 1388—1389 页。

不小。还要寻到许寺丞,打死才称众意。①(第四十一回)

最后,魏忠贤将许志吉撤回,徽州民变才告一段落。许志吉在魏忠贤倒台后,"以参革秽吏,投身逆挡,鱼肉乡里,几至激变"②而"照律拟绞"③,后就刑于西市。(第五十回)

相对完整的徽州民变描写,有利于我们对此次民变有一个较为全面的认识,让我们感受到当时阉党势力炽热的社会现实,以及民众不屈于阉党淫威的斗争精神。同时,这次民变距魏忠贤倒台仅半年时间。所以,这次民变无疑在一定程度上展现了魏忠贤及其党羽的最后疯狂,亦将魏忠贤罪大恶极的形象推向一个新高度。

综上所述,《梼杌闲评》中的三次民变各有其特色,如武昌民变是在魏忠贤入宫前,初步显示其罪恶本质;苏州民变是在魏忠贤掌权巅峰期,充分显示其对朝政的操控;徽州民变是在魏忠贤倒台前夕,充分彰显其最后的疯狂。但是,三次民变在塑造魏忠贤形象方面又其共性:一是将三次民变与魏忠贤紧密联系起来。历史上的武昌民变本与魏忠贤无关,但作者在小说中却通过文学的形式将其联系到一起,而且让魏忠贤自始至终经历了这次民变,感受到了民众的力量。历史上的苏州民变与徽州民变,均直接与魏忠贤有关。小说在史实的基础上,通过增添相关情节与细节,使这两次民变在人物形象上更为突出、故事情节上更为完整。作者之所以将民变与魏忠贤紧密联系起来,主要在于表达对魏忠贤的痛恨,或通过虚构的描写,或通过忠实的描写。同时,在一定程度上又总结了万历以降明廷逐渐走向衰亡的痼疾。二是揭露魏忠贤及其党羽的罪恶。魏忠贤在引起武昌民变的因素中仅扮演一个参与者的角色,但我们仍然可以看出其早期的善于逢迎、贪图利欲的个性。而苏州民变与徽州民变,表面上是由毛一鹭、吕下问、许志吉等人恣意妄为引起的,实际上幕后操纵者均为魏忠贤。从

---

① (清)佚名:《梼杌闲评》,《古本小说集成》本,第1394—1395页。
② (清)佚名:《梼杌闲评》,《古本小说集成》本,第1671页。
③ (清)佚名:《梼杌闲评》,《古本小说集成》本,第1672页。

这些描写我们可以看出，小说揭露了魏忠贤及其党羽利欲熏心、大肆敛财、排斥异己、操纵朝政等罪恶。三是张扬民众的斗争力量。小说在揭露的同时还有褒扬，主要是褒扬那些敢于与权势进行斗争的精神。我们知道，无论是武昌民变中的程士宏，还是苏州民变中的毛一鹭，以及徽州民变中的吕下问、许志吉，他们都是以钦差的身份来到地方的，而民众敢于同这些钦差官员及其部下作斗争，一方面是需要巨大的勇气，另一方面也是官逼民反的结果。这何尝不是对天启、崇祯时期农民起义原因的一种反思呢？总之，小说通过三次民变的描写，一方面反映了晚明的社会现实，另一方面又表达了作者对亡明者的痛恨及对明亡教训进行总结的遗民情怀。

宋金对峙在《续金瓶梅》中的影射意蕴

清初遗民小说以宋金对峙为历史背景的主要有《后水浒传》《水浒后传》《续金瓶梅》，均为续书作品。那么，清初遗民小说作家为何选择宋金对峙为历史背景来创作续书呢？笔者认为其主要原因在于：

首先，续书对原书在时代背景上的连续性。我们知道，《水浒传》的历史背景主要是北宋徽宗宣和元年至三年（1119—1121）的宋江起义。据《宋史·徽宗本纪》载："（宣和三年二月）淮南盗宋江等犯淮阳军，遣将讨捕，又犯京东、河北，入楚、海州界，命知州张叔夜招降之。"① 再据《宋史·侯蒙列传》载："宋江寇京东，蒙上书言：'宋江以三十六人横行齐、魏，官军数万无敢抗者，其才必过人。今青溪盗起，不若赦江，使讨方腊以自赎。'"② 与这次起义相关的即是朝廷的奸臣当政，如四大奸臣蔡京、童贯、高俅和杨戬，以及宋徽宗的奢华生活，如到全国各地搜集奇花异石的"花石纲"。作为由《水浒传》故事生发出来的《金瓶梅》，其历史背景当然也是主要在宋徽宗宣和年间（1119—1125），我们从小说中不断出现的四大奸臣，可以明显感受到这一点。不过，上述两小说在结尾处亦涉及北宋灭亡与南宋建立的历史，但显然只是作为小说的尾声而已。而作为《水浒传》《金瓶梅》的续书，在历史背景上恰好可以将原书尾声的历史当作小说的主要历史背景。《后水浒传》诸多人物是由《水浒传》中

---

① （元）脱脱等：《宋史》卷22《徽宗本纪四》，中华书局1977年版，第407页。
② （元）脱脱等：《宋史》卷351《侯蒙列传》，中华书局1977年版，第11114页。

的人物转世而来，特别是由宋江转世的杨幺、由卢俊义转世的王魔。笔者疑作者借续书之名，反映南宋建炎四年至绍兴五年（1130—1135）发生于洞庭湖地区的钟相、杨幺起义，并结合宋金对峙的历史背景，来表达自己在乱世中渴望忠义、痛斥外族入侵的遗民情怀。《水浒后传》亦将《水浒传》的宣和历史背景移至两宋之间的历史背景，出现了金兵残酷掠杀北宋民众、燕青冒死拜见北狩的宋徽宗等情节，这与作者自称"古宋遗民"是完全相符的。《续金瓶梅》更是较为详细地展现了金兵南下给百姓带来的无尽苦难，以及在这一苦难中的众生百态。所以，清初遗民小说作家在续书创作时，选择宋金对峙为背景，既是对原书在时间上的必然要求，又是作家遗民心态的必然选择。

其次，金朝与清朝具有历史渊源关系。我们知道，金朝与清朝均由女真族建立。女真本是散居于东北松花江流域与黑龙江流域的游牧民族，古为肃慎氏。元魏时，有七部。① 隋时称为靺鞨，而七部并同。"唐初，有黑水靺鞨与粟末靺鞨，其他五部无闻。"② "五代时，契丹尽取渤海地，而黑水靺鞨附属于契丹。其在南者籍契丹，号熟女直；其在北者不在契丹籍，号生女直。"③ 在辽朝中期，女真族完颜部崛起，金太祖完颜阿骨打（笔者按：汉名完颜旻）于收国元年（1115）正月称帝，建都会宁府（今黑龙江阿城南），称上京。金太宗（完颜晟）天会三年（1125）宋金联军灭辽。天会五年（1127）金灭北宋，势力进入中原地区。海陵王（完颜亮）天德五年（1153），金迁都至中都（今北京）。在金章宗（完颜璟）后期，金朝开始衰落，北方蒙古族开始崛起，并于金哀宗（完颜守绪）天兴三年（1234）灭金。金朝经 10 帝 119 年走向了灭亡。蒙古族建立元朝后，女真原居住地归合兰府水达达等路管辖。明初，女真族分为建州、海西、野人三部。建州女真到努尔哈赤时逐渐强大，并在其领导下统一了女真各部。

---

① 北朝魏国由鲜卑族拓跋部建立，孝文帝拓跋宏实行汉化政策，迁都洛阳，改本姓拓跋为元，史称"元魏"，如同称宋、明为赵宋、朱明一样。
② （元）脱脱等：《金史》卷 1《本纪第一·世纪》，中华书局 1975 年版，第 1 页。
③ （元）脱脱等：《金史》卷 1《本纪第一·世纪》，中华书局 1975 年版，第 1—2 页。

万历四十四年（1616），努尔哈赤称汗，国号"大金"，建元"天命"，建都赫图阿拉（今辽宁新宾），史称"后金"。清太宗皇太极于天聪九年（崇祯八年，1635）改"女真"为"满洲"，并于次年改国号为"清"，改元"崇德"。顺治元年（崇祯十七年，1644）清朝入主北京，康熙元年（永历十六年，1662）灭南明永历政权，康熙二十年（1681）平定了吴三桂等三藩叛乱，康熙二十二年（1683）郑克塽降清。至此，清朝完成了全国统一。女真族在发展过程中虽与契丹、汉、蒙古等民族有过融合，民族称谓上亦有多次更易，但仍然保持着本民族的特性。所以，金朝与清朝在民族上是同根同源。正是这一内在联系，清初遗民小说作家在创作时，选择宋金对峙为历史背景是有所喻指的。

除上述两点主要原因外，南明与南宋有诸多相似点，如它们最初都曾建都于南京①，都与入侵的少数民族进行了顽强的抵抗，并涌现了众多可歌可泣的抗敌人物与故事等，这或许亦是遗民小说作家选择宋金对峙为历史背景的原因。比如《水浒后传》中李俊在海外建立的"暹罗国"，众多学人即认为是作者暗喻南明的郑氏政权。

总之，《后水浒传》《水浒后传》《续金瓶梅》选择宋金对峙为历史背景，一方面是续书特点使然，另一方面也是作者以金喻清的遗民心态使然。而《续金瓶梅》又是这两方面代表之作，笔者将以其为例作具体探讨，探讨其与明清之际现实的关联以及作者的遗民心态。

一　金兵的残暴与清兵的屠城

金兵的掠杀在《续金瓶梅》中多有表现，其中重点描写了金兵在山东（包括东昌府的清河县）及扬州的屠杀。如小说第一回描写了金兵掠杀兖

---

① （元）脱脱等《宋史》卷24《高宗本纪一》："（建炎元年夏四月癸未），（帝）至应天府。……五月庚寅朔，帝登坛受命，礼毕恸哭，遥谢二帝，即位于府治。改元建炎。"（中华书局1977年版，第443页）又据（清）计六奇《明季南略》卷之3《南都甲乙纪（续）·福王登极》载，福王朱由崧于顺治元年（弘光元年，1645）五月初二日于南京登基。这亦是第一个南明政权。

东一带,筑成十几座"京观"而去①,但见:

> 尸横血浸,鬼哭神号。云黯黯黑气迷天,不见星辰日月;风惨惨黄沙揭地,那辨南北东西!佳人红袖泣,尽归胡马抱琵琶;王子自衣行,潜向空山窜荆棘。觅子寻爷,猛回头肉分肠断;拖男领女,霎时节星散云飞。半夜里青鳞火走,无头鬼自觅骷髅,白日间黑狗食人,大嘴乌争衔肠肺。野村尽是蓬蒿,但闻鬼哭;空城全无鸟雀,不见烟生。三岔(笔者按:原作垒,或为岔之笔误。垒作尘埃解,于此语意似不通)路口少人行,十方院中存长老。②

小说第二回描写金兵血洗清河县所造成的惨象道:

> 城门烧毁,垛口推平。一堆堆白骨露尸骸,几处处朱门成灰烬。三街六巷,不见亲戚故旧往来,十室九空,那有鸡犬人烟灯火!庭堂倒,围屏何在?寝房烧,床榻无存。后园花下见人头,厨屋灶前堆马粪。③

第十三回描写了金兵于清河县屠城道:

---

① 笔者按:"京观"一词源于《左传》"宣公十二年(笔者按:公元前597)":"丙辰(七月十四日),楚重至于邲,遂次于衡雍。潘党曰:'君盍筑武军,而收晋尸以为京观。臣闻克敌,必示子孙,以无忘武功。'"杜预注"京观"云:"积尸封土其上,谓之'京观'。"((清)阮元校刻:《十三经注疏》之《春秋左传正义》卷23,上海古籍出版社1997年影印本,第1882页)《事物纪原》引《左传》中楚子语"明王伐不敬,取其鲸鲵而封之,于是乎有京观"后云:"推此而言,则是有征伐以来,则有其事。"[(宋)高承撰,(明)李果订,金圆、许沛藻点校:《事物纪原》卷9"京观"条,中华书局1989年版,第509页] 金圣叹为"京观"作注云:"京,大也。观,示也。积尸封土其上,以彰武功之大也。"[(清)金圣叹批,朱一清、程自信注:《金圣叹选批才子必读新注》(上),安徽文艺出版社1988年版,第57页]《春秋左传词典》解释"京观"云:"胜战,收敌尸,筑大墓,树高表,以表扬武功。"(杨伯峻、徐提编:《春秋左传词典》,中华书局1985年版,第349页)

② (清)紫阳道人编:《续金瓶梅》,《古本小说集成》本,第11—12页。

③ (清)紫阳道人编:《续金瓶梅》,《古本小说集成》本,第29页。

东门火起，先烧了张二官人盖的新楼，西巷烟生，连焚到西门千户卖的旧舍。焰腾腾，火烈星飞，抢金帛的你夺我争，到底不曾留一物；乱荒荒，刀林剑树，寻子女的倒街卧巷，忽然没处觅全家。应花子油舌巧嘴、哄不过潼关；蒋竹山卖药摇铃，那里寻活路？汤里来水里去，依然瓮走瓢飞；小处偷大处散，还是空拳赤手。恶鬼暗中寻恶鬼，良民劫外自良民。①

小说突出描写金兵在山东的残暴，与作者故里诸城遭清兵屠城有关。丁耀亢在《出劫纪略》里记载了崇祯末年清兵在诸城的屠杀："是夜，大雨雪，遥望百里，火光不绝。各村焚屠殆遍。……白骨成堆，城堞夷毁，路无行人。至城中，见一二老寡妪出于灰烬中，母兄寥寥，对泣而已。……城北麦熟，欲往获而市人皆空。至于腐烂委积，其存蓄不可问类如此。时县无官，市无人，野无农，村巷无驴马牛羊，城中仕宦屠毁尽矣。"② 这次清兵在诸城的屠城，丁耀亢的家人亦惨遭不幸，"丁耀亢弟弟耀心、侄儿大谷守诸城殉难，长兄耀斗、侄儿豸佳受伤致残，二兄耀昴全家战亡，只有丁耀亢携老母、孤侄逃入海岛而幸全"③。我们从其《哀九弟见复》《哀大侄如云》《海中寄乡信兼慰长兄》《兵退后再答大兄》等诗作中均可感受到作者对家人惨遭不幸的痛心。另外，丁耀亢的诗作亦反映了清兵的屠杀，如《冬夜闻乱入卢山》云："乱土无安民，逃亡乐奔走。岂无饘粥资，急命轻升斗。自遭口（笔者按：本字被挖版，疑为"虏"字）劫后，男妇无几口。日暮还空村，柴门对古柳。白骨路纵横，宁辨亲与友。昨闻大兵过，祸乱到鸡狗。茅屋破不补，出门谁与守？但恐乱日长，

---

① （清）紫阳道人编：《续金瓶梅》，《古本小说集成》本，第342页。
② （清）丁耀亢：《出劫纪略·航海出劫始末》，《丁耀亢全集》（下），中州古籍出版社1999年版，第278—279页。
③ 李增坡：《丁耀亢全集·前言》，《丁耀亢全集》（上），中州古籍出版社1999年版，第6页。

零落空墟数!"①

小说第五十三回又描写金兵攻陷扬州城后大肆掠杀道：

> 金珠如土，一朝难买平安；罗绮生烟，几处竟成灰烬。翠户珠帘，空有佳人无路避；牙床锦荐，不知金穴欲何藏。泼天的富贵，堆金积玉，难免项下一刀；插空的楼房，画碧流丹，只消灶前一炬。杀人不偿命，刀过处似宰鸡豚，见死不垂怜，劫到来总如仇怨。自古来淫奢世界，必常遭屠杀风波。十里笙歌花酒地，六朝争战劫灰多。②

这段描写虽蕴含着因果报应的思想，但金兵的残暴还是很容易让人联想到清兵在扬州的屠城：

> 数十人如驱牛羊，稍不前，即加捶挞，或即杀之；诸妇女长索系颈，累累如贯珠，一步一蹶，遍身泥土；满地皆婴儿，或衬马蹄、或籍人足，肝脑涂地，泣声盈野。行过一沟一池，堆尸贮积，手足相枕；血入水碧赭，化为五色，塘为之平。③

我们虽然不能将小说中的金兵与明清之际的清兵完全划上等号，但是小说突出描写了金兵在山东与扬州的屠杀，这无疑是向我们传递一个信息，那就是作者试图将自己的经历与耳闻融入自己的创作中去，并试图让读者通过这些地点的提示而联想到明清之际的社会现实。这抑或为作者创作匠心之所在。

---

① （清）丁耀亢：《逍遥游·海游》，《丁耀亢全集》（上），中州古籍出版社1999年版，第659页。
② （清）紫阳道人编：《续金瓶梅》，《古本小说集成》本，第1463页。
③ （清）王秀楚：《扬州十日记》，载中国历史研究社编《中国历史研究资料丛书》（又名《中国内乱外祸历史丛书》），上海书店1982年版，第232页。

二　北宋的灭亡与明亡教训的总结

靖康二年（1127），宋徽宗、钦宗二帝北狩，北宋灭亡，史称"靖康之耻"。《续金瓶梅》在描写北宋灭亡的过程，着重突出了君主荒淫、奸臣当权、边将投降、党争不断等方面，而这些恰恰与明亡原因有其相似的地方。

（一）宋徽宗的荒淫与晚明君主的昏庸

《续金瓶梅》在描写宋徽宗时总体上与史书记载相一致，即均有表现其荒淫的一面。这种荒淫主要表现在：1、醉心花石。宋徽宗喜好花石，史书多有记载，小说亦多有表现。第六回描写了宋徽宗遇上好的虎刺，常常赏赐白银三五百两。第十三回又描写了宋徽宗嫌宫廷阁楼太丽，"移了口外乔松千树、河南修竹十亩"，营造了一座风流典雅的"孤村小市"艮岳山。① 2、不问朝政。小说第十三回描写道："这道君把国政交与蔡京，边事付与童贯，或是召林灵素石上讲经，或是召蔡攸来松下围棋，选几个清雅内官，捧着苏制的樆盏，一切金玉杯盘、雕漆宫器俱不许用，逢着水边石上，一枝箫笛，清歌吴曲。"② 真所谓"清客的朝廷，仙人的皇帝"③。

与宋徽宗相似的晚明君主主要有万历帝、天启帝与弘光帝。万历帝在位48年（1573—1620），而"不郊不庙不朝"却长达30年之久。④《明史》曰："明之亡，实亡于神宗。"⑤ 孟森亦云："明亡之征兆，至万历而定。"⑥ 天启帝嗜好木工，人所皆知，最后权力为以魏忠贤为首的阉党所掌控。《明史》评曰："明自世宗而后，纲纪日以陵夷，神宗末年，废坏极

---

① （清）紫阳道人编：《续金瓶梅》，《古本小说集成》本，第333—334页。
② （清）紫阳道人编：《续金瓶梅》，《古本小说集成》本，第333页。
③ （清）紫阳道人编：《续金瓶梅》，《古本小说集成》本，第336页。
④ 孟森：《明清史讲义》，中华书局1981年版，第246页。
⑤ （清）张廷玉等：《明史》卷21《神宗本纪二》，中华书局1974年版，第295页。
⑥ 孟森：《明清史讲义》，中华书局1981年版，第246页。

矣。虽有刚明英武之君，已难复振。而重以帝之庸懦，妇寺窃柄，滥赏淫刑，忠良惨祸，亿兆离心，虽欲不亡，何可得哉。"① 弘光帝作为南明的第一个皇帝，不思恢复国土，而倾心于选淑女、观戏剧，最后落得国破身亡。《南明史》评曰："上燕居深宫，辄顿足谓士英误我，而太阿旁落，无可如何，遂日饮火酒、亲伶官优人为乐，卒至触蛮之争，清收渔利。时未一期，柱折维缺。故虽遗爱足以感其遗民，而卒不能保社稷云。"②

总之，小说在描写宋徽宗时，在一定程度上观照了晚明君主。换言之，我们从作者对北宋晚期的乱政描写，可以感受到作者与其说在为北宋之亡的教训做总结，不如说在为明亡教训做总结。

（二）徽宗时的奸臣当道与晚明时的阉党专权

大凡一个朝代或政权的晚期，常常会出现奸臣当道的现象。这与君主的昏庸荒淫有关，又与奸臣善于钻营逢迎有关。北宋与明朝亦没有逃脱这一历史魔咒。《续金瓶梅》虽对宋徽宗朝政描写不多，但明显突出了"四大奸臣"（蔡京、童贯、高俅、杨戬）中的蔡京与童贯。蔡京主要是在朝廷里掌控权力，过着奢靡的生活，如小说第十七回描写道："说那徽宗朝第一个宠臣、有权有势的蔡京，他父子宰相，独立朝纲，一味谄佞，哄的道君皇帝看他如掌上珠一般。不消说，那招权揽贿，天下金帛子女、珠玉玩好，先到蔡府，才进给朝廷，真是有五侯、四贵的尊荣，石崇、王恺的享用！把那糖来洗釜，蜡来作薪，使人乳蒸肉，牛心作炙，常是一饭费过千金，还说没处下箸。"③ 如果说蔡京在朝廷里败坏朝纲，那么童贯则在边疆有损北宋安危，如小说第十九回描写道："却说宋徽宗重和七年，童贯开了边衅，密约金人攻辽，后又背了金人收辽叛将张毂，金人以此起兵责宋败盟。童贯无力遮挡，只得把张毂杀了，送首级与金，因此边将一齐反

---

① （清）张廷玉等：《明史》卷22《熹宗本纪》，中华书局1974年版，第306—307页。
② 钱海岳：《南明史》卷1《安宗本纪》，中华书局2006年版，第55页。
③ （清）紫阳道人编：《续金瓶梅》，《古本小说集成》本，第421页。

叛。"① 如此奸臣当道，徽、钦二帝北狩，实在是在所难免。诚如小说描写徽、钦二帝感叹道："这上皇父子垂头长叹，才悔那艮岳的奢华、花石的荒乱，以至今日亡国丧身，总用那奸臣之祸。"②（第十九回）

晚明时的阉党专权与徽宗时的奸臣当道颇有几分相似之处。明天启时，魏忠贤通过与天启帝乳母客氏的勾结，又与崔呈秀、田尔耕、许显纯等人的结党，形成庞大的阉党集团，赶杀东林清流，掌控朝廷内外权力。《明史》谓"明代阉宦之祸酷矣"③，魏阉盖首当其冲；又谓阉党专权给明朝带来严重影响，曰："其流毒诚无所穷极也！"④ 谷应泰甚至将魏忠贤与蔡京相提并论，曰："呜呼！自予考之，神、光二庙，朝议纷争，玄黄混淆，朋徒互擅，至此则钩党同文，得祸斯酷矣。然封谓事发，始知顾、及之贤，蔡京事败，益信元祐之正，身虽荡灭，名义所从判尔。"⑤ 到弘光时，马士英、阮大铖等阉党余孽掌控着朝廷内政、边疆大权，从而使其仅存续一年即告寿终正寝。孟森谓马阮"亡国大罪人"⑥，似乎并不为过。

总之，《续金瓶梅》对徽宗时奸臣当道的描写，无疑是对北宋灭亡原因的一种探究。这种探究无疑又为我们提供了阉党专权导致明亡的思考。由此可见，作者在探究历史的同时，又渗透着对现实的关注。

（三）郭药师的降金与晚明边将的降清

《续金瓶梅》描写了众多降金者，如张邦昌、刘豫、郭药师、蒋竹山、苗青等。作为边将降金者，小说着重描写了郭药师。郭药师为真实历史人物。据《宋史》《金史》载，郭药师曾为辽将，叛辽归宋后，受"徽宗礼

---

① （清）紫阳道人编：《续金瓶梅》，《古本小说集成》本，第470页。
② （清）紫阳道人编：《续金瓶梅》，《古本小说集成》本，第481页。
③ （清）张廷玉等：《明史》卷306《阉党列传·序》，中华书局1974年版，第7833页。
④ （清）张廷玉等：《明史》卷306《阉党列传·序》，中华书局1974年版，第7833页。
⑤ （清）谷应泰：《明史纪事本末》卷71《魏忠贤乱政》，中华书局1977年版，第1172页。
⑥ 孟森：《明清史讲义》，中华书局1981年版，第343页。

遇甚厚,赐以甲第姬妾"①,后因与其一起镇守燕山的副将王安中杀张觉事,而"深尤宋人,而无自固之志矣"②。最后,因童贯处理边事不当,郭药师率兵降金,并引金将斡离不入东京,徽、钦二帝蒙尘,北宋遂亡。这一人物在《金瓶梅》中仅出现过一次③,而在《续金瓶梅》中则多次出现,笔者现摘录如下:

> 那道君皇帝虽是荒淫,因这金兵两入汴京,终日来索岁币,大将郭药师又降了大金,引兵入犯,因贬了蔡京父子,斩了童贯,科道上本,把高俅、王黼、杨戬这一起奸臣杀的杀,贬的贬,俱各抄籍助饷,……④(第十回)

> 他(笔者按:李师师)又曾与帅将郭药师往来,如今,郭药师降金,领兵打头阵,金兵一到城下,就先差了标下将官来安抚他,不许金人轻入他家。⑤(第十六回)

> 大将郭药师降了金,引金将粘没喝、斡离不分道入寇。徽宗内禅,钦宗改年靖康。不足二年,掳徽钦北去,皇后、太子、皇妃、公主、宗室无一人得免。立了张邦昌为楚帝,粘没喝起营大抢,京城一空。……那上皇在帐中闷坐,只见郭药师送了一只牛腿,腥臭不堪,一瓶酒,酸薄如醋,想要对月下少饮一杯解解闷,如何吃得下?因赋词一首,遥忆当年汴中乐地,名曰《望江南》……又是一群战马雕鞍、绣袤银甲,却是南人衣装,轻弓软带,遥望着上皇笑嘻嘻而去,才认的是降将郭药师。⑥(第十九回)

---

① (元)脱脱等:《宋史》卷472《赵良嗣列传附郭药师列传》,中华书局1977年版,第13738页。
② (元)脱脱等:《金史》卷82《郭药师列传》,中华书局1975年版,第1834页。
③ 《金瓶梅》第十七回引东京邸报称:"……迩者河湟失议,主议伐辽,内割三郡,郭药师之叛,卒使金虏背盟,凭陵中原。此皆误国之大者,皆由(蔡)京之不职也。……"
④ (清)紫阳道人编:《续金瓶梅》,《古本小说集成》本,第255页。
⑤ (清)紫阳道人编:《续金瓶梅》,《古本小说集成》本,第403页。
⑥ (清)紫阳道人编:《续金瓶梅》,《古本小说集成》本,第470—481页。

从上述几处对降将郭药师的描写，我们可以看出，其降金行为给北宋带来了灾难性的后果，降金后对徽、钦二帝颇为不敬，彰显一副小人得志的模样。同时，又以权谋私。要之，作者对郭药师充满了痛恨与厌恶之情。在这种情感中，我们又可看出作者总结了北宋灭亡的历史教训。

北宋的灭亡与郭药师的降金有直接关系，而晚明时期的边将降清，又何尝不关乎着明廷的灭亡呢？崇祯时的洪承畴、吴三桂等边将的降清，对明廷边疆造成了致命的打击。洪承畴曾在镇压李自成起义中有过汗马功劳，得到崇祯帝的重用，并委以蓟辽总督之任。但在松山之战（1641—1642）中，洪承畴被俘降清，辜负了崇祯帝的一片苦心。《清史稿》载："庄烈帝初闻承畴死，予祭十六坛，建祠都城外，与邱民仰并列。庄烈帝将亲临奠，俄闻承畴降，乃止。"① 降清后，洪承畴又成为清廷的一位得力干将，"江南、湖广以逮滇、黔，皆所勘定；桂王既入缅甸，不欲穷追，以是罢兵柄"②。洪承畴对清廷一片赤诚，换来的却是归入《清史列传》中的《贰臣传》。这或许是其始料未及的。吴三桂相对于洪承畴，有过之而无不及。吴三桂曾于崇祯十七年（1644）三月受封平西伯，但却借驱赶大顺军之名，乞师清廷。吴三桂引清兵入关，使清廷顺利入主北京。就此观之，吴三桂颇似郭药师。另外，南明时期的高杰、刘泽清、刘良佐、李成栋、郑芝龙等边将的降清，压缩了南明的生存空间与时间，甚至有些降将将屠刀直指自己曾经效忠的王朝的百姓，如李成栋一手制造的"嘉定三屠"等。由此观之，明朝的灭亡不仅与这些降将有关，而且在一定程度上说，大明江山就断送在他们手中。

总之，《续金瓶梅》在降金将领中拈出郭药师，与《金瓶梅》有所涉及有关，更为重要的，他是直接导致北宋灭亡的重要人物，从小说中多次提及可窥之。这或许即作者痛感晚明边将的降清给明廷带来的厄运，而在历史人物身上找到了寄托。

---

① （清）赵尔巽等：《清史稿》卷237《洪承畴列传》，中华书局1977年版，第9468页。
② （清）赵尔巽等：《清史稿》卷237"论曰"，中华书局1977年版，第9488页。

(四) 两宋之际的党争与晚明的党争

党争在《金瓶梅》中未曾涉及，而《续金瓶梅》第三十四回则进行了集中描写。此回首先描写了宋高宗时的党争。这一党争主要是因战和之论引起的，其中汪国彦、黄潜善等主和，李纲、张浚、岳飞、韩世忠等主战。主和派为打压主战派，一方面"重修神宗、哲宗实录，把那元祐党人碑从新印行天下，把王安石、蔡京、章惇、吕惠卿一班奸臣说是君子，把司马光、苏轼、程颐、刘挚等一班指为党人"①；另一方面，又指控"李纲等一起忠臣是沽名钓誉，专权误国"②。最后，主和派战胜主战派，李纲遭贬，又"将谪贬的、正法的这些奸臣们，一个个追封的、加谥法的、复职的"③。接着，此回还追溯了东汉末年的"党锢之祸"及唐宪宗时的牛李党争。此回真可谓为我们描绘了一幅自汉至宋的党争图。但是，作者并没有停留在对党争的简单叙述上，而是重点强调了党争带来严重后果，如东汉末年的钩党之争"丧了汉朝"④，中唐时的牛李党争导致了"藩镇分权，唐室衰微"⑤，新旧党争产生了"金人之祸"⑥，南渡初年的和战之争使恢复国土的宏愿付诸东流。

作者在小说中并未涉及晚明党争，但通过对南渡初年的党争描写及东汉末年、中唐时期及北宋中期党争的追溯，我们明显感受到作者对晚明的党争是深有感触的，尤其是党争给朝廷与百姓带来的无穷灾难，如作者所议论道：

> 古人说，这个党字，贻害国家，牢不可破，自东汉、唐、宋以来，皆受"门户"二字之祸，比叛臣、阉宦、敌国、外患更是厉害

---

① （清）紫阳道人编：《续金瓶梅》，《古本小说集成》本，第873页。
② （清）紫阳道人编：《续金瓶梅》，《古本小说集成》本，第873页。
③ （清）紫阳道人编：《续金瓶梅》，《古本小说集成》本，第874页。
④ （清）紫阳道人编：《续金瓶梅》，《古本小说集成》本，第877页。
⑤ （清）紫阳道人编：《续金瓶梅》，《古本小说集成》本，第878页。
⑥ （清）紫阳道人编：《续金瓶梅》，《古本小说集成》本，第878页。

不同。即如一株好树，就是斧斤水火，还有遗漏苟免的，或是在深山穷谷，散材无用，可以偷生；如要树里自生出个蠹虫来，那虫藏在树心里，自稍吃到根，又自根吃到稍，把树的津液昼夜吃枯，其根不伐自倒，谓之蠹虫食树，树枯而蠹死，奸臣蠹国，国灭而奸亡。总因着个党字，指曲为直，指直为曲，为大乱阴阳根本。①（第三十四回）

另外，王桐龄在《中国历代党争史》中总结历代党争的七大特点：一是"中国全盛时代无党祸"；二是"士大夫与宦官竞争时，大率士大夫常居劣败地位，宦官常居优胜地位"；三是"朝臣分党竞争时，则君子常败，小人常胜"；四是"竞争者之双方皆士大夫时，则比较品行高尚者常败，品行卑劣者常胜"；五是"新旧分党互相竞争时，适合于国民心理者胜，否则败"；六是"学术分派对峙时，时常带有地方彩色"；七是"学术分派对峙时，时常含有门户之见"。② 这些特点未必完全符合历代党争，但至少为我们提供了对历代党争的思考。

总之，《续金瓶梅》作者在描写两宋之际的党争及追溯宋前党争时，饱含着对党争误国、亡国的痛切之情。这一定程度上说，也是对明朝亡于党争的历史经验教训的总结。

三　金代流人与清初宁古塔流放

流人者，流放之人也，主要包括因犯罪、战争、政治斗争等而遭流放者。流人自古有之，如姬昌遭商纣王的流放、越王勾践遭吴王夫差的流放、屈原遭楚怀王的两次流放等。《续金瓶梅》第五十八回对金代流人有较为充分的描写。这些流人主要由三部分组成：一是因东京陷落而被掳的

---

① （清）紫阳道人编：《续金瓶梅》，《古本小说集成》本，第875页。
② 王桐龄：《中国历代党争史》之《结论》，文化学社1931年版，第227—242页。

徽、钦二帝及其嫔妃宫女；二是因出使金朝而遭扣押的洪皓①；三是因战争失败而被掳的北宋百姓。流放地主要有两处：一是五国城（今黑龙江省依兰县）②，徽、钦二帝等流放在此；二是冷山（今黑龙江五常县，一作今吉林省舒兰县），洪皓、北宋百姓等流放在此。

小说一方面描写了流放地恶劣的自然环境及与中原迥异的生活方式，如五国城，"那是穷发野人地方，去狗国不远，家家养狗，同食同寝，不食烟火，不生五谷，都是些番羌，打猎为生，以野羊野牛为食。到了五月才见塞上草青，不到两月又是寒冰大雪。因此都穿土穴在地窖中居住，不知织纺，以皮毛为礼"③；又如冷山，"去黑海不远，也是打猎食生，却是用鹿耕地"，冬天是"冰天、雪窖"④。

另一方面，小说重点描写了这些流人在流放地的生存状态。描写徽、钦二帝时，小说强调他们的精神孤寂，"徽钦父子不见中国一人，时或对月南望，仰天而叹"⑤。不仅如此，他们在生活上亦颇为艰苦，"连旧皮袄也是没的"，还"随这些野人们吃肉吞生"⑥。最后父子相继病逝于流放地。作者不禁感叹："可怜这是宋家一朝皇帝，自古亡国辱身，未有如此者。"⑦

描写北宋百姓流放时，小说强调了他们遭受的非人待遇，"那些北方鞑子……将我中国掳的男女，买去做生口使用。怕逃走了，俱用一根皮条穿透拴在胸前琵琶骨上。白日替他喂马打柴，到夜里锁在屋里。买的妇人，却用

---

① 洪皓（1088—1155），字光弼。饶州鄱阳（今江西鄱阳）人。宋徽宗政和五年（1115）进士。宋高宗建炎三年（1129）使金被留，绍兴十三年（1143）始归。归朝后，因忤秦桧，先后知饶州、除饶州通判，"责濠州团练副使，安置英州，……徙袁州，至南雄州卒，年六十八"［（元）脱脱等：《宋史》卷373《洪皓列传》，中华书局1977年版，第11562页］。卒谥忠宣。子洪适、洪遵、洪迈。所著《鄱阳集》四卷、《松漠纪闻》二卷行世。
② 五国城在何处，学界有三说：一是黑龙江依兰说，如清人曹廷杰《东三省舆地图说·五国城考》、魏源《圣武记》等；二是黑龙江宁安说，如《嘉庆一统志》卷68；三是吉林扶余说，如清人昭梿《啸亭杂录·五国城》。其中第一说为多数学人所接受，笔者从之。
③ （清）紫阳道人编：《续金瓶梅》，《古本小说集成》本，第1628—1629页。
④ （清）紫阳道人编：《续金瓶梅》，《古本小说集成》本，第1634页。
⑤ （清）紫阳道人编：《续金瓶梅》，《古本小说集成》本，第1631页。
⑥ （清）紫阳道人编：《续金瓶梅》，《古本小说集成》本，第1632—1633页。
⑦ （清）紫阳道人编：《续金瓶梅》，《古本小说集成》本，第1633页。

一根皮条使铁钉穿透脚面，拖着一根木板，如人家养鸡怕飞的一般"①。他们"十人九死，再无还乡的"②。百姓遭亡国之苦，由此可见一斑。

描写洪皓流放时，小说强调了他在流放地不屈而坚强的生活。洪皓"把平生记得四书五经写了一部桦皮书，甚有太古结绳之意。却将这小番童们要识汉字的，招来上学。……有一日，做了一套北曲，说他教习辽东之趣"③。就此而言，洪皓在流放地充当了传播汉民族文化的角色。同时，洪皓对北宋怀有一颗赤诚之心，闻徽、钦二帝驾崩后，"换了一身孝衣，披发哀号，望北而祭。自制祭文，说二帝播迁绝域，自己出使无功，以致徽钦魂游沙漠"。④ 最后，洪皓流放十三年（笔者按：史载为十五年[1129—1143]）得以归国，犹如当年苏武一般，完成了一位忠臣应有的气节，诚如作者评价曰："那时公卿大臣，受朝廷的恩荣爵禄，每日列鼎而食，享那妻妾之奉，不知多少，那显这一个洪皓，做出千古的名节来。"⑤

小说在描写金代流人时，总体上与史书记载相吻合，特别是洪皓哭祭徽、钦二帝事，尤为感动天人，而这一情节与诸多入清士人哭祭崇祯帝的情况颇有类似之处。笔者疑作者借历史人物，表达故明情怀。

小说不仅对金代流人的生活状态有较为详细的描写，还两次提及清初重要流放地——宁古塔（笔者按：小说作"宁固塔"）。第一次是在小说第二回："休说是士大夫宦海风波不可贪图苟且，就是这些小人，每每犯罪流口外，在宁固塔，那一个衙蠹土豪是漏网的？"⑥ 第二次是在小说第五十八回："洪皓……后来事泄⑦，几番要杀他，只把他递解到冷山地方——即

---

① （清）紫阳道人编：《续金瓶梅》，《古本小说集成》本，第1634—1635页。
② （清）紫阳道人编：《续金瓶梅》，《古本小说集成》本，第1635页。
③ （清）紫阳道人编：《续金瓶梅》，《古本小说集成》本，第1635—1636页。
④ （清）紫阳道人编：《续金瓶梅》，《古本小说集成》本，第1639页。
⑤ （清）紫阳道人编：《续金瓶梅》，《古本小说集成》本，第1640页。
⑥ （清）紫阳道人编：《续金瓶梅》，《古本小说集成》本，第45页。
⑦ 此处"事泄"之"事"是指小说第五十八回："（洪皓）自建炎年间被粘罕监在云中上京地方。后来打听二帝在燕京，偶有一个番官在大同和他相与甚厚，托他传了一信，寄去布绵衣四件、麦面二包、桃栗各一斗，秘传中国高宗即位的信。"（《古本小说集成》本，第1633—1634页）

今日说宁固塔一样。"① 小说虽仅两次提及宁古塔，但还是明确无误地给我们传递了清初流放的信息。关于宁古塔的由来，清初流人方拱乾《绝域纪略·流传》称："宁古塔，不知何方舆，历代不知何所属。数千里内外，无寸碣可稽，无故老可问。相传当年曾有六人坐于阜，满呼六为宁公，坐为特，故曰宁公特，一讹为宁公台，再讹为宁古塔。固无台无塔也，惟一阜如陂陀，不足登。"② 除宁古塔（笔者按：旧城为今黑龙江海林、新城为今黑龙江宁安）外，盛京（今辽宁沈阳）、尚阳堡（今辽宁开源）、卜魁（今黑龙江齐齐哈尔）等也是清初重要流放地。③

在《续金瓶梅》成书前，有几位重要汉人流放到宁古塔，如陈嘉猷、郑芝龙、方拱乾、吴兆骞等。其中陈嘉猷（字敬尹）于顺治十二年（1655）流放到宁古塔，亦是有史料记载的第一位汉人流放至此地④；郑芝龙及其子世忠、世恩、世荫、世默等于顺治十四年（1657）流放至此；方拱乾、吴兆骞等丁酉（顺治十四年，1657）科场案牵连者及其家人，于顺治十六年（1659）流放至此。在这些宁古塔流人中，大致可分为两类：一类是降清者的流放，如郑芝龙及其家人；一类是无辜者的流放，如方拱乾、吴兆骞等。丁耀亢在小说第二回与第五十八回提及宁古塔时，表达了对不同流放者的态度，而上述两类宁古塔流人恰好符合作者的不同态度。

在小说第二回提及宁古塔时，作者显然是对那些因"犯罪"而流放者感到理所当然，亦是对他们的"犯罪"的一种惩罚。按小说的叙述，"犯罪"者主要是指"衙蠹土豪"。但笔者认为那些"犯罪"者不仅包括"衙蠹土豪"，还包括那些变节投降者。这种倾向，我们从小说在此处拈出苗青可以看出。苗青曾在《金瓶梅》里杀主劫财，理应受到惩罚，但在西门

---

① （清）紫阳道人编：《续金瓶梅》，《古本小说集成》本，第1634页。
② （清）方拱乾：《绝域纪略·流传》，李兴盛等主编：《黑水丛书》，黑龙江人民出版社2001年版，第1175页。
③ 参见李兴盛《增订东北流人史》，黑龙江人民出版社2008年版。
④ （清）杨宾《柳边纪略》卷3载："陈敬尹为余言曰：我于顺治十二年流宁古塔，尚无汉人。"（《丛书集成初编》第3115册，中华书局1985年版，第57页）

庆的庇护下安然无事。他在《续金瓶梅》里又投降金朝，为害一方。在作者看来，像苗青这样一个杀主劫财、变节投降者，理应得到流放的惩罚。不过，在苗青的结局上，作者最终选择了剐刑，让其得到应有的惩罚。然而，小说第二回对流放者的态度似乎在告诉我们，像郑芝龙这样降清者被流放到宁古塔，是罪有应得的。

小说第五十八回在描写洪皓时再次提及宁古塔。这次提及，我们可以看出，作者对像洪皓这样无辜流放者饱含了深切的同情。这种同情态度如果移植到因丁酉科场案而流放的方拱乾、吴兆骞等人身上，也是比较恰当的。我们知道，顺治十四年丁酉（1657）计发生五起科场案，其中以顺天乡试案（又称北闱科场案）、江南乡试案（又称南闱科场案）影响最大。孟森称："丁酉狱蔓延几及全国，以顺天、江南两省为钜，次则河南，又次则山东、山西，共五闱。"① 在这影响最大的两科场案中，又以江南乡试案最为酷烈，"两主考斩决，十八房考除已死之卢铸鼎外，皆绞决"②。另外，方章钺（笔者按：方拱乾第五子）、吴兆骞等"俱著责四十板，家产籍没入官，父母兄弟妻子，并流徙宁古塔"③。孟森如是评价江南乡试案道："夫行不义杀不辜，为叔世得天下者之通例。不从弑逆者，即例应以大逆坐之。"④ 这实际上也揭示了整个丁酉科场案的实质，那就是清廷试图借此来打击与控制汉族士人。所以，在科场案中牵涉到的人物多为无辜者，如颇有影响的方拱乾、吴兆骞等。这些无辜者，犹如出使金朝遭扣押而被流放的洪皓。按照这一逻辑，我们从小说中作者对洪皓这样无辜流放者的同情，可以推测出作者对宁古塔那些无辜流放者亦抱有同情之心。

总之，小说通过对金代流人凄苦生活的描写，表达了对他们深深的同情，又通过描写洪皓在流放地坚强不屈的精神与不忘故国的气节，表达了作者对其崇敬之心。同时，小说在涉及流放时，两次提及宁古塔，表达了

---

① 孟森：《心史丛刊》（一集）之《科场案》，大东书局1936年版，第24页下。
② 孟森：《心史丛刊》（一集）之《科场案·江南闱》，大东书局1936年版，第43页上。
③ 《世祖实录》卷121，《清实录》第3册，中华书局1985年版，第942页。
④ 孟森：《心史丛刊》（一集）之《科场案·江南闱》，大东书局1936年版，第43页下。

作者对不同流放者的不同态度。

综上所述,《续金瓶梅》在创作时以《金瓶梅》为依托,以宋金对峙为背景,表现了作者对金兵的残暴、北宋的灭亡、金代的流人等方面的思考。而小说中又不断出现明清时期特有的名词,如"宁古塔"(第二、五十八回)、"锦衣卫"(第六、十九、二十一、六十三回)、"蓝旗营"(第二十八、五十六回)、"鱼皮国"(第五十八回)等,甚至出现"大明"(第十三、三十回)字样。这就不能不使我们认识到,作者在创作小说时,确实蕴含着对明清易代的现实考量,表达了自己的遗民情怀,如对清兵屠城的愤怒、对明亡教训的总结、对宁古塔流放的态度等。这或许即是《续金瓶梅》案的出现及《续金瓶梅》遭禁毁的重要原因。

论《女仙外史》对《三国志演义》的接受

《女仙外史》是清初时期颇有影响的一部靖难题材小说，我们从此书有多达 66 位时人的评点可窥之。作者吕熊，字文兆，号逸叟。昆山人。生卒年不详。"自少嗜好诗、古文，所作文章经济，精奥卓拔，性情孤冷，举止怪僻"①。曾两次入幕直隶巡抚于成龙，但一直未曾仕清。据笔者考证，其当为明遗民无疑，参见前文。吕熊著述颇多，现传世仅为《女仙外史》，亦是其平生学问的寄托所在。《女仙外史》集有历史演义小说、英雄传奇小说、神魔小说的特点，其受前人的史书、小说影响颇大。史书方面主要有朱熹的《资治通鉴纲目》（下文简称《通鉴纲目》）、谷应泰的《明史纪事本末》等，小说方面主要有唐传奇、《三国志演义》《水浒传》《西游记》等。其中，历史演义小说《三国志演义》对《女仙外史》产生了重要影响，主要表现在主题思想、人物形象、艺术构思等方面。

一 主题思想的接受：从蜀汉正统到建文正朔

我们知道，《三国志演义》是一部世代累积型作品，其维护蜀汉正统的主题思想的形成受到多方面的影响，主要表现在三个方面：一是承袭了《汉晋春秋》《通鉴纲目》等史书的以蜀汉为正统的思想；二是对《三国志》及其裴注、《资治通鉴》等史书的以曹魏为正统的思想的翻案；三是

---

① 江苏省昆山县志编纂委员会：《昆山县志》，上海人民出版社 1990 年版，第 875 页。

继承了民间关于三国故事的一贯以蜀汉为正统的思想。《三国志演义》主题思想形成的三个方面明显对《女仙外史》的以建文为正朔的主题思想产生重要影响。

其一，对史书承袭的接受。作为宋代理学巨擘的朱熹，其《通鉴纲目》对后代产生了重要影响，不仅是对史书，还包括小说在内的文学作品，《三国志演义》与《女仙外史》亦概莫能外。我们首先来看《通鉴纲目·凡例》中的拥刘反曹倾向，如"凡正统，谓周、秦、汉……"，在"汉"下注云："起高祖五年，尽炎兴元年。此用习凿齿及程子说。自建安二十五年以后，黜魏年而系汉统，与司马氏异。"① 再如"僭国，谓乘乱篡位，或据土者"句注云："如汉之魏、吴，……"② 又如"凡僭国始称帝者，曰某号姓名称皇帝。继世，曰太子某立"。其中前一句注云："如魏王曹丕，……"后一句注云："如魏太子叡。"③ 其实，有拥刘反曹倾向的史书并不是从《通鉴纲目》开始的，而是可以追溯到东晋习凿齿的《汉晋春秋》。据《晋书·习凿齿列传》载，习凿齿著《汉晋春秋》的主要目的在于："是时（桓）温觊觎非望，凿齿在郡，著《汉晋春秋》以裁正之。"④ 对于蜀、魏孰为正统，是书又载："于三国之时，蜀以宗室为正，魏武虽受汉禅晋，尚为篡逆，至文帝平蜀，乃为汉亡而晋始兴焉。"⑤《汉晋春秋》原本已佚，我们目前见到的只是清代黟县人汤球的辑本。我们从这一辑本可以看出，它在记载三国历史时，一直以蜀汉年号在前，魏吴年号在后，如卷二载："延熙十五年，魏嘉平四年，吴建兴元年，吴修东兴隄。"⑥ 习凿齿与朱熹均为南渡史家，其故国西晋与北宋均为北方少数民族所侵吞，

---

① （宋）朱熹：《资治通鉴纲目·凡例》，朱杰人等《朱子全书》（第11册），上海古籍出版社、安徽教育出版社2002年版，第3476页。
② （宋）朱熹：《资治通鉴纲目·凡例》，朱杰人等《朱子全书》（第11册），上海古籍出版社、安徽教育出版社2002年版，第3477页。
③ （宋）朱熹：《资治通鉴纲目·凡例》，朱杰人等《朱子全书》（第11册），上海古籍出版社、安徽教育出版社2002年版，第3481页。
④ （唐）房玄龄等：《晋书》，中华书局1974年版，第2154页。
⑤ （唐）房玄龄等：《晋书》，中华书局1974年版，第2154页。
⑥ （东晋）习凿齿著，（清）汤球辑：《汉晋春秋辑本》，商务印书馆1937年版，第25页。

他们以蜀汉为正统明显有其故国情怀，正如清人章学诚所言："习与朱子，则固江东南渡之人也，惟恐中原之争天统也。"①

《三国志演义》的作者罗贯中处于元末明初时期，其创作的《三国志演义》以蜀汉为正统，除直接受《汉晋春秋》《通鉴纲目》等史书本身的影响外，更为重要的是受史家著史时所表现的个人情怀的影响。从这个意义上说，我们大致可以判断罗贯中或在元末即开始创作《三国志演义》，或至少在元末即已构思《三国志演义》，因为以蜀汉为正统的思想具有一定的反元意识，或者说不认可蒙元在中原的正统地位。正是这种以史书体现史家情怀的著史方式对《三国志演义》的创作产生了影响，而这种方式又影响了《女仙外史》的创作。

如同《三国志演义》深受《通鉴纲目》的影响一样，《女仙外史》亦深受《通鉴纲目》的影响。如吕熊在《自跋》中所言："晦庵作《纲目》，严邪正之辨，显彰瘅之殊，继《春秋》而行诛心之法。"② 再如王新成评点云："此书有三大纲，一崇奉建文年号，二追议殉难诸臣爵谥，三讨燕十二大罪，皆具《纲目》之微意。"③（第四十六回回末）又如裴又航评点云："朱子作《纲目》，操褒贬之大权，所以立纲常也。兹稗官者流，亦可谓得其微旨。"④（第四十六回回末）从以上我们可以看出，《通鉴纲目》的"微意""微旨"对《女仙外史》以建文为正朔的思想产生重要影响，而这种影响与《三国志演义》所受的影响如同一辙，或者即是受到《三国志演义》的启发亦未可知。

其二，对史书翻案的接受。我们知道，《三国志演义》的主要史料来源于西晋陈寿的《三国志》，而《三国志》却是以曹魏为正统的，我们从《魏书》排在首位明显可以看出。同时，北宋时的司马光《资治通鉴》亦是以曹魏为正统。那么，陈寿与司马光为何均以曹魏为正统呢？章学诚的

---

① （清）章学诚著，叶瑛校注：《文史通义校注》卷3之《文德》，中华书局2014年版，第325页。
② （清）吕熊：《女仙外史》，《古本小说集成》本，第13页。
③ （清）吕熊：《女仙外史》，《古本小说集成》本，第1124页。
④ （清）吕熊：《女仙外史》，《古本小说集成》本，第1124页。

解释颇为精辟:"陈氏生于西晋,司马生于北宋,苟黜曹魏之禅让,将置君父于何地?"① 而为《三国志》《资治通鉴》等史书翻案的即是前文提及的《汉晋春秋》《通鉴纲目》等,作为稗官之作的《三国志演义》除受翻案史书的影响外,其本身也对是对《三国志》《资治通鉴》等史书的一种翻案。这种对史书翻案的创作方式,显然为《女仙外史》所汲取,我们从以下几点可窥之。

将燕王"受天之命"翻案为"篡国"。吕熊在《自叙》中称:"第史官于高煦则大书曰'汉王高煦反',书反诚然已,而于燕王则曰'受天之命'。夫燕王既为天子矣,为其臣者讳之,亦所宜然,乃并诸大忠臣探舌血而书'燕贼反'之三字而俱泯灭之。"② 在这里我们可以看出,吕熊对史书所载的燕王取代建文帝为"受天之命",颇为不满,于是在小说中将其塑造成一个"篡国者"的形象,小说有多达38处称燕王为"燕贼"可说明之。

将永乐年号翻案为建文年号。吕熊在《自叙》中称燕王登基后,将建文"帝之年号而尽削之,帝之逊国以后事迹而尽灭之。高皇崩于三十一年,乃称至三十五年,下接永乐元年,若谓并无此建文一帝者"③。吕熊所说的情况,我们可以在《奉天靖难记》等史书里得到印证,如其将建文元年至四年(1399—1402)代之以洪武三十二年至三十五年,而在小说中作者将永乐年号悉数改为建文年号,即以建文五年至二十六年取代永乐元年至二十二年(1403—1424)。这未免有矫枉过正之嫌,但却是作者愤懑之情的表达。

将"妖妇反"翻案为起义勤王。谷应泰《明史纪事本末》载:"山东蒲台县妖妇唐赛儿反。"④ 吕熊的翻案主要是"妖妇"与"反"两个方面。叶夒在《跋语》中言:"今赛儿兴兵,不于前之建文,后之洪熙,乃在永乐之世,而谓之曰反,此反字有可议者。何也?太祖授位于建文帝,帝固

---

① (清)章学诚著,叶瑛校注:《文史通义校注》卷3之《文德》,中华书局2014年版,第324—325页。
② (清)吕熊:《女仙外史》,《古本小说集成》本,第7页。
③ (清)吕熊:《女仙外史》,《古本小说集成》本,第7页。
④ (清)谷应泰:《明史纪事本末》,中华书局1977年版,第371页。

在也。故谓赛儿曰妖妇者止一人,而称之为仙姑、为佛母者,举天下后世皆是。"① 所以,高素臣指出:"《明史》(笔者按:即《明史纪事本末》)云:'妖妇唐赛儿反。'此作《外史》者所不平也"②(第一百回回末)。正因这种"不平",作者在小说中将"妖妇"翻案为"女仙",将"反"翻案为起义勤王。

其三,对民间传说继承的接受。与史书不同的是,民间关于三国故事几乎一直就是以蜀汉为正统。张锦池在《论〈三国志通俗演义〉的拥刘反曹问题》中有较为详尽的梳理。他指出,拥刘反曹现象在西晋时期即已开始出现,至两晋南北朝时成了一种社会思潮,隋唐时的三国故事褒刘贬曹倾向非常明显,宋代的"说话"中的拥刘反曹思想更为鲜明,而元代的三国戏"莫不以蜀汉人物为中心,莫不以对蜀汉的态度如何作为褒贬人物、抑扬吴魏的标准"③。

《三国志演义》继承民间关于三国故事中以蜀汉为正统的思想,又对《女仙外史》产生了影响。褒建文贬燕王一直就是江南民间关于靖难故事的思想倾向,诚如王崇武在《明靖难史事考证稿》中所云:"成祖及其臣僚则尽遭谤辱,传说虽与史实无关,然可以考见其发展演变之方式,且可见民间之正义与同情,亦有其不可磨灭者也。"④

《女仙外史》继承民间传说的思想,正如《三国志演义》继承民间传说的思想一样,均体现了民众与作者的人心思汉、恢复汉室的情怀。

总之,《三国志演义》承袭与翻案史书并继承民间思想的创作理念,深深地影响了《女仙外史》的创作,使二者在主题思想表达方面有着惊人的相似之处。而这种惊人的相似之处,恰恰反映了处于鼎革时期的作者心态,那就是对汉室的念念不忘和对篡国、窃国者的愤懑,尤其是对北方少数民族侵吞中原的不满。

---

① (清)吕熊:《女仙外史》,《古本小说集成》本,第11—12页。
② (清)吕熊:《女仙外史》,《古本小说集成》本,第2325页。
③ 张锦池:《中国四大古典小说论稿》,华艺出版社1993年版,第7页。
④ 王崇武:《明靖难史事考证稿》,《民国丛书》(第4编)(74),上海书店1992年版,第41—42页。

二　人物形象的接受：从诸葛亮到吕律

我们知道，《三国志演义》中的诸葛亮被毛宗岗称之为"古今来贤相中第一奇人"①，亦被鲁迅称之为"多智而近妖"②。这一人物形象对《女仙外史》产生了重要影响。据笔者统计，仅"武侯"一词即出现了44次。由此亦可见《三国志演义》对《女仙外史》影响之一斑。在诸葛亮这一形象的影响下，《女仙外史》亦塑造了一位智慧型的军师形象——吕律。虽同为军师，吕律与诸葛亮有一重要不同之处：诸葛亮为实有其人，而吕律则为虚构形象。那么，这一形象的原型是谁呢？王进驹在《乾隆时期自况性长篇小说研究》中称吕律即为作者吕熊的化身。此可备一说。诸葛亮形象对于吕律形象的塑造，有着诸多的影响，主要表现在以下几个方面：

其一，从三顾茅庐到造访嵩山。"三顾茅庐"出自诸葛亮的《出师表》："先帝不以臣卑鄙，猥自枉屈，三顾臣于草庐之中，……"③ 而《三国志演义》第三十七回则对这一情节极力铺演，亦成为小说中最为精彩的情节之一，正如毛宗岗评点这一故事所言：

> 此回极写孔明，而篇中却无孔明。盖善写妙人者，不于有处写，正于无处写。写其人如闲云野鹤之不可定，而其人始远；写其人如威凤祥麟之不易睹，而其人始尊。且孔明虽未得一遇，而见孔明之居则极其幽秀，见孔明之童则极其古淡，见孔明之友则极其高超，见孔明之弟则极其旷逸，见孔明之丈人则极其清韵，见孔明之题咏则极其俊妙；不待接席言欢，而孔明之为孔明，于此领略过半矣。玄德一访再访，已不觉入其玄中，又安能已于三顾耶！④

---

① （明）罗贯中著，（清）毛宗岗批评：《三国演义》，岳麓书社2006年版，第2页。
② 鲁迅：《中国小说史略》，人民文学出版社1981年版，第129页。
③ （晋）陈寿：《三国志》，中华书局1959年版，第920页。
④ （明）罗贯中著，（清）毛宗岗批评：《三国演义》，岳麓书社2006年版，第288页。

诸葛亮在千呼万唤中才出场，其实说明了这样两个问题：一是说明刘备求才若渴，求才真诚；二是说明诸葛亮出处之正，以及其在未来蜀汉中的地位。受此影响，在《女仙外史》中，唐赛儿亦造访嵩山，访求世外高人吕律。其故事曲折程度不亚于三顾茅庐。正如陈求夏在第十三回回末评点曰：

> 军师出处，莫伟于三顾茅庐。今御阳子隐在嵩阳，岂有女主而前往就见之体？乃作者偏要月君过访，先以降怪引之，复以驱蝗导之，复又标出奇对以激之，于是改妆请谒，月君始知有御阳子。而御阳子之素知有女真人者，斯时反不知之，迨去久而再卜，方知女真人已顾茅庐，然后吕军师之出处为正。①

其二，从隆中决策到卸石寨建策。隆中决策是在刘备第三次拜访诸葛亮时，诸葛亮基于对当前形势的考量以及对今后局势的评估而做出的。对于小说的故事情节来说，它又是对后来故事情节的一种布局。这一故事情节"表现了诸葛亮的雄才大略、政治远见和卓越的军事才能，写得生动实在，饶有兴味"②。

与隆中决策相似的是，《女仙外史》第二十回有吕律在卸石寨建策开基，小说描写道：

> 月君曰："是固然矣。但武侯未出茅庐，三分霸业，了然于胸中。今燕之巢穴在北，帝阙在南，二者先何所定，请试言之。"师贞曰："一要看帝之存亡，二要看燕逆之迁都与否。北平有塞外俺答之患，彼必回顾巢穴，纵不能一旦迁都，大抵自镇于北，而令其子留守金陵，以防建文之复位。今若行在有信，宜先取南都，迎复故主。燕藩

---

① （清）吕熊：《女仙外史》，《古本小说集成》本，第295页。
② 胡俊林：《史料精熟史识精当史笔精妙——陈寿〈诸葛亮传〉"隆中对""激孙权"评析》，《内江师专学报》1993年第3期。

虽踞北平，可以下尺一之诏，系首于阙下。若圣驾已崩，则先取北平，平分天下，然后渡江南伐，未为迟也。总之，南北须要待时。目下先取青州，次拔登莱，再定济南，绝其要路，则是一定之着。"①

从上述描写我们看出，卸石寨建策在一定程度上是模仿隆中决策而写的，都是对后来故事情节的一种伏笔。

其三，从痛失街亭到兵败登州。我们知道，马谡在《三国志演义》中只能算是个小人物，但却因失街亭而颇为有名。在一定程度上讲，诸葛亮利用马谡驻守街亭这一重要的战略要地，有其失察之处。如诸葛亮认为此人是"当世之英才"，而刘备却认为其"言过其实，不可大用"，并嘱咐诸葛亮要"深察之"②。（第八十五回）应该说，马谡得到诸葛亮的信任是在擒纵孟获过程之中。在痛失街亭之后，诸葛亮挥泪斩马谡，并自贬丞相之职。然而，无论是任用马谡守街亭，还是挥泪斩马谡，诸葛亮的做法都是"不恰当的"③。

在《女仙外史》中与痛失街亭相似的情节是兵败登州。这次起义军的兵败并不是哪位将领在战术上的失误，也不是军师吕律在战略上的失误，而完全是燕将卫青的一次突然袭击。但对于这次登州兵败，作为军师的吕律，还是将其揽为己罪，我们从唐赛儿颁给吕律的谕旨可以看出："吕律偶尔失备，变出意外，乃功归于将，罪归于己，即自举劾，抑何忠恕，暂降为参军，摄行军师事，有功之日开复。"④（第二十八回）

程雨亭在第二十八回回末将上述二事进行了对比，并作评点曰：

御阳自劾，与孔明同出一辙。然街亭之失，未免知人不明；若卫青之劫，则焉能豫料。而恬然引为己罪，大抵二公之心，易地皆然，

---

① （清）吕熊：《女仙外史》，《古本小说集成》本，第477—478页。
② （明）罗贯中著，（清）毛宗岗批评：《三国演义》，岳麓书社2006年版，第666页。
③ 曾良：《"蜀中无大将"之反思——论刘备、诸葛亮用人之误》，《内江师专学报》1996年第1期。
④ （清）吕熊：《女仙外史》，《古本小说集成》本，第678页。

总以圣贤自期者。至若后世，既设有条例以为范围，而犹巧为诡避，以冀夫幸免，其品节为何如。①

另外，从吕律的言谈及他人的评价中，我们还是可以看出吕律身上明显有诸葛亮的影子，如第十三回有吕律所作《咏武侯》诗，第二十回吕律称诸葛亮"躬行讨贼，将士敬之如神，爱之若父"②。第四十回写一监军这样评价吕律："小子看军师用兵，真武侯复生矣！"③ 第七十四回描写了吕律在梦中与诸葛亮的对白，等等。

总之，《女仙外史》中频繁出现"武侯"一词，并出现与武侯有关或相似的情节，而吕律又是唐赛儿起义的军师。小说这种描写，一方面明显受《三国志演义》的影响，另一方面又明显在吕律身上寄托了诸葛亮恢复汉室的情愫。

三 艺术构思的接受：从"七实三虚"到"三实七虚"

我们知道，《三国志演义》在艺术构思上的主要特点是"七实三虚"，如章学诚所言："凡演义之书，如《列国志》《东西汉》《说唐》及《南北宋》，多纪实事；《西游》《金瓶》之解，全凭虚构；皆无伤也。惟《三国演义》则七分实事，三分虚构，以致观者，往往为所惑乱，如桃园等事，学士大夫直作故事用矣。故演义之属，……但须实则概从其实，虚弱则明著寓言，不可虚实错杂如《三国》之淆人。"④ 章学诚在此显然是对《三国志演义》的"七实三虚"颇为不满，然而其却比较恰当地指出《三国志演义》的虚实比例。这种艺术构思对后世据史演述的小说产生了重要影响，主要表现为两种形式：一是模拟《三国志演义》的虚实比例，即七实

---

① （清）吕熊：《女仙外史》，《古本小说集成》本，第678—679页。
② （清）吕熊：《女仙外史》，《古本小说集成》本，第479页。
③ （清）吕熊：《女仙外史》，《古本小说集成》本，第971页。
④ （清）章学诚：《章学诚遗书·丙辰劄记》，文物出版社1985年版，第396—397页。

三虚,如《樵史通俗演义》等;二是颠倒《三国志演义》的虚实比例,即三实七虚,如《女仙外史》等。我们认为,《女仙外史》之所以称为"外史"而不称为"演义",与其"三实七虚"的艺术构思不无关系,如刘廷玑在《在园品题二十则》中指出的那样:

> 《外史》前十四回,是为赛儿女子作传。据《纪事本末》所述数语为题,撰出大文章,虽虚亦实。至靖难师起,与永乐登基,屠灭忠臣,皆系实事,别出心裁。追建行阙,取中原、访故主、迎复辟、旧臣遗老先后来归,八十回全是空中楼阁。然作书之大旨,却在于此,所以谓之《外史》。《外史》者,言诞而理真,书奇而旨正者也。①

《女仙外史》中的"三实"与《三国志演义》中的"七实",虽然在比例上有所不同,但其依据史实的方式还是相同的,如《女仙外史》主要来源于谷应泰的《明史纪事本末》,如同《三国志演义》主要来源于陈寿的《三国志》及其裴注一样。关于据史演述前文有所述及,在此不作赘述。笔者在这里主要就《三国志演义》的虚构方式对《女仙外史》的影响展开论述,主要表现在两个方面:

其一,基本脱离史料的虚构。我们知道,《三国志演义》虽有"七实三虚"之说,但有些故事情节完全为虚构,如桃园三结义、过五关斩六将、空城计等。而这种完全虚构的情节,对于《女仙外史》的创作具有明显的影响。笔者在此试举几例。

天狼星下凡的燕王。关于天狼星,史书中的《天文志》多有记载,如《史记·天官书》云:"参为白虎。……其东有大星曰狼。狼角变色,多盗贼。"②《晋书·天文志上》云:"狼一星在东井东南。狼为野将,主侵掠。

---

① (清)刘廷玑:《在园品题二十则》之第20则,(清)吕熊:《女仙外史》卷首,《古本小说集成》本,第27页。
② (汉)司马迁:《史记》卷27《天官书第五》,中华书局1959年版,第1306页。

色有常，不欲动也。"① 文学作品亦大量采用，最早的当属屈原《楚辞·九歌·东君》："青云衣兮白霓裳，举长矢兮射天狼"②。还有，南朝梁刘孝威《行行游且猎篇》："高置掩月兔，劲矢射天狼"③。北周庾信《从驾观讲武》："龙渊触牛斗，繁弱骇天狼。"④ 唐李白《幽州胡马客歌》："何时天狼灭，父子得安闲。"⑤ 宋苏轼《江城子·老夫聊发少年狂》："会挽雕弓如满月，西北望，射天狼。"⑥ 明梅鼎祚传奇《玉合记》第十六出《拒间》："【前腔】〔丑〕腾骧，兵强马壮。要亲提霜甲，一扫天狼。"⑦ 等等。从这些材料，我们可以看出文学作品中的天狼星主要是指那些侵犯华夏的外族。由此可见，作者将燕王虚构成天狼星下凡，一方面取天狼星与燕王篡国有其相似之处，另一方面表现了作者对燕王篡国的痛恨。

嫦娥降世的唐赛儿。除燕王的出身外，关于唐赛儿的出身，小说也进行了虚构。《女仙外史》将唐赛儿的出身虚构为嫦娥降世，并虚构了其与天狼星的一段情感纠葛。小说描写道：

> 天狼见说到理路，不便用强，遂向二仙女深深作揖道："我奉上帝敕旨，令午刻下界。今已迟了四个时辰，岂能延至明日？烦仙女上达嫦娥：我应做三十四年太平天子，少个称心的皇后。我今夜就要与嫦娥成亲，一齐下界，二位仙娥，也做个东西二宫，岂不快活？何苦在广寒宫冷冰冰的所在守寡呢！"嫦娥听见，不觉大怒，骂道："泼怪物！上帝洪恩，敕你下界做天子，乃敢潜入月宫，调谑金仙，有干天

---

① （唐）房玄龄等：《晋书》卷11《志第一·天文上》，中华书局1974年版，第306页。
② （宋）朱熹：《楚辞集注》卷2，江苏广陵古籍刻印社1990年影印本，第54页。
③ （南朝梁）刘孝威：《行行游且猎篇》，（宋）郭茂倩：《乐府诗集》第67卷《杂曲歌辞七》，中华书局1979年版，第971页。
④ （北周）庾信撰，（清）倪璠注，许逸民校点：《庾山子集注》卷之3，中华书局1980年版，第203页。
⑤ （唐）李白著，（清）王琦注：《李太白全集》卷之4，中华书局1977年版，第269页。
⑥ 邹同庆、王宗堂：《苏轼词编年校注》之"熙宁八年乙卯（一○七五）"，中华书局2002年版，第147页。
⑦ （明）梅文鼎：《玉合记》，（明）毛晋编：《六十种曲》第6册，中华书局1958年据开明书店原版重印，第52页。

律！我即奏明上帝，决斩尔首，悬之阙下。"天狼星又陪笑道："嫦娥，你当时为有穷国后，不过诸侯之妃。我今是大一统天子，请你为后，也不辱没了。就同去见上帝，婚姻大礼，有何行不得呢？"嫦娥愈加恼怒，厉声毒骂。天狼料道善求不来，便推开二仙女，飞步来抢嫦娥。嫦娥心慌，遂弃了素鸾，化道金光，飞入织女宫中。① （第一回）

正是嫦娥与天狼星在天庭的一段恩怨，在他们各自下凡之后，才会出现一段争斗。这种对唐赛儿出身的虚构，一方面体现了作者的因果轮回思想，另一方面又为后文虚构唐赛儿的情节奠定基础。

不得善终的姚广孝。我们知道，姚广孝是燕王的一位重要军师。他在小说中的大部分情节都有一点历史依据的，但其结局描写则基本上为虚构。姚广孝不得善终的虚构描写，明显植入作者了对姚广孝这样一位追随"篡国者"的不满情绪，并试图让读者感染这种不满情绪。

其二，点染相关史实的虚构。《三国志演义》中还有一种虚构，那就是依据正史简略的记载而敷演之，如三顾茅庐的故事，《三国志》载："先主遂诣亮，凡三往，乃见。"② 而小说却通过一回（第三十回）的篇幅，描写了这位千呼万唤始出来的重要人物。再如七擒七纵孟获的故事，《三国志》只是记载："三年春，亮率众南征，其秋悉平。"③ 而小说却通过四回（第八十七、八十八、八十九、九十回）的篇幅详尽地描写了这一故事情节。

这种点染相关史实虚构的创作手法，对《女仙外史》的创作产生了重要影响。如唐赛儿得天书、宝剑事，《明史纪事本末》载："初，唐赛儿夫死，赛儿祭墓，回经山麓，见石罅露石匣角，发之，得妖书、宝剑，遂通

---

① （清）吕熊：《女仙外史》，《古本小说集成》本，第14—16页。
② （晋）陈寿：《三国志》，中华书局1959年版，第912页。
③ （晋）陈寿：《三国志》，中华书局1959年版，第919页。

晓诸术。"① 这一情节在小说第七回得到较为详细的描写，七卷天书与一匣宝剑由鲍母赐予。天书与宝剑在小说后来的情节中多次涉及，亦成为唐赛儿斩妖除魔、神术万变的重要保证。正如连双河在第八回回末评点曰："如《明纪事》仅有赛儿得天书、宝剑一语，乃今欲绎出天书如何玄奥，宝剑如何神化，苟使无据，便成鬼话。"② 再如，姚广孝之姊詈骂一事，《明史》仅记载："姊詈之。广孝惘然。"③ 而小说在第八十七回进行了极力铺演，增加了姚广孝与亲姊的对话描写，并增加了四位老叟的冷嘲热讽描写。

  总之，《三国志演义》"七实"的创作方法影响了《女仙外史》的创作，但更多的是"三虚"对《女仙外史》的影响。换言之，《三国志演义》中诸多虚构情节方式给了《女仙外史》很大启示，从而完成了"演义"向"外史"的转变。

  综上所述，《三国志演义》对《女仙外史》的影响是多方面的，其中以对主题思想的影响为根本，以对人物形象的影响为中心，以对虚构情节方式的影响为方法。概言之，《女仙外史》在清初流行的因素是多方面的，而《三国志演义》对其影响是不能忽视的一个方面。

---

① （清）谷应泰：《明史纪事本末》，中华书局1977年版，第372页。
② （清）吕熊：《女仙外史》，《古本小说集成》本，第193页。
③ （清）张廷玉等：《明史》，中华书局1974年版，第4081页。

论《女仙外史》的评点特色

在清初遗民小说的评点本中，康熙间钓璜轩刊本《女仙外史》可谓是一部独特的小说评点本，主要表现在：一是评点者人数众多，包括作者在内计有67人对小说进行了评点。这些评点者既包括清廷官员，如江西南安郡守陈奕禧、广州府太守叶旉、江西学使杨颙、江西廉使刘廷玑、直隶巡抚于成龙、吏部尚书宋荦等，又包括明遗民在内的诸多清初名士，如吕熊、朱耷、梁逸、洪昇、陈履端、王士禛、蔡方炳等，还包括那些目前无法考证其事迹者，如吴钝铁、司马燕客、鲁大司成、毛闇斋、马司龙、连双河、周东汇等；二是评点数量可观，据笔者统计，小说各回回末计有256则评点，如果再加上杨颙《评论》7则，刘廷玑《品题》20则，合计有283则。另外，还有作者的《自叙》与《自跋》、陈奕禧的《序言》、叶旉的《跋语》。所以，无论是在评点者人数上，还是在评点数量上，《女仙外史》堪称清初遗民小说评点的代表之作，甚至在古代小说评点史上亦有自己的一定地位。笔者试从评点的主旨说、奇正观及评点方法等三方面论述之。

一 "扶植纲常，显扬忠烈"的主旨说

杨颙在《评论七则》中称《女仙外史》"立言之旨，在于扶植纲常，

显扬忠烈"①。这一创作主旨与其发愤著书的创作动机又密切相关。司马迁在《报任安书》中称："《诗》三百篇，大氐（笔者按：应作"抵"）贤圣发愤之所为作也。"② 作为明遗民的吕熊，其创作的《女仙外史》也是一部发愤之作。那么，吕熊为何而发愤呢？主要原因在于：

　　一是不满史载燕王"篡国"为"受天之命"。其在《自叙》中称："第史官于高煦则大书曰'汉王高煦反'，书反诚然已，而于燕王则曰'受天之命'。夫燕王既为天子矣，为其臣者讳之，亦所宜然，乃并诸大忠臣探舌血而书"燕贼反"之三字而俱泯灭之。"③ 这种唯天子为讳的做法，颇有"成王败寇"之嫌，显然与古代史家善恶必书的著史原则相违背，更是缺乏董狐之笔的著史精神。正因如此，小说有多达38处称燕王为"燕贼"。

　　二是不满燕王在登基后削去建文年号并以洪武年号代之。吕熊在《自叙》中称燕王登基后，将建文"帝之年号而尽削之，帝之逊国以后事迹而尽灭之。高皇崩于三十一年，乃称至三十五年，下接永乐元年，若谓并无此建文一帝者"④。这种抹杀历史的行为，引起吕熊的强烈不满，于是在小说中将永乐年号悉数改为建文年号。这未免有矫枉过正之嫌，但却是作者愤懑之情的表达。

　　三是不满建文殉节诸臣终明一代未曾追谥。陈奕禧在《序言》中称："从来忠臣义士为亡国之主殉节者，兴王之君亦莫不褒之谥之。"⑤ 但是，那些殉国殉难诸臣及其妻女，"终明之世，未尝追谥"⑥（第二十一回杨念亭评语）。于是，小说第四十六回追谥了97位殉国殉难者，第一百回追封了40位殉节之臣的母、妻、女。这种追谥既是作者发愤之表现，又是补史之表现，诚如裴又航评点云："今《外史》称建文号至二十余年，固为矫

---

① （清）杨颥：《评论七则》，（清）吕熊：《女仙外史》卷首，《古本小说集成》本，第20页。
② （汉）班固：《汉书》卷62《司马迁列传》，中华书局1962年版，第2735页。
③ （清）吕熊：《自叙》，（清）吕熊：《女仙外史》卷首，《古本小说集成》本，第7页。
④ （清）吕熊：《自叙》，（清）吕熊：《女仙外史》卷首，《古本小说集成》本，第7页。
⑤ （清）陈奕禧：《序言》，（清）吕熊：《女仙外史》卷首，《古本小说集成》本，第3页。
⑥ （清）吕熊：《女仙外史》，《古本小说集成》本，第518页。

枉过正；第其追谥忠臣与其妻女，莫不允当。虽以泄万世人心之公愤，而亦以补一代褒节之令典。"①（第四十六回回末）

四是不满史书将唐赛儿起兵称之"妖妇反"。谷应泰《明史纪事本末》所载"山东蒲台县妖妇唐赛儿反"②，吕熊颇为不满，这种不满主要体现在"妖妇"与"反"两个方面。针对谷应泰称唐赛儿为"妖妇"，叶旉在《跋语》中言"谓赛儿曰妖妇者止一人，而称之为仙姑、为佛母者，举天下后世皆是"③，亦即所谓"爱之者谓之仙，恶之者指为妖"④；针对"赛儿反"，叶旉在《跋语》中又言："今赛儿兴兵，不于前之建文，后之洪熙，乃在永乐之世，而谓之曰反，此反字有可议者。何也？太祖授位于建文帝，帝固在也。"⑤ 所以，高素臣指出："《明史》（笔者按：指《明史纪事本末》）云：'妖妇唐赛儿反。'此作《外史》者所不平也。"⑥（第一百回回末）正因这种"不平"，作者在小说中称其为"女仙"，将其起兵定性为起义勤王。

当然，创作《女仙外史》的终极目的并不是为发愤而发愤、为不平而不平。相反，创作它的终极目的在于"扶植纲常，显扬忠烈"。而这种"纲常"又主要以朱熹《资治通鉴纲目》为依据。我们知道，朱子《纲目》是仿《春秋》《左传》而作，其中微言大义、君臣纲常颇为明了，宋人李方子在《宋温陵刻本资治通鉴纲目后序》中言：

> 纲仿《春秋》，而参取群史之良；目仿《左氏》，而稽合诸儒之粹。至于大经大法，则一本于圣人之述作，使明君贤辅，有以昭其功；乱臣贼子，无以逃其罪。而凡古今难制之变、难断之疑，皆得参

---

① （清）吕熊：《女仙外史》，《古本小说集成》本，第 1124 页。
② 笔者按：（清）谷应泰《明史纪事本末》卷 23《平山东盗》作："成祖永乐十八年三月，山东蒲台县妖妇唐赛儿作乱。"（中华书局 1977 年版，第 371 页）而叶旉《跋语》、杨颙《评论七则》之第 1 则、高素臣第一百回评点等引用时多称"山东蒲台县妖妇唐赛儿反"。
③ （清）叶旉：《跋语》，（清）吕熊：《女仙外史》卷首，《古本小说集成》本，第 12 页。
④ （清）叶旉：《跋语》，（清）吕熊：《女仙外史》卷首，《古本小说集成》本，第 9 页。
⑤ （清）叶旉：《跋语》，（清）吕熊：《女仙外史》卷首，《古本小说集成》本，第 11 页。
⑥ （清）吕熊：《女仙外史》，《古本小说集成》本，第 2325 页。

验稽决，以合于天理之正，人心之安。而后世权谋术数、利害苟且之私，一毫无得参焉。①

朱子之《纲目》显然对吕熊的创作产生重要影响，如吕熊在《自跋》中所言："晦庵作《纲目》，严邪正之辨，显彰瘅之殊，继《春秋》而行诛心之法。"② 再如王新成评点云："此书有三大纲，一崇奉建文年号，二追议殉难诸臣爵谥，三讨燕十二大罪，皆具《纲目》之微意。"③（第四十六回回末）又如裴又航评点云："朱子作《纲目》，操褒贬之大权，所以立纲常也。兹稗官者流，亦可谓得其微旨。"④（第四十六回回末）正是基于朱子之"纲目"，吕熊将"正史既定，三百年莫敢翻案"的"逊国靖难之事"，"毅然执笔断之"⑤。而这种作历史翻案之举，正好"合于天理之正，人心之安"。

其实，如果将《女仙外史》的创作主旨与明末清初的社会现实联系起来，我们又会发现作者有借古喻今之意。我们知道，作为明遗民的吕熊经历了明清鼎革的历史巨变，目睹了南明政权在清军的蚕食下，一个个走向灭亡。同时，清廷还采取政治高压的态势，大兴文字狱，以钳制入清士人可能因对故明的念想而生发的对新生政权的不满。在这种风声鹤唳的社会环境中，诸多士人开始不敢过多涉及故明事迹，甚至淡忘故明事迹，而转向对清廷的谀颂。在作者看来，这种现状犹如史载燕王"靖难"与唐赛儿起兵一样，亦是令人感愤的。所以，吕熊或许是基于历史与现实的双重考量，为唤起人们对纲常的维护、对忠烈的褒扬，而创作了《女仙外史》。此抑或这部为历史翻案的小说作品不产生于明代而产生于清初的根本

---

① （宋）李方子：《宋温陵刻本资治通鉴纲目后序》，（宋）朱熹：《资治通鉴纲目》附录二《序跋》，朱杰人等主编：《朱子全书》第11册，上海古籍出版社、安徽教育出版社2002年版，第3502页。
② （清）吕熊：《自跋》，（清）吕熊：《女仙外史》卷首，《古本小说集成》本，第13页。
③ （清）吕熊：《女仙外史》，《古本小说集成》本，第1124页。
④ （清）吕熊：《女仙外史》，《古本小说集成》本，第1124页。
⑤ （清）杨颙：《评论七则》，（清）吕熊：《女仙外史》卷首，《古本小说集成》本，第20页。

原因。

二 "言诞而理真，书奇而旨正"的奇正观

"奇""正"，在先秦道家、儒家、兵家等典籍中多有论述，内涵颇为丰富，后被借鉴进入文学批评领域亦如此，如刘勰《文心雕龙》多次涉及"奇""正"之辨，且多将"奇"与"新""邪""俗"等相并举，而"正"则多与"雅"相并列，刘熙载《艺概》则认为"正者即所谓'约六经之旨而成文'，奇者即所谓'时有感激怨怼奇怪之辞'"①，在小说批评家那里，多是"以真为正，以幻为奇"②。而在《女仙外史》的评点中，"奇"则主要是指"言诞"与"书奇"，"正"则主要指"理真"与"旨正"。

评点者在评点时常常以"奇"与"正"对举的形式出现，如小说第三十三回描写了景清之子景星落草为寇事，韩洪崖评点曰：

> 景公子以青州为妖寇，辱没祖父，是断无归卸石寨之事也。然公子虽有一火力士，探其意中，不无广结刺客侠士，以为报仇之地。所以先写一驴鸣惊人，而异乎寻常；而驴旁之妇人，则又大异乎寻常。于是公子之心动，而向前一揖，即前日求见火力士之初心也。然后隐娘口中露出先救刘超，及今去救铁公子，而景公子之心折矣。作书者故出此险笔，撰为至奇之文章，亦属至正之理路。③

景星落草为寇的故事，确实离奇曲折，八大山人在评点时连用三个"奇"字："（景星）遇一女娘奇矣，而又同入济南府更奇矣，又与副军师

---

① （清）刘熙载：《艺概》卷2《诗概》，上海古籍出版社1978年版，第62页。
② （清）张无咎：《新平妖传·叙》，（明）罗贯中编，冯梦龙补：《新平妖传》，《古本小说集成》，据日本内阁文库藏墨憨斋本影印，上海古籍出版社1994年版。
③ （清）吕熊：《女仙外史》，《古本小说集成》本，第821—822页。

同立伟功,更大奇矣。"① 然而,这一"至奇之文章"并没有偏离"至正之理路"。因为景星在落草之前,并没有认识到唐赛儿起兵的真正目的在于维护建文之正朔,而一旦认清形势,当然会"心折"了。由此可以看出,至奇之文中蕴含着内在的至正之理。

刘廷玑《在园品题二十则》指出《女仙外史》中各种之"奇"。如称其"谈天说地""讲古论今"为"奇而至于精者",称其"缕析分明,本末灿然"的魔道描写为"奇而诞者",称其"微显一贯,阴阳一体"的鬼神论为"奇而玄奥者",又称小说后八十回为"全是空中楼阁"。然而,诸"奇"当中无不蕴含着"理真"与"旨正",如"谈天说地","皆有准则";"讲古论今",均"格物穷理";论鬼神,"能言其已然",亦能"指出其所以然";"全是空中楼阁"的八十回,恰恰是"作书之大旨"。最后,刘廷玑得出结论:"《外史》者,言诞而理真,书奇而旨正也。"② 王新成亦作出类似的评点,曰:"谓之奇书者,论其文也;若论其旨,则为正史。"③(第四十六回回末)

从以上分析,我们可以看出,《女仙外史》在故事描写时,或奇或怪、或幻或诞,但它们都遵循着"理真"与"旨正"的原则。所以,这些故事并不显得荒诞不经,反而有种艺术真实之感。

三 小说与史书相比、小说与小说互较的比较法

诸多评点者在评点《女仙外史》时,常常将其与史书相比较,与其他小说相对比。这种比较的评点方法构成《女仙外史》评点的一大特色。

(一)《女仙外史》与史书之比较。这里的史书主要包括《春秋》《左传》《战国策》《史记》《资治通鉴纲目》《明史纪事本末》等。评点者将

---

① (清)吕熊:《女仙外史》,《古本小说集成》本,第822页。
② (清)刘廷玑:《在园品题二十则》,(清)吕熊:《女仙外史》卷首,《古本小说集成》本,第21—26页。
③ (清)吕熊:《女仙外史》《古本小说集成》本,第1124页。

《女仙外史》同史书进行比较时，主要表现在以下几个方面：

1. 与史书记载的比较。我们知道，谷应泰的《明史纪事本末》对《女仙外史》的创作产生重要影响。所以，评点者在这方面进行比较时，主要是将《女仙外史》的描写与《明史纪事本末》的记载进行对比。在这种比较中，我们发现评点者一方面指出小说取材于《明史纪事本末》，并铺演之。如连双河在第八回回末评点曰："如《明纪事》仅有赛儿得天书、宝剑一语，乃今欲绎出天书如何玄奥，宝剑如何神化。苟使无据，便成鬼话。"① 再如高素臣在第十回回末评点曰："《明史》：董彦杲、宾鸿，原为赛儿之部属。今欲以故然天帝之人，而会绿林之盗侠，如之何其可以圜巧？终夜思之不能得也。逸田先生乃令寒簧生于董氏，既呆且哑，但能呼素娥而礼拜，于是月君现身于云中，而大盗诸人，无思不服。"② 又如八大山人在第三十九回评点曰："按《明史》，女秀才原在梅驸马府中，及梅殷死而不知所往。作书者为之补出。观其欲为驸马报仇，而又救取殉难忠臣公子，是重其有秀才之名与秀才之实也。必如是，方不愧为秀才。"③ 以上三事，《明史纪事本末》卷十八《壬午殉难》、卷二十三《平山东》有记载。④ 从这些记载与小说描写的比较，我们可以看出，小说总体上在不改变史书原有记载的情况下，对它们进行了一些扩展与补充，从而使这些故事情节做到合情合理，又委婉曲折。不过，汪梅坡在第十五回回末评点中指出程济在"正史上并不载其片言半语"⑤，还是有所偏颇的，《明史纪事本末》对其有较多记载。

---

① （清）吕熊：《女仙外史》，《古本小说集成》本，第 193 页。
② （清）吕熊：《女仙外史》，《古本小说集成》本，第 242 页。
③ （清）吕熊：《女仙外史》，《古本小说集成》本，第 962—963 页。
④ （清）谷应泰《明史纪事本末》卷 23《平山东盗》载："初，唐赛儿夫死，赛儿祭墓，回经山麓，见石罅露石匣角，发之，得妖书、宝剑，遂通晓诸术。"（中华书局 1977 年版，第 372 页）"成祖时，有蒲台唐赛儿者，自号'佛母'，能刻楮为人马相战斗，众益信之。于是莒、即墨诸奸民遂蜂起，而贼党董彦杲、宾鸿等亦掠兵应之。"（第 373 页）卷 18《壬午殉难》载："永乐二年（笔者按：1404）冬，都御史陈瑛言殷招纳亡命，私匿番人，与女秀才刘氏朋邪诅咒，几得罪。明年冬，早朝，都督谭深、指挥赵曦令人挤殷死笪桥下，诬殷自投水死。"（第 299 页）
⑤ （清）吕熊：《女仙外史》，《古本小说集成》本，第 368 页。

另一方面，评点者又指出小说为《明史纪事本末》翻案。其中最重要的是为唐赛儿翻案，包括将唐赛儿由史载"妖妇"翻案为"女仙"，由史载"反"翻案为"起义勤王"等。如吕熊在第九十九回回末评点曰："《明史》云：山东蒲台县妖妇唐赛儿反。前贤评之曰：仙乎？妖乎？吾弗知之矣。其间存一疑似甚善。从来物之灵异者谓之妖，人之灵异者谓之仙。'仙'与'妖'两字，原有人与物之殊。是则唐赛儿之为女仙也无疑。夫使赛儿起兵于建文之世，名之曰反，诚然，今起兵于永乐之时，则彼之燕王篡位者，当谓之何？所以书中彼以此为妖寇妖贼，此以彼为逆藩逆贼。赛儿固不能灭燕，即燕亦何曾灭得赛儿？而建文皇帝且宛然在也，故借其位号以彰天讨云。"① 又如高素臣在第一百回回末评点曰："《明史》云：'妖妇唐赛儿反。'此作《外史》者所不平也。故全部以用妖法悉属之于燕，而在月君，则为应兵破之即已。"② 这种历史翻案之举，既是对燕王"篡国"的不满，又是暗指对清廷"篡明"的不满。概言之，此即作者遗民心态的反映。

2. 与史书叙事手法的比较。我们知道，《左传》《战国策》《史记》等史书在记述史实的时候，颇为讲究笔法运用，如叙述时讲究提纲挈领、前后照应、数事并叙、绘声绘色等。这些笔法又为《女仙外史》所汲取，在一定程度可与那些史书相媲美。如提纲挈领方面，刘廷玑在第一回回末评点曰："'有几件至正至大的'数语，是提起大纲，照着全局。如龙门一脉，千支万派，皆肇于此。笔法自《史记》中得来。"③ 再如前后照应方面，汤硕人在第五十九回回末评点曰："月君立阵法，别戎器，分建旗帜服色，精整严密，震惊一时，两军师未能易也。景开府则变其制度，五军皆绛，灿若赤城之霞，而且戎器服色，秩然不紊，奚啻李太尉临戎，旌旗壁垒，为之一新哉。作者却回照到景文曲爱着绯衣，上应景文皆赤，丕扬

---

① （清）吕熊：《女仙外史》，《古本小说集成》本，第2289—2290页。
② （清）吕熊：《女仙外史》，《古本小说集成》本，第2325页。
③ （清）吕熊：《女仙外史》，《古本小说集成》本，第23页。

前烈以致其孝思。文之周致，可追《左氏》。"① 又如数事并叙方面，乔侍读在第六十六回回末评点曰："作史者只叙一人一事为易，若并叙数事则难。如此回谭忠既劫铁鼎之营，而铁元帅又反劫谭忠之前寨，郭开山又劫谭忠之后寨，至俞如海又烧睢水浮桥，葛缵、谢勇又烧敌营粮草，顷刻之间，齐发毕举，请问如何写法？乃作者却于谭忠败逃之际，皆一一点入其耳目中，神乎！神乎！而文于结束处，提出头绪，括尽全局。此等笔法，自《左》《国》中来者。"② 又如绘声绘色方面，宋浅斋（洪崖）在第六十九回回末评点曰："写出一家诈败，一家真败，文字中皆有声有色，有气有焰，能令人失笑，又能令人叫绝，的是《战国》笔路。"③

评点者除通过与《左传》《战国策》《史记》等正面对比来突出《女仙外史》的叙事艺术外，还通过与《明事纪事本末》的反面对比来突出《女仙外史》的叙事艺术，如《女仙外史》善于条分缕析地叙述故事，而《明史纪事本末》在这方面颇有欠缺，李渔村在第二十二回回末评点曰："成祖屠戮忠臣，人多事繁，难分伦次。若为逐一作传，则事以人叙而明；或编年分书，则事以时叙而亦明。《纪事本末》则汇集而分列之，茫不知其为先为后，只以备夫采择耳。余观《外史》，以如许之人，如许之事，条分缕析，合成一局，若梭之贯丝，有纬有经；舆之辚辐，有枘有凿，……"④

3. 与史书创作思想的比较。孟子曰："孔子成《春秋》，而乱臣贼子惧。"⑤ 是谓《春秋》一字寓褒贬、微言大义之笔法，亦谓之"春秋笔法"。《女仙外史》在创作时显然亦借鉴了春秋笔法，表现了作者的创作思想，如龚澹岩在第四十一回回末评点曰："圣公之断燕王曰'方学正"燕

---

① （清）吕熊：《女仙外史》，《古本小说集成》本，第1447页。
② （清）吕熊：《女仙外史》，《古本小说集成》本，第1580—1581页。
③ （清）吕熊：《女仙外史》，《古本小说集成》本，第1650页。
④ （清）吕熊：《女仙外史》，《古本小说集成》本，第539页。
⑤ （清）阮元校刻：《十三经注疏》之《孟子注疏》卷6下《滕文公章句下》，上海古籍出版社1997年影印本，第2715页。

贼反"三字，便是《春秋》之笔'。"① 再如八大山人在第四十一回回末评点曰："圣公言：'即我夫子《春秋》之笔，假之也。'……《春秋》之笔诛心，故虽假之，圣人亦不以为罪。"② 又如陈奕禧在第五十八回回末评点曰："诈请卜万阅兵而擒杀之者，陈亨与刘贞也。然《春秋》之法，首重诛心。故杀卜万者实惟燕王，而亨为从，若刘贞乃是堕其奸计中耳。使贞不孑身遁去，则杀卜万之刃，又加于贞之脖矣。作者特出一闺秀，为表其先人之志，盖予其忠于王朝也。"③

除受《春秋》创作思想影响外，《女仙外史》在创作时还得《通鉴纲目》之微旨。除前文述及的王新成在第四十六回回末与裴又航在第四十六回回末的评点外，张北山还在第七十三回回末评点曰："朱耶，胡人也，而奉昭宗年号，《纲目》予之。刘通，妖贼也，而能奉建文年号，《外史》亦释之。虽不可谓之知义，然较之叛贼，奚啻泾渭耶？余揣作者恶叛逆之甚，故于妖寇无贬辞，其旨微矣。"④

从以上分析，我们发现评点者在比较《女仙外史》与史书时，一方面强调小说对这些史书在史实记载、叙事手法、创作思想方面的继承，另一方面又强调小说在这些方面的突破，甚至翻案，特别是针对《明史纪事本末》。这种文史比较，能使我们较为清晰地看到《女仙外史》在借鉴史书时的匠心所在。

（二）《女仙外史》与其他小说之比较。我们知道，《女仙外史》兼有历史演义小说、传奇小说、神魔小说的特点。所以，评点者在将其与其他小说进行比较时，常常涉及这三类小说，包括《三国演义》《水浒传》《西游记》《封神演义》《三遂平妖传》等，主要表现在以下几个方面：

1. 与其他小说在类似情节上的比较。《女仙外史》与上述三类小说在诸多故事情节上有类似之处。笔者在此仅举数例以说明之。

---

① （清）吕熊：《女仙外史》，《古本小说集成》本，第1011页。
② （清）吕熊：《女仙外史》，《古本小说集成》本，第1011—1012页。
③ （清）吕熊：《女仙外史》，《古本小说集成》本，第1420—1421页。
④ （清）吕熊：《女仙外史》，《古本小说集成》本，第1734页。

如得天书事，《水浒传》第四十一回描写了宋江得九天玄女三卷天书事，《女仙外史》第八回描写了唐赛儿得九天玄女七卷天书事，但在天书内容的描写上，前者未指出天书只言片语，而后者对天书各卷内容有较为详尽的交待。针对二书的不同描写，连双河评点曰："以此而论，《外史》之才，在《水浒》之上。"①

又如劫法场事，《水浒传》第三十九回描写了李逵劫宋江于法场，第六十一回描写了石秀劫卢俊义于法场，而《女仙外史》第二十二回则描写了聂隐娘劫刘超于法场。虽同为劫法场事，但《女仙外史》与《水浒传》的描写有所不同，刘廷玑指出《水浒传》描写劫法场事"真令观者惊心慑魄，然皆有意造此至奇至险之笔"②，而《女仙外史》描写劫法场事则"无意于奇险，而自然奇险之至者"③。

又如比试武艺事，《三国演义》《水浒传》多有描写，《女仙外史》第二十四回描写了刘超、周蛮儿、小皂旗等一群小将的比武，但在具体描写上，它们又有所不同，刘廷玑指出《三国演义》《水浒传》的描写"第嫌其入于绳墨，而不能纵横脱化"，而"《外史》则独出心裁，或显其试于不试之中，或隐其不试于试之外，洵在二书之上"④。

又如豪杰落草事，八大山人认为《水浒传》在这方面的描写"终属牵强"，而《女仙外史》第三十三回描写景清之子景星的落草，则"吻合天然"⑤。

又如斗法宝事，杨大瓢在第七十二回回末评点曰："此回斗法，可敌一部《西游记》，以希奇怪诞之物，皆讲出一片至理，便不落画鬼之诮。然《西游记》之法宝，却不曾说出理来，令人思而得之。至若《封神》《平妖》诸小说所云法物，只足令人喷饭。"⑥

---

① （清）吕熊：《女仙外史》，《古本小说集成》本，第 193 页。
② （清）吕熊：《女仙外史》，《古本小说集成》本，第 539—540 页。
③ （清）吕熊：《女仙外史》，《古本小说集成》本，第 540 页。
④ （清）吕熊：《女仙外史》，《古本小说集成》本，第 583 页。
⑤ （清）吕熊：《女仙外史》，《古本小说集成》本，第 822 页。
⑥ （清）吕熊：《女仙外史》，《古本小说集成》本，第 1715 页。

从以上数例，我们可以看出，评点者在比较《女仙外史》与其他小说类似情节时，多强调《女仙外史》描写的独特之处，更强调其青出于蓝而胜于蓝的优点。

2. 与其他小说在人物形象上的比较。评点者在评点《女仙外史》中的人物形象时，较多地将御阳子吕律与《三国演义》中的诸葛亮进行对比。我们知道，《三国演义》中的诸葛亮是一位足智多谋、忠诚蜀汉而又近似神话的人物，即鲁迅所谓"多智而近妖"① 者也，而《女仙外史》中的吕律在智慧及忠诚方面与诸葛亮不相上下，在治国策略方面却有超出诸葛亮之处，如赋税制度的改革、科举礼仪的制定等，俨然一位施政者的形象。当然，评点者比较二位军师时，并未进行全方位的比较，而主要选取了其出山经过、兵败自责等情节来强化他们之间的对比。如前者，陈求夏在第十三回回末评点曰："军师出处，莫伟于三顾草庐。今御阳子隐在嵩阳，岂有女主而前往就见之体？乃作者偏要月君过访，先以降怪引之，复以驱蝗导之，复又标出奇对以激之，于是改妆请谒，月君始知有御阳子。而御阳子之素知有女真人者，斯时反不知之，迨去久而再卜，方知女真人已顾茅庐，然后吕军师之出处为正。"② 刘备三顾茅庐，犹如唐赛儿三顾嵩阳，既体现了刘备与唐赛儿求才若渴，又体现了诸葛亮与吕律出处之正。但三顾嵩阳与三顾茅庐有一个根本区别，那就是前者是在双方互不知情的情况下进行的，而后者则反之。从而，更加体现出唐赛儿与吕律在维护建文正统上有天然的默契。从这一点上说，吕律又胜孔明一筹。

又如兵败自责情节的比较，程雨亭在第二十八回回末评点曰："御阳子自劾，与孔明同出一辙。然街亭之失，未免知人不明；若卫青之劫，则焉能豫料。而恬然引为己罪，大抵二公之心，易地皆然，总以圣贤自期者。至若后世，既设有条例以为范围，而犹巧为诡避，以冀夫幸免，其品节为何如。"③ 诸葛亮因痛失街亭，而挥泪斩马谡，体现其执法严明，却又

---

① 鲁迅：《中国小说史略》，人民文学出版社 1981 年版，第 129 页。
② （清）吕熊：《女仙外史》，《古本小说集成》本，第 295 页。
③ （清）吕熊：《女仙外史》，《古本小说集成》本，第 678—679 页。

体现其用人不当；吕律因攻打登州军营遭卫青之袭，而揽为己罪，体现其勇于承担责任，却未表现其指挥失误。在这一点上，吕律的境界至少不亚于孔明。

除上述比较外，八大山人还比较了《女仙外史》与《水浒传》在塑造同类人物却具不同个性的形象时的区别，其在第五十三回回末评点曰："第《水浒》诸人，出自草莽屠沽，各用方言，其声音气象，容易逼肖；若诸公子则诗礼之家，冠裳之裔，势不得不用官话而达以文辞，略觉不显。若细心以求，则是龙眠之淡墨罗汉，不假颜色，而须眉面目，迥乎各别者。此二回，程、叶、杨、曾彬彬四公子，一路同行，心事无二，尤为难以区分。乃能写出毫厘之辨，锱铢之爽，比耐庵为较胜矣。"①

3. 与其他小说在叙事笔法上的比较。评点者着重比较了《女仙外史》与《水浒传》《西游记》在这方面的承袭与突破，如叶芥园在第六十三回评点曰："藏兵器于虎腹而诛州牧，安义士于龙头而杀都督，究是吴加亮之运筹，施耐庵之用笔，但别起炉锤，炼出锟铻，更为鲜曜耳。至若绰燕儿，即取舟子木篙，架空为梁，飞登城堞，方悟到粤西飞步独木仙桥，为此伏脉。凡《外史》相生相应，互起互伏之处，乃《水浒》笔法所无。"②再如徐西泠在第八十八回回末评点曰："作文有文笔，有武笔。笔曷谓之武哉？凡《水浒》与演义诸书，其中类多武笔，武比文较难，唯个中人知之。此无戒陡遇少师，纯用武笔，虽一杖横行，而气势遒劲，方略严整，不啻十万雄师，在笔端驰骤。逸叟之才，真可高视千古，俯视一世。余每读之，不禁拍案叫绝！"③又如查书云在第九十回回末评点曰："三仙师与毗邪那斗法，道术已穷，若竟回宫请于帝师，或向别处又请救兵，此《西游记》笔也。于此而欲脱去轨辙，从空别开一路，大文人亦难措手，不知作者何由落想。忽有九鬼子不谋而集，似乎拔刀相助，而仍如风马之绝不

---

① （清）吕熊：《女仙外史》，《古本小说集成》本，第1307页。
② （清）吕熊：《女仙外史》，《古本小说集成》本，第1528页。
③ （清）吕熊：《女仙外史》，《古本小说集成》本，第2077—2078页。

相关者耶？异哉！行文之脉，变化过于圣龙，巧幻过于海蜃，吾不能端倪。"①

除与《水浒传》《西游记》比较外，评点者还将《女仙外史》与其他小说进行了比较，如王竹村在第二十七回回末评点曰："小说家亦偶有叙及两处同日事发者，多不能措手，只以止有一枝笔，却无两张口，文饰完局，到相接处，显然露出笋痕。余看《外史》，取青取莱，既同一日，而刹魔与鬼尊下降，又与两军接战同时。如此纷纭，偏能堂堂叙去，另起头脑，至其绾合，则有灵脉贯通，出自天然。始知才之相越，岂仅什伯已哉。"②

从以上分析，我们可以看出，评点者在比较《女仙外史》与多部经典小说时，更多地指出《女仙外史》在设置类似情节上的超越，塑造人物形象上的突破，运用叙事笔法上的独到。当然，这些评点有时不免有过誉之嫌。但是，这种小说与小说之间的比较评点至少为我们提供了思考的空间与评判的线索。

另外，评点者还比较了《女仙外史》与经典散文在情感表达上的类似之处，如叶芥园在第八十回回末评点曰："读《出师表》而不堕泪者，其人必不忠；读《陈情表》而不堕泪者，其人必不孝；读《十二郎文》而不堕泪者，其人必不慈。余谓读此回而不堕泪者，其人必不仁，必不义，必无恻隐之心。"③ 又如鲁大司成在第八十一回回末评点曰："昔人云：'读《出师表》而不堕泪者，其人必不忠。'夫以千古以上之人之文，而能堕千古以下之人之泪，非神明之有相感哉！今余读钱芹请建文帝复位一篇，亦不禁陨涕。当与武侯二篇鼎立矣！"④

有比较才有鉴别。《女仙外史》的诸多评点者正是利用这一简单的道理，将其与史书、经典小说、经典散文进行了比较。这种比较，一方面使

---

① （清）吕熊：《女仙外史》，《古本小说集成》本，第 2113—2114 页。
② （清）吕熊：《女仙外史》，《古本小说集成》本，第 656 页。
③ （清）吕熊：《女仙外史》，《古本小说集成》本，第 1880 页。
④ （清）吕熊：《女仙外史》，《古本小说集成》本，第 1895—1896 页。

我们认识到小说在创作素材、创作方法、创作思想等方面的渊薮，另一方面又使我们意识到小说在借鉴的同时，为展示作者的创作才华、表现作者的创作心态、表达作者的遗民情感，而对这些史书、小说、散文有所突破。概言之，评点者的比较评点为我们全面剖析《女仙外史》的创作提供了有益的途径。

综上所述，评点者在评点《女仙外史》时体现的主旨说、奇正观，运用的比较法，为我们全面解读《女仙外史》的创作主旨、创作方法、艺术成就等诸方面，提供有益的参考，也为我们解读小说作家在清初时期的遗民创作心态，提供重要的途径。

志怪故事中的遗民情怀

——以《诺皋广志》为例

传奇志怪类小说是清初遗民小说的重要组成部分,而较为集中表达遗民情怀的主要为传奇志怪小说集,主要包括卢若腾的《岛居随录》、陆圻的《冥报录》、曹宗璠的《麈馀》、徐芳的《诺皋广志》等。

《岛居随录》,上下两卷,卢若腾撰。卢若腾(1600—1664),字闲之,号牧洲,自号留庵、自许先生。福建同安人。明崇祯十二年(1639)进士,尝官浙江布政使左参议,分司宁绍巡海兵备道。南明隆武立,授浙东巡抚,后加兵部尚书。隆武亡,归里。时值郑成功开府思明,欣然前往。康熙二年(1663),清兵攻下金门、厦门。次年,遂与沈佺期等东渡,寓澎湖。病亟,遗命题其墓曰"有明自许先生之墓"。著有《留庵文集》二十六卷、《方舆互考》三十余卷、还有《耕堂随笔》《岛居随录》《留庵诗集》《岛噫诗》《浯洲节列传》《印谱》等。惜多散佚,邑人林树梅求数种刊之。①

《岛居随录》的具体创作时间不详,但从书名观之,当为作者于隆武政权灭亡后隐居澎湖时所作。此书上卷分为四类,包括物生、物交、生化、应求;下卷分为六类,包括制伏、反殊、偏特、物宜、魂异、比类。现仅有《清代笔记小说丛刊》本、《笔记小说大观》本两种。② 此书多取

---

① 高育仁等主修、王国璠编纂:《重修台湾省通志》卷6《文教志·文献工作篇·卢若腾》引《连横台湾通史》,台湾省文献委员会1998年版,第11页。
② 《岛居随录》"目次"后引语大致描述了《岛居随录》的刊刻过程:"道光丁亥(笔者按:道光七年,1827)乡人吴君体士赠树梅以乡先贤卢牧洲《岛居随录》稿本二则,蠹粉剥落,逸去'比类'一门。辛卯(笔者按:道光十一年,1831)冬属傅君醇儒访于卢君逢时,遂得完璧。正讹补阙,亟付梓人,经始于是岁十二月。越明年九秋书成。逢时,牧洲先生之侄孙也。"(林树梅作)

材于前人著述，包括正史、野史、笔记、类书等，有些较为琐碎，甚至仅为只言片语，但不少还是具有一定情节的，可以视之为小说，当为一部志怪小说集。现摘录几则，以观其貌。如卷上"物生"类之"人有生于兽者"记述有：

> 梁时有村人翰文秀，见一鹿产一女在地，遂收养之。及长，与凡女有异，遂为女冠。梁武帝为别立一观，号曰"鹿娘"。后死入棺，武帝致祭，开棺视之，但闻异香，不见骸骨。盖尸解也。遂葬棺于毗陵，因号其葬处为"真山"。在今江阴东一十八里。①

卷上"生化"类之"人有化为石者"记述有：

> 宋绍定元年②，昆山石工采石于马鞍山，山摧工压马。越三年，他工采石，闻其声相呼应如平生，报其家，凿山出之，见其妻喜曰："久开乍风，肌如裂。"俄顷化为石，貌如平生。③

卷上"应求"类记述有：

> 妇人怀孕三月，用斧置床底，系刃向下，勿令本妇知，当成男胎。以鸡试之，一窠皆雄。④

从上述几则故事，我们可以看出作者文笔简练，叙事突出，"可与张

---

① （清）卢若腾：《岛居随录》卷上"物生"，《笔记小说大观》第13册，广陵古籍刻印社1983年影印本，第73页。
② 南宋理宗赵昀第二个年号，计6年（1228—1233年）。
③ （清）卢若腾：《岛居随录》卷上"生化"，《笔记小说大观》第13册，广陵古籍刻印社1983年影印本，第78页。
④ （清）卢若腾：《岛居随录》卷上"应求"，《笔记小说大观》第13册，广陵古籍刻印社1983年影印本，第80页。

华《博物志》相颉颃"①。小说集虽记述人类与自然的怪异现象,但仍寄寓自己的遗民情怀于其中,诚如罗联棠于道光十一年(1831)为《岛居随录》作序云:"先生当颠覆流离之际,愤时事不可为,欲以澎湖作田横之岛,自托殷顽,日与波臣为伍,所见皆蛮烟瘴雨、鲛人蜑舍、可惊可愕之状。羁孤冢、寰倾跌,至八九不悔,而犹抱遗编究终始,非直比张华之《博物》《齐谐》《夷坚》之志怪也,其《离骚》《天问》之思乎?"②

《冥报录》,上下两卷,陆圻撰。陆圻(1614—?),字丽京,一字景宣,号讲山。浙江钱塘人。明贡生。圻与弟培、堦皆有文名,时号"陆氏三龙门"。与柴绍炳、吴百朋、陈廷会、孙治、张纲孙、沈谦、毛先舒、丁澎、虞黄昊齐名,称"西泠(亦作西陵)十才子"。康熙初年受庄氏史案牵连,事白后,遁隐黄山学道,子寅号泣请归。不久,又往依岭南金堡于丹崖精舍,忽易道士服遁去(或云:隐武当山为道士),遂不知所终。著有《威凤堂集》《诗礼二编》《陆生口谱》《灵兰堂墨守》《新妇谱》《冥报录》等,其中后二种为《钦定四库全书总目》子部杂家类和小说家类存目分别著录。

《冥报录》现有《说铃》(清吴震方辑)本、《潜园集录》(清屠倬辑)本等。共有二十八篇,其中卷上包括《李华宇》《钟遇哉》《崔四官妻》《陈文学妻》《逆子逐母》《僧天香》《沈自玉》《凌氏女》《漏志高》;卷下包括《黄景范》《蒋仁瑞》《沈兰官》《朱四》《金三》《兖州妇》《陆仆》《同文学》《郭天生》《余杭秀才》《孙伯谌》《潘氏女》《二烈女》《冯南》《陈敬泉》《阮大铖》《曹小蜜》《沈纯斋》《王士彦》。这些故事总体上表现了善有善报、恶有恶报的思想,一方面与作者削发为僧的经历有关,据孙静庵《明遗民录》载:"乙酉之难,培里居自经死。圻匿海滨,

---

① 上海进步书局:《岛居随录提要》,《笔记小说大观》第13册,广陵古籍刻印社1983年影印本,第70页。

② (清)罗联棠:《岛居随录·序》,《笔记小说大观》第13册,广陵古籍刻印社1983年影印本,第71页。

寻至越中，复至福州，薙发为僧。"① 另一方面与作者的遗民心态有关，如卷下《阮大铖》云：

> 阮大铖以私隙杀雷縯祚于狱。清师渡江，大铖迎降，以图富贵。从征入闽，过青草岭，忽颒首曰："介公饶我。"遂跌下马死。介公，縯祚字也。大铖凶恶奸邪、祸人家国，寸磔未足蔽辜，而介公现形，立刻殛死，良可怖也。②

此段我们明显感受到作者对专权误国的阮大铖的痛恨。所以，作者借果报故事，旨在表达自己内心的情感，诚如侯忠义所云："从作者的自述和无衣氏《序》看，他身处明清易代之际，内心有许多隐衷，写作此书，是有所寄托的。书中所载，'皆作善降祥，不善降殃'（笔者按：《冥报录·自序》）的鬼域报应人世的故事，也是对现实社会有所影射，不能把它仅仅看作是自神其教的'释氏辅教'宣传。"③

《麈馀》，曹宗璠撰。曹宗璠，字汝珍，号惕咸。江苏金坛人。生卒年不详。崇祯四年（1631）进士，与同年张溥善，同张明弼等参与复社，"初知黄岩，与太守佐，调封丘，所之有廉惠声"④。入清后，以著书自娱。著有《昆和堂集》十卷、《洮浦集》十卷、《南华泚笔》三卷，惜未见，现仅传《麈馀》一卷。

《麈馀》计有十篇，包括《荆轲客》《翟公客》《豢龙氏》《狱吏贵》《梁蠹樽》《弋视薮》《惊伯有》《大椿》《花蝶梦》和《故琴心》。书中所叙十事，或为古代历史，或为寓言神话，但都寄寓了作者浓厚的遗民意

---

① 孙静庵：《明遗民录》卷43，谢正光、范金民：《明遗民录汇辑》，南京大学出版社1995年版，第786页。
② （清）陆圻：《冥报录》卷下，《四库全书存目丛书》子部第249册，齐鲁书社1995年影印《说铃》本，第616页。
③ 侯忠义、刘世林：《中国文言小说史稿》（下册），北京大学出版社1993年版，第286页。
④ （清）黄容：《明遗民录》卷3，谢正光、范金民：《明遗民录汇辑》，南京大学出版社1995年版，第681页。

识,如《荆轲客》借荆轲前仆后继的抗争,颂扬清初的抗清斗争。再如《豢龙氏》中的二龙、瓔鳞氏、豢龙氏、扰龙氏等都有所喻指,以总结有明君主失德而亡国的教训。再如《翟公客》借翟公客罗雀见风使舵而不得善终,诅咒那些投降清者不会有好的结局。又如《狱吏贵》《弋视薮》等暗喻了清初统治者的高压政策,制造了诸多冤狱与文字狱。又如《大椿》《花蝶梦》借《庄子》中的寓言,表达自己对归隐的向往。小说中的遗民情结,犹如黄容论其诗文云:"申酉之变,流离奔走,其感激愤懑,悉见诸诗文,如怨如怒,如隐如排,如庄语,如寓言。盖其伤宗社之倾覆,而慨身世之祂离,无所发摅,而始寄诸此也。"①

相对于上述几部小说集,《诺皋广志》无论在篇目数量上,还是在表现遗民意识上,堪称清初遗民小说中传奇志怪类的代表之作。

《诺皋广志》,徐芳撰。徐芳,字仲光,号愚山子,一号(或曰字)拙庵。江西南城人。明遗民。生卒年不详。崇祯十三年庚辰(1640)进士,知山西泽州。入清后,以遗逸荐授翰林院左春坊,不就,以葬师游于世,后偕友人邓廷彬隐居山林。王晫《今世说》卷二《言语》采其语曰:"吾侪如鸟中子规,自是天地间愁种。"② 可见其悲凉的遗民情怀。徐芳还对忠于故明者表达敬意,据阙名朝鲜人《皇明遗民传》卷二载:"嘉定侯朱广成久殡,未克葬,芳叹曰:'忠臣之骨,安可使暴露原野!'跨二千里而至,相地葬而后去。钱谦益曰:'仲光苍苍凉凉,孤行孑立,有崖山柴市之忠而不为将相,有西台哲井之节而不忍称遗民云。'"③ 著有《悬榻编》《消喧草》《松明阁诗选》《行脚篇》等。

《诺皋广志》一卷,原出《悬榻编》卷之三《传》和卷之四《记》。《悬榻编》现有清康熙间楞华阁刻本,藏中国国家图书馆,《四库禁毁书丛刊》(王钟翰主编)集部第86册据此本影印。《诺皋广志》后被选入世楷

---

① (清)黄容:《明遗民录》卷3,谢正光、范金民:《明遗民录汇辑》,南京大学出版社1995年版,第681页。
② (清)王晫:《今世说》卷2《言语》,中华书局1985年版,第15页。
③ 谢正光、范金民:《明遗民录汇辑》,南京大学出版社1995年版,第538页。

堂版《昭代丛书》丁集卷十七，末附有杨复吉于乾隆四十年乙未（1775）秋日所作《诺皋广志跋》。《丛书集成续编》（上海书店出版社 1994 年版）第 97 册子部、《丛书集成续编》（王德毅等编，新文丰出版公司 1989 年版）第 213 册文学类据此本影印。本文所述主要依据世楷堂藏版《昭代丛书》本。

另外，《诺皋广志》中的部分篇目被张潮辑《虞初新志》、吴曾祺编《旧小说》等小说选本选录，如《虞初新志》卷五选入《换心记》《雷州盗记》，卷七选入《化虎记》《义犬记》，《旧小说》己集一选入《神铖记》《换心记》《化虎记》《义犬记》。《诺皋广志》的成书时间，现不详，但据书中叙事的最迟时间，即《鬼化虎》篇首云"予甲辰春，自绥安买舟趋延津，舟人吴敬为言其邻子某工于医……"，我们可以推测，此书成书时间当不会早于康熙三年甲辰（1664）春。

诺皋，亦作诺皐，原出葛洪《抱朴子内篇·登涉卷十七》："诺皋，太阴将军，独开曾孙王甲，勿开外人。"① 王明校释曰："诺皋，太阴神名。"② 唐段成式《酉阳杂俎》有篇名《诺皋记》《支诺皋》，专记怪力乱神之事。后借指神怪小说。如清钱谦益《赵灵均墓志铭》云："（灵均）闲托于《虞初》《诺皋》以耗磨光景，陶陶款款如也。"③ 徐芳题《诺皋广志》名，盖仿段著并扩展之。《诺皋广志》作为一部清初传奇志怪小说，目前学界较少涉足，笔者不揣谫陋，尝试探究，以就教于大方之家。

一　志怪故事的大致分类

《诺皋广志》，计 44 篇，就其内容，大致可分为以下几类：

---

① （晋）葛洪撰，王明校释：《抱朴子内篇校释》，《新编诸子集成》，中华书局 1985 年版，第 302 页。

② （晋）葛洪撰，王明校释：《抱朴子内篇校释》，《新编诸子集成》，中华书局 1985 年版，第 317 页。

③ （清）钱谦益：《赵灵均墓志铭》，《牧斋初学集》卷 55，《四部丛刊》本。

（一）灵异生物类

此类小说主要表现动植物的灵异。其在《诺皋广志》中所占比例最大，计20篇。现将各篇涉及的灵异生物列表如下：

表1　　　　　　　《诺皋广志》所见灵异生物及其篇目汇总

篇目	灵异生物	篇目	灵异生物
《颧复仇》	颧、赤火鸟、蛇	《化虎》	虎
《寒空僧》	豕	《化虎二》	虎
《半面人》	蛇、虎	《神化虎》	虎
《冰莲》	冰莲	《鬼化虎》	虎
《蟹报冤》	蟹	《义犬》	犬
《骡报怨》	骡	《义犬二》	犬
《太行虎》	虎	《义鸡》	鸡
《三足虎》	虎	《怪病》	蝎
《梦花潭》	鼋	《怪病二》	蛇
《峰蒲》	蒲	《怪病三》	蛇

由上表可知，此类小说涉及的动物共有11种，植物仅有2种。在11种动物中，又以涉虎篇最多，计7篇，其次为涉蛇篇，计4篇。在这些动植物中，蛇、鼋、蝎是恶的象征，如《颧复仇》中的蛇是啮杀雏颧的元凶，《半面人》中的蛇是毁人面容的残忍者，《怪病》与《怪病二》《怪病三》中的蝎与蛇是制造怪病的根由，《梦花潭》中的鼋是杀人的凶手。小说对虎的描写，除《化虎》表现孝义之外，其它涉虎篇总体上都表现了虎的吃人、食肉的本性，不过"三足虎"有值得人们同情的地方。其他诸篇，总体上都表现了灵异生物的善与义、洁与美的内涵，如颧的复仇、蟹的报冤、骡的报怨、鸡与犬的忠义，冰莲的高洁，蒲的香美。

（二）鬼神魂魄类

此类小说主要描写鬼神、魂魄之事，体现鬼神的力量、魂魄的个性。

鬼神能预知未来，如《十八公》中土神十八公为谭纶的占卜，《天上十科》中神对孙六未来的预示，《神告罗文肃公元》中尊经阁之神晓喻罗元；鬼神能截杀恶人，如《神铖》中的神像击杀了欲弑其母的孽子，《城门鬼火》中的鬼火阻截杀人逃逸者；鬼神能救助孝义者、无辜者，《孝童》中的童子为救母跳崖时得神助而不死，《汴州雷》中一童子不幸遭雷击而死，在神灵的救助下得以复活；鬼神能换人心，使愚者变成智者，如《换心》中的汪氏子得神换心而心智大开，后中进士；鬼神能替人替己诉讼，如《鬼赴讯》中的鬼魅替人诉讼，《诉冤》中的已故邹县令之魂为己诉冤；鬼神能阻止人们不良愿望的实现，如《李龙孙改名》中的李龙孙因梦所感而易名，但仍不能中榜。《海舟》中的李公自日本带回朱熹《大学》注本，行至半途舟止，扔之才得以行；魂魄责备骂人者，如《李卓吾让骂者》中的李卓吾魂魄责备谩骂他的人说："我，卓老也。子何人斯，而亦骂我？"①

（三）因果轮回类

此类小说主要表现了因果报应、生死轮回。其中有表现前世的，如《康进士夙因》中康进士的前世为"沙门中道履坚粹者"，《史状元前因》中史状元的前世为其乡一老僧，《马秦二生夙因》中的马生的前世为虎丘僧、秦生为苦行僧，《绣衣僧》中的陈徵白的前世为绣衣僧；有表现来生的，如《报恩僧再生》中的报恩寺中的老僧因感恩金陵徐国公而投胎成其子；有表现因果报应的，如《马氏诫世篇》中马一元在书写罪责时瞒报一点病情就加重一次，《柳氏之报》中的富人因与人做生意时缺斤少两而遭家破人亡之祸，《荐雷》中的舟卒因乘人之危而遭雷击死。

（四）其他类

此类包括三篇，即《王商异术》《飞鳌峰书石》《雷州盗》。《王商异

---

① （清）徐芳：《诺皋广志》，（清）张潮辑：《昭代丛书》丁集卷17，王德毅编：《丛书集成续编》第213册文学类，新文丰出版公司1989年影印本（下同），第82页。

术》叙一王姓商人在行商中施异术逃过强盗的侵扰,《飞鳌峰书石》叙罗近溪先生在悬崖峭壁上书"飞鳌峰"事,《雷州盗》则叙一强盗冒名顶替任雷州太守事。

当然,上述几类只是对《诸皋广志》的 44 篇作品的大致分类,它们之间部分存在着一定的交叉现象,如灵异生物类中的《蟹报冤》《骡报怨》等,鬼神魂魄类中的《神铖》《城门鬼火》等,明显有因果报应的内涵。灵异生物类中的《鬼化虎》《神化虎》等也有鬼神因素。这种现象并不是《诸皋广志》内容不纯的表现,相反,从创作论的角度来说,它正是其内容丰富的体现。

二 遗民意识的曲折表达

作为明遗民,徐芳在创作《诸皋广志》时,通过传奇志怪的故事寄寓了自己的亡国之痛、故国之思,主要表现在以下几个方面:

(一) 讽喻现实

明季社会官场黑暗、盗贼横行,官逼民反之事时有发生,而这一切社会现实在徐芳的笔下,通过生动的故事,都得到了很好的表现。如《雷州盗》表现的是对明季官场的一种极大讽刺,一位强盗冒充了太守,而且颇为清廉,还得到了雷州百姓的认可:"(盗)抵郡逾月,甚廉干,有治状,雷人相庆得贤太守。其寮属暨监司使,咸诵重之。未几,太守出示禁游客,所隶毋得纳金陵人(笔者按:盗为金陵人)只履,否者虽至戚必坐。于是,雷人益信服新太守乃能严介若此也。"最后,在真太守之子的辨认下,真相才大白于天下,强盗也被绳之以法。东陵生将当时太守直指为强盗,曰:"今之守非盗也,而行鲜不盗也,则无宁以盗守矣!""今之守亦孰有不括其郡之藏若赀而逸者哉?"[①] 明末的盗贼不仅威胁着官场,而且还

---

① (清)徐芳:《诸皋广志》,新文丰出版公司 1989 年影印本,第 86 页。

妨碍了正常的经商活动,《王商异术》正是这方面的表现。然而这些盗贼的兴起,在一定程度上又是被迫抗争的结果,《三足虎》即为作者在这方面的寄寓所在。此篇中的何三仔本是一位老实本分的农民,但他却"常为里豪侵越塍界,阻遏灌道,甚且以他事嫁祸,为虐无已",于是梦寐以求想变成一只虎来进行报复,结果真的成为一只"跳梁搏噬"之虎,"平时所怨,吞啖都尽"①。这与李自成杀妻逃难、金县哗变以及李岩投闯等历史事件,是多么惊人的相似。

(二) 号召抗清

徐芳在用志怪的笔触讽喻明季社会现实、表达自己的故国之思的同时,并没有放弃自己作为明遗民的抗清意识,《诺皋广志》首篇《颧复仇》明显体现了这一点。此篇叙述的是一巨蛇啮杀了雏颧,老颧发现后到别处招集了一群鸟来与巨蛇搏斗。小说描写了一场惊心动魄的蛇鸟大战:

> 越一日,忽有群鸟蔽天而至,而颧为导。既近蛇所,啾噪其上。颧则翩飞上下,时逼蛇若诱敌者,蛇辄张吻,起掠颧时,群鸟中有一鸟色赤如火,喙长盈尺。蛇既腾起,与颧搏。此鸟翩翩,自空而落,疾击之,喙入如锥,深中要害,腥血泉注,蛇立毙。颧与众鸟复蔽空去。②

这段描写有两点值得注意,一是老颧招集来的鸟并非只是颧鸟,而是包括颧鸟在内的众鸟;二是群鸟中最具战斗力的是那只"色赤如火"之鸟。这就明确地告诉我们,要想打败强大凶恶的敌人,大家必须团结一致、共同御敌。同时,"赤"有明显暗喻"朱"之意,即抵御强大的清廷,朱明遗民应是首当其冲。我们从作者对这场蛇鸟大战的议论,明显感受到

---

① (清) 徐芳:《诺皋广志》,新文丰出版公司1989年影印本,第84页。
② (清) 徐芳:《诺皋广志》,新文丰出版公司1989年影印本,第69页。

这一点：

> 噫！如火之鸟非鹳族也，而来为鹳击蛇，岂非鹳痛其雏，自度力之不胜，乞助于此？乌乎！而众鸟之与俱来者，岂非感鹳之急愤、蛇之暴，群起为之助乎？若是则包胥之知信陵之义，物类中固时有之，而人反不之及，谓之何也？鸟之力固不胜蛇，而羽翰之疾，喙咮之利，蛇不胜鸟。以鹳骄之，俟其腾引而疾锥之，用所长以制所短，鸟之算，可谓密矣！蛇暴无厌，既食其子，又欲吞鹳，卒以自毙，强力可终恃乎？①

（三） 宣扬忠义

据《清史列传·贰臣传》载，仕清的明末官员多达120人。虽然这些故明官员投诚变节的原因不一，但在那些明遗民看来，他们都是对朱明王朝的背叛。徐芳正是基于这一考量，在《诺皋广志》中通过对忠义动物的描写，谴责那些叛明降清者的无耻，宣扬忠义的可贵。其中以"义"名篇的就有三则，即《义犬》《义犬二》《义鸡》。

《义犬》中的犬因感激客商的救命之恩而帮助县官侦破了客商被害案，这种忠义行为得到作者的高度赞赏："是荆轲、聂政之所不能全，子房、豫让诸人所不能得遂而竟遂之者也。……夫人孰不怀忠，而遇变则渝；孰不负才，而应猝则乱。智取其深，勇取其沉，以此临天下事，何弗辨焉？予既悲客，又甚羡客之有是犬也，而胜人也。"②

《义犬二》则叙一犬因感徽商救助之恩，全力救助被贪财水手推入水中的徽商。作者在赞扬犬之忠义的同时，也对负恩者提出了警告："犬之

---

① （清）徐芳：《诺皋广志》，新文丰出版公司1989年影印本，第69页。
② （清）徐芳：《诺皋广志》，新文丰出版公司1989年影印本，第92页。

报商，商之仁有以致也。吾故乐举以诫人之负恩，而又为好生者劝也。"①

《义鸡》中就描写了一只替主人报仇的义鸡。它表达对仇人痛恨的行为，令人动容：

> 丁酉秋，有行脚僧过高平县南关，一鸡自肆中出，飞扑之，啄其面碎。傍人驱斥，终不舍。已行，尚追趁十数步。众怪之。他日，僧再过，鸡再扑，啄如前，流血被体。众益怪。②

作者感叹曰："是有数善不忘旧，仁也；不负主，义也。识仇人之面，伺其过而窘之，不能语而以意告人，智也；赴敌不避难，勇也。使须眉中有此，不愧丈夫矣。且人之才力万于鸡，人不能报而鸡报之，须与眉亦奚为哉?!"③ 一只家禽尚且具有"仁""义""智""勇"，而那些由明入清的文臣武将怎么就缺乏呢？其寓意不言自明。

（四）惩戒恶人

作者在号召人们奋力抗清、宣扬忠义的同时，也告诫那些给明廷制造罪孽的人们，而这种告诫主要通过因果报应类的故事来曲折表达。如《神铖》描写了一位孽子欲弑杀其母而遭神像击杀的故事，作者对此事评点云："苏子瞻云：'掘地得泉水，非专在于是。'而世不察，或疑为诞，或以为像之灵。爽若是，而奔走之，皆窥管刻剑而不达于感应之义者也。……罪逆之至，凡其所触，皆为难矣。"④《马氏诫世篇》更为有趣，马一元在书写自己的罪恶时，少写一点病情就加重一次，作者就此事告诫曰："今天下之敢于为恶而不顾者，以为恶之未必皆祸，而几倖于漏网之万一，

---

① （清）徐芳：《诺皋广志》，新文丰出版公司1989年影印本，第92页。
② （清）徐芳：《诺皋广志》，新文丰出版公司1989年影印本，第93页。
③ （清）徐芳：《诺皋广志》，新文丰出版公司1989年影印本，第93页。
④ （清）徐芳：《诺皋广志》，新文丰出版公司1989年影印本，第72—73页。

曰：'苟利吾身，子若孙弗计也。'使知复有冥司之法，绳其后焉，当必慄然返矣。"① 另外，《城门鬼火》《蟹报冤》《骡报怨》《荐雷》等篇中为非作歹的恶人都得到应有的惩罚，《梦花潭》《怪病》《怪病二》《怪病三》诸篇中的为恶一方的怪物也得到了相应的惩处。当然，作者通过因果报应的故事来表达自己对那些于明廷有罪孽者的痛恨，是可以理解的，但不免染上理想化的色彩，也是作者无奈反抗的表现。

三　颇具匠心的创作方法

《诺皋广志》不仅表达了作者的强烈的遗民意识，其在创作方法上也颇有可观之处，主要表现在以下几个方面：

（一）"皮里阳秋"的创作手法

"皮里阳秋"亦称"春秋笔法"，原出《晋书·褚裒传》："谯国桓彝见而目之曰：'季野有皮里阳秋。'其言外无臧否，而内有所褒贬也。"②这种寓褒贬于字里行间的创作手法，即为"皮里阳秋"。徐芳显然借用了这一创作手法，在传奇志怪的行文中表达着自己的思想。如《换心》即其中典型代表。此篇叙徽州一富商因其有乞丐相，为乡人所耻笑，于是全力教育其子，但其子天生愚钝，"性奇憃，呀唔十数载，寻常书卷都不能辨句读"。突然有一天，神为其子换心，"自是敏颖大著，不数岁，补邑诸生，又数岁，联捷成进士"。这种颇似荒诞的故事，在预示着我们当时的所谓文臣武将、王公贵戚有多少需要"换心"，然而这又是不可能的。正如作者所云："若是神之斧日不暇给矣，且今天下之心皆是矣，又安所得仁者、廉者、忠若直者而纳之，而因易之哉？"③作者的痛心与无奈，溢于言表。

---

① （清）徐芳：《诺皋广志》，新文丰出版公司 1989 年影印本，第 76 页。
② （唐）房玄龄等：《晋书》卷 93《列传》第 63《外戚·褚裒传》，中华书局 1974 年版，第 2415 页。
③ （清）徐芳：《诺皋广志》，新文丰出版公司 1989 年影印本，第 85 页。

（二）"实录"的叙述方式

作者在叙述故事时，采用了"实录"的形式，主要表现为采用确切的纪年方式。由于作者为明遗民，在涉及明朝事时，有时采用明帝纪年，有时也只用天干地支纪年，而涉及清朝事时则一律使用天干地支纪年。这种纪年一般出现在故事发生时，现将它们列表如下：

表2　　　　　　　《诺皋广志》所见纪年方式及其篇目汇总

篇目	故事发生时间	明、清帝纪年	公元纪年
《鬼赴讯》	戊寅、己卯间	崇祯十一、二年间	1638、1639年间
《诉冤》	癸未秋	崇祯十六年	1643
《神钺》	庚辰夏	崇祯十三年	1640
《冰莲》	己卯冬	崇祯十二年	1639
《天上十科》	甲申	崇祯十七年	1644
《城门鬼火》	戊戌春	顺治十五年	1658
《蟹报冤》	壬辰冬	顺治九年	1652
《康进士夙因》	辛丑	顺治十八年	1661
《马秦二生夙因》	甲午	顺治十一年	1654
《绣衣僧》	崇祯癸未	崇祯十六年	1643
《报恩僧再生》	天启中		
《李龙孙改名》	己卯	崇祯十二年	1639
《荐雷》	辛卯三月廿五日	顺治八年	1651
《太行虎》	崇祯末		
《雷州盗》	崇祯初		
《汴州雷》	万历中		
《化虎》	乙未春	顺治十二年	1655
《神化虎》	乙未春	顺治十二年	1655
《义犬》	丙申秋	顺治十三年	1656
《义犬二》	崇祯戊寅年	崇祯十一年	1638
《义鸡》	丁酉秋	顺治十四年	1657
《怪病》	万历中		

另外，还有转述别人所叙故事的时间，如《孝童》中的故事即为何碧塘于癸巳（笔者按：顺治十年，1653年）初夏客于曲阜时所听到的，《换心》中的故事为汪进士族子某在庚辰（笔者按：崇祯十三年，1640年）为作者所叙，《鬼化虎》中的故事是舟人吴敬在"甲辰春"（笔者按：康熙三年，1664年）为作者所叙。这种使用确切的纪年来叙述故事的方式，给读者一种实有其事的感觉，这也许是作者的"狡猾"之处。除此之外，作者还明确指出自己所叙故事的由来，或转述他人所述，或自己亲身经历。这种叙述方法，从创作动因上说，是为了增加故事的真实性。从这一点上说，《诺皋广志》颇有唐传奇遗风。

（三）叙议结合的叙事模式

自司马迁著史创立"太史公曰"的模式后，后世纷纷仿效，不仅史书如此，文学作品也深受影响。几乎作为文人专利品的文言小说，亦在所难免。《诺皋广志》即充分体现了这一点。《诺皋广志》虽未篇篇末尾有"愚山子曰"的形式，但却有"愚山子曰"的内容。这种议论的主要特点是由故事内及故事外、由物及人、由此及彼。以《神铖》为例，作者叙述完神像击杀欲弑母的孽子的故事后，首先就故事本末发表议论："帝庙非西市也，神之刀非铁铖也，木偶之将军非有血气知觉、指臂运动也。然异变所激，则金可使飞，土可使跃，块然之手足可使逾阈而搏。假令神不馘是子，其母且不免。神视子之劓刃其母，而不之救，无为贵神矣。然必无是也，即使更入他庙，神之铖亦皆能跳而馘之也。"① 接着又引述苏子瞻语，最后又增述数十年前一则类似故事，孽子遭石合雷击而死。于是作者得出结论："罪逆之至，凡其所触，皆为难矣。"② 如果我们将小说中的故事与议论中的故事，联系到故事发生时的明季社会，我们可以明显感觉到作者所指的两位孽子有其寓意，或即指向明末起义者及清廷，描写了两位

---

① （清）徐芳：《诺皋广志》，新文丰出版公司1989年影印本，第72页。
② （清）徐芳：《诺皋广志》，新文丰出版公司1989年影印本，第73页。

孽子的下场，实际上是诅咒孽子代指对象的下场。这种叙议结合的叙事模式，更有利于读者加深对作品的理解。

（四）突出的形象刻画

《诺皋广志》无论是刻画灵异动植物，还是刻画鬼神魂魄，都有较高的艺术，既反映了这些神怪自身的特点，又赋予了人的特性。如寒空僧来世变成猪后，这只猪既有动物本身具有的特性，又有前世为僧侣的特点："豕渐长，所居蠲洁，与人无异，溲溺皆能自往他处，居常哝哝，作念佛声不辍。有见讯者，但呼寒空师，即蹶然起，其徒教以随喜两手，则伸两前足，十指剪剪骨节皆人，缩之还复为蹄。"① 再如《化虎二》中的由虎而变的五僧，对酒肉颇为贪好，既表现了虎的食肉本性，又是对当时为僧者的一种讽刺。小说不仅对灵异动物有独到的刻画，对魂魄刻画亦是如此。如《李卓吾让骂者》对李卓吾之魂魄的描写，只用寥寥数语，突现了李卓吾的个性："（秦生）至京师，忽大病，见一人前让曰：'我，卓老也。子何人斯，而亦骂我？'生大惧。"作者对李卓吾之语颇为赞赏："有卓老之胸与眼者，骂卓老可也。世之骂卓老者，皆卓老之所谓'子何人斯'者也"②。谢国桢亦对此篇所表现的人物刻画也很是赞赏："《李卓吾让骂者》一条，尤足见其风尚。"③

综上所述，《诺皋广志》是清初一部颇具特色的志怪小说集，在 40 余篇光怪陆离的故事情节中，作者利用匠心独运的创作方法，将自己的遗民情怀表达得淋漓尽致，尤其突出的是两个方面：一是体现自己反清复明的斗争精神。作者将《鹳复仇》置于篇首，即是这种斗争精神的寄托，特别是此篇中的赤火鸟，完全是一个反清复明的斗士的化身；二是体现自己对清廷的不认可。小说在描述发生于明朝的故事时，几乎均使用明帝年号，

---

① （清）徐芳：《诺皋广志》，新文丰出版公司 1989 年影印本，第 70—71 页。
② （清）徐芳：《诺皋广志》，新文丰出版公司 1989 年影印本，第 82 页。
③ 谢国桢：《增订晚明史籍考》，上海古籍出版社 1981 年版，第 913 页。

而在描述发生于清朝的故事时，不使用清帝年号，只使用天干地支来纪年。这种现象在明遗民诗文集中是一种非常普遍的现象。究其原因，还是这些明遗民作家内心深处对明廷眷念、对清廷抵触的情绪表现。

吴肃公《阐义》初探

《阐义》,二十二卷,吴肃公辑。吴肃公(1626—1699),字雨若,号晴岩,一号逸鸿,别号街南,学者尊称街南先生。安徽宣城人。明末诸生。入清后不仕,以卖字行医为业,与黄宗羲、王猷定、徐枋、蒋平阶、李邺嗣、魏禧等交游。吴肃公著述颇丰,主要有《读书论世》十六卷、《明语林》十四卷、《阐义》二十二卷、《街南文集》二十卷、《街南续集》七卷等。其中《阐义》是其唯一一部选编的作品。据孙殿起《贩书偶记》卷六"传记类·总录之属"著录,《阐义》有康熙间慕园刊十卷本和二十二卷本两种。其中二十二卷本为全本,此本为《四库禁毁书丛刊》(北京出版社2000年版)子部第11册影印,亦是本文论述所依据的版本。

二十二卷本《阐义》总体上分成两个部分,即前十九卷为志人部分、后三卷为志怪部分。志人部分又分为义民、义客、义属、义弟子、义童、义工、义卒、义道士、义僧、义女、义奄、义隶、义仆、义婢、义丐、义屠、义盗、义优、义娼等十九类,计393则,涉及人物400余人。志怪部分分为义兽、义禽、义虫鱼三类,计113则,涉及动物43种。

作为明遗民的吴肃公,在搜罗古今忠义故事时,既重视故事来源的多样化,又重视下层民众故事的选择,其终极目标均是体现自己的遗民情感。

一　材料来源多样化

《阐义》中的 506 则故事，均有一定来源。其中明确标明出处的计有 151 则，参见本文附表《〈阐义〉标明出处篇目》。从此表我们可以看出，《阐义》在选编故事时，总体上具有材料来源多样化的特点。具体表现在以下几个方面：

（一）时间跨度大

在此表中，我们发现，作者采录的忠义故事，最早可追溯到《礼记》，如卷十六"义屠"中的《杜蒉》，即来源于《礼记》卷九《檀弓下第四》。最迟到作者所处的明清之际，如卷一"义民"中的《髯樵》采自顾彩的《髯樵传》，卷二"义客"中的《徐起凤》采自李清的《三垣笔记》之《附识中·崇祯》，卷十五"义丐"中的《百川桥丐儿》采自邹漪的《明季遗闻》卷三《南都下》，卷十七"义盗"中的《孝贼》来自王猷定的《孝贼传》，甚至有些篇目直接来自己的文集，如卷一"义民"中的《颜佩韦五人》来自《街南文集》卷十五《五人传》①。从春秋战国到清初的两千多年的时间里，《阐义》几乎涉及每一个朝代，从已标明故事发生朝代的篇目来看，以汉、宋、明三朝的故事为最多，但在各卷中的分布并不均衡，如卷一"义民"计有 32 则，明朝有 16 则，占一半之多，汉朝仅为 2 则，宋朝仅为 3 则；再如卷二"义客"计有 12 则，宋朝有 7 则，超过一半，汉朝仅 2 则，明朝仅 3 则；再如卷三"义属"计 32 则，汉朝有 18 则，亦超过一半，宋朝则没有，而明朝仅 1 则。其他卷目大致如此。

那么，《阐义》为何在选编故事时会呈现这样的特点呢？笔者认为原因有二：一是与作者博览群书有关。我们知道，《阐义》标明出处的故事

---

① （清）吴肃公：《街南文集》，《四库禁毁书丛刊》集部第 148 册，北京出版社 2000 年影印本，第 253—255 页。

计有 151 则，至少说明作者翻阅过这些引用书目。而那些未标明出处的故事，其实也是有一定来源的，如卷一"义民"中的《马适求》即来源于《汉书》卷九十九下《王莽传下》。又如该卷中的《华文荣》则来自宋人司马光《资治通鉴》卷第一百四十五《梁纪一》，北齐魏收《魏书》卷五十九《萧宝夤列传》、唐李延寿《北史》卷二十九《萧宝夤列传》等亦有记载。再如该卷中的《潘盎》，来源于宋人江少虞《宋朝事实类苑》卷第五十四《忠孝节义》之"潘盎"条，苏轼诗《和何长官六言次韵五首》其二"学道未逢潘盎，草书犹似杨风"及元人孛兰肹等《元一统志》卷十《梧州路》等亦涉及潘盎事。这些故事虽未标明出处，但作者至少对这些故事的来源或相关书籍有所涉猎。二是与记载各个朝代忠义故事的多寡有关。《阐义》各卷故事的数量不一，来自不同朝代的故事的数量也有差别，这与记载各个朝代忠义故事的数量有很大关系。以正史为例，《宋史》中的《忠义传》计有十卷，还有一卷《孝友传》，《明史》有七卷《忠义传》、两卷《孝义传》，《史记》《汉书》虽未专列《忠义传》《孝义传》等，但诸多忠义故事均穿插于各列传当中。相比较而言，其他朝代的正史（除《清史稿》外）中的《忠义传》《孝义传》等的卷数较少。故此，《阐义》采录的汉、宋、明三朝的忠义故事最多，与正史的记载亦是相吻合的。

（二）引用书目庞杂

《阐义》标明出处的引用书目多达 100 余种。这些书目主要分为史书（包括野史）、笔记、小说集、文集、总集、方志等。其中史书包括《史记》《汉书》《后汉书》《三国志》《南史》《五代史》《宋史》《金史》等正史，以及《汉晋春秋》《晋记》《国史补》《朝野佥载》《天宝遗事》《朝野遗纪》《甲申纪事》《明季遗闻》《劫灰录》等野史；笔记包括《辍耕录》《谈宾录》《涑水记闻》《随隐漫录》《笔奁录》《桯史》《邵氏闻见录》《齐东野语》《江邻几杂志》《遂昌杂录》《名山藏》《菽园杂记》《寓园杂记》《湧幢小品》《读书镜》《留青日记》《三垣笔记》等；小说集包括《搜神记》《续搜神记》《幽明录》《述异记》《集异记》《唐世说》《录异记》《谈苑》《谐史》《语林》《稽神录》《夷坚志》《剪灯新话》《青泥莲花记》《续艳异编》《虞初志》等；文集包括《放翁集》《高启集》《文长集》《王弇州集》《江文石集》《城南集》《田间集》《街南集》《魏学洢文集》等；总集主要包括《太平广记》《太平寰宇记》等；方志包括《宁国府志》《宁郡志》《靖江县志》《建宁志》《海隅志》等。甚至还出现了一些疑为散佚的书目，如《海盐记》《张庆集》《唐贤抒情集》《虎蔚》《说宝》《阴阳变化录》等。

《阐义》在采录故事时所标明的书目，绝大多数是正确的，但亦有个别出现错误。如作者在《晋屠蒯》与《杜蒉》（卷十六"义屠"）两则故事后，作注云："二事疑一人，一见《国语》，一见《檀弓》，并存之。"这一注中，杜蒉事确出于《礼记》卷九《檀弓下第四》①，但晋屠蒯事并非出于《国语》，而是出于《左传》，现摘录如下：

> 晋荀盈如齐逆女，还。六月，卒于戏阳，殡于绛，未葬。晋侯饮酒乐。膳宰屠蒯趋入，请佐公使尊，许之，遂酌以饮工，曰："女为君耳，将司聪也。辰在子卯，谓之疾日，君撤宴乐，学人舍业，为疾故也。君之卿佐，是谓股肱。股肱或亏，何痛如之？女弗闻而乐，是不聪也。"又饮外嬖，嬖叔曰："女为君目，将司明也。服以旌礼，礼以行事，事有其物，物有其容。今君之容，非其物也。而女不见，是不明也。"亦自饮也，曰："味以行气，气以实志，志以定言，言以出令。臣实司味，二御失官，而君弗命，臣之罪也。"公说，撤酒。初，

---

① （清）阮元校刻：《十三经注疏》之《礼记正义》卷9《檀弓下第四》，上海古籍出版社1997年影印本，第1305页。

公欲废知氏而立其外嬖，为是悛而止。①

笔者将其与《晋屠蒯》进行对比，发现《阐义》仅有两处未采录，一处是荀盈卒时"六月"，一处是"亦自饮也"中的"也"字，而其余部分与《晋屠蒯》完全相同。所以，《晋屠蒯》出自《左传》是毫无疑问的。不过，像这样标错书目的现象在《阐义》中并不多见。

（三）采录形式多样

《阐义》在采录故事时，主要采用移录、略改、简化等三种方式。

移录的采录方式，是指全盘摘录原书内容的方式。这种采录方式，在《阐义》中运用得较为普遍，上文涉及的《晋屠蒯》即为一例。笔者在此再举一例，以观其概。如卷十七"义盗"中的《孝贼》即采录于王猷定《孝贼传》。王氏《孝贼传》云：

> 贼不详其姓名，相传为如皋人，贫不能养母，遂作贼。久之为捕者所获，数受笞有司，贼号曰："小人有母，无食以至此也。"人且恨且怜之。一日，母死。先三日廉知邻寺一棺寄庑下，是日召党具酒食，邀寺中老阇黎痛饮，伺其醉，舁棺中野，负母尸葬焉。比反，阇黎尚酣卧也。贼大叫，叩头乞免。阇黎惊，不知所谓。起视庑下物，亡矣。亡何，强释之。厥后不复作贼。②

笔者将其与《阐义》中的《孝贼》进行对比，发现《孝贼》仅比原文《孝贼传》少6字，即"起视庑下物，亡矣"与"后不复作贼"之间

---

① （清）阮元校刻：《十三经注疏》之《春秋左传正义》卷45"昭公九年"，上海古籍出版社1997年影印本，第2057—2058页。

② （清）王猷定：《四照堂文集》卷之4《孝贼传》，《四库未收书辑刊》伍辑第27册，第252页。

的"亡何，强释之。厥……"6字，其余部分完全相同。从上述二例，我们可以看出《阐义》在使用移录方式进行采录时，几乎对原文不作任何修改，从而保留了原文的原始性。

略改的采录方式，是指《阐义》对原书稍作修改，而在故事情节与篇幅，甚至主要文字上并未改动。这种采录方式在《阐义》中运用得也较多。笔者在此仅以卷二"义客"中的《徐起凤》为例。此则故事来自《三垣笔记》之《附识中·崇祯》：

> 徐起凤者，以佣书从（申）佳胤凡十年，佳胤殉节后，僮仆或散去，起凤啼号柩次，不少离。贼从关东溃回，欲肆焚戮，佳胤子煜掖太夫人夺门出，僮仆皆从，独起凤请留，曰："俱去，榇谁与守？"已，贼果焚民居，将及寓，起凤泣曰："吾主以忠死，愿勿焚。"贼怒鞭之，起凤叩请愈哀，贼为感动，卒不焚。及北兵至，逐居民外徙，令下三日，室中所有纵掠不禁。起凤惧，遍求里人在京者，得镌工朱攀桂等二十馀人，舁榇出，寄天宁寺，故得全。①

《阐义》中的《徐起凤》基本上保留了原文的情节，只是在某些文字上有所修改与增删。从这些改动的地方，我们可以看出《阐义》在刊刻时是有所避讳与忌讳的。如《徐起凤》中仅出现一次"嘉胤"，其余均用"公"代替，而且"胤"字还缺首笔，笔者疑为避雍正"胤禛"之讳，而《四库禁毁书丛刊》在影印时所据的版本为康熙四十六年（1707）慕园刻本，但仅从这一避讳言，此本似应于雍正时期刊刻。再如《徐起凤》将原文中的"及北兵至"删除，笔者疑此本刊刻时是为忌讳清廷而有意删除。因为如此一删，从语法上说，"逐居民外徙""纵掠不禁"者就成为"贼"了。

---

① （清）李清：《三垣笔记·附识中·崇祯》，中华书局1982年版，第231页。

简化的采录方式，是指保留原来故事的主要情节、删除次要情节的方式。这种采录方式在《阐义》中运用得不是很多，主要是针对一些篇幅较长的原文所采用的方式。如卷十九"义娼"中的《李娃》即为代表。它将原出《异闻录》中的白行简创作的 3500 余字的《李娃传》，删减为仅 435 字。① 如《李娃传》中颇为曲折的"倒宅计"情节，在《李娃》中仅以"姥意息，以计赚生徙他处"而一笔带过。可见《阐义》简化原文之一斑。但由于《阐义》着重要表现"义"的内涵，所以《李娃》在"义"的细节上并未进行简化，如李娃与老鸨、与势利士人之间的对话。

《阐义》在采录标明出处的故事主要采用了上述三种主要方式，但对于那些未标明出处的故事大体也是这三种采录方式。如卷一"义民"中的《马适求》并未标明出处，但这一故事显然来自汉班固《汉书·王莽传》："巨鹿男子马适求等谋举燕、赵兵以诛莽，大司空士王丹发觉以闻。莽遣三公大夫逮治党与，连及郡国豪杰数千人，皆诛死。"② 而《马适求》则为："马适求，巨鹿男子。王莽篡汉，适求谋举燕赵兵以诛之。大司徒王丹，以觉以闻。莽遣人逮治党与，连及郡国豪杰，数千人皆死。"③ 从史书的记载与《阐义》采录的比较，我们可以看出《马适求》采用了略改的采录方式。同时，移录、简化等采录方式在未标明出处的故事中亦有所运用，在此不一一举例。

二 关注下层民众

《阐义》在辑录古今忠义故事时，将目光投向了下层民众。这是此书

---

① 据汪辟疆在《唐人小说·李娃传》后考证云："此传收入《太平广记》，（四百八十四）而下注出《异闻集》，惟《广记》四百八十四以下九卷，为杂传记类。其中所收，皆属单篇，则是此传虽收入《异闻集》，在宋初以前，固尝单行也。"（上海古籍出版社 1978 年版，第 106 页）
② （汉）班固：《汉书》卷 99 下《王莽传下》，中华书局 1962 年版，第 4163 页。
③ （清）吴肃公：《阐义》卷 1《义民·马适求》，《四库禁毁书丛刊》子部第 11 册，北京出版社 2000 年影印本，第 7 页。

的一大特色。多达 19 卷的人物传记，共记录了 400 余人的故事。在这 400 余人中，绝大多数为下层民众，即使有些人物如高力士、怀恩、王承恩等，貌似地位较高，但其阉宦的身份还是与皇亲国戚和名公巨卿不可同日而语。《阐义》在关注下层民众时，几乎涵盖了各种行业与职业，其中，家庭、官府、宫廷附属人员的种类为最多，包括门客、属吏、弟子、书童、士卒、阉宦、府隶、奴仆、奴婢等；其次为一般民众，包括平民、工匠、烈女、烈妇、宰屠等；再次为宗教人士，包括道士、僧人；甚至还包括社会末流人员，如乞丐、盗贼、优人、娼妓等。那么，作者为何倾心于搜集这些"下里巴人"的故事呢？笔者认为其主要原因在于：

（一）与作者入清后的生活经历有关

甲申国变后，吴肃公"诸父（笔者按：如叔父吴垌、舅父麻三衡等）愤谢诸生"[1]，于是其"黄冠野服"[2]，"亦耻与于试，但以举子艺授徒而已"[3]，还"卖字行医"[4]，与下层民众有着广泛的接触。吴肃公常常是疾病缠身，据其自撰《墓志铭》载："善病，多废疾，目眇臂挛，疝痔鼻渊，晚而喘欬足痿。"[5] 多病的吴肃公并未参与宣城的抗清斗争，但是其舅父麻三衡却是宣城一位著名抗清将领，《明季南略》载："麻三衡，字孟璿，宣城人，布政使溶之孙。生有异相，长好习武事，以诗酒自豪。既起兵，与旁近诸生吴太平、阮恒、阮善长、刘鼎甲、胡天球、冯百家号称'七家军'，皆诸生也。三衡驻兵稽亭，每战当先，舞大刀陷阵，人多畏之。后以众寡不敌被获，杀于江宁，七家皆死。"[6] 舅父麻三衡等人的抗清斗争，

---

[1] （清）吴肃公：《街南遗老吴晴岩暨配麻氏合葬墓志铭》，《街南续集》卷 6，《四库禁毁书丛刊》集部第 148 册，北京出版社 2000 年影印本，第 454 页。
[2] （清）卓尔堪：《明遗民诗》卷 12，中华书局 1961 年版，第 467 页。
[3] （清）吴肃公：《街南遗老吴晴岩暨配麻氏合葬墓志铭》，《街南续集》卷 6，《四库禁毁书丛刊》集部第 148 册，北京出版社 2000 年影印本，第 454 页。
[4] 邓之诚：《清诗纪事初编》，中华书局 1965 年版，第 126 页。
[5] （清）吴肃公：《街南遗老吴晴岩暨配麻氏合葬墓志铭》，《街南续集》卷 6，《四库禁毁书丛刊》集部第 148 册，北京出版社 2000 年影印本，第 455 页。
[6] （清）计六奇：《明季南略》卷之 4《宣城麻三衡》，中华书局 1984 年版，第 270 页。

对吴肃公是有一定影响的,我们从《阐义》将"义民"置之首卷可窥之,诚如此卷序云:"予观于前代编户穷庐,慨然激烈,未尝不间出于君亡国破之际,不啻夫委贽之谊者,庄周所谓'无所逃于天地之间'者,非耶?民以下,若卒、若隶,以迄含牙戴角之伦,靡不各效其灵于所当报,竟率土之义乎?《阐义》首民,世毋谓蚩蚩者,不足语也。"①"义民"中诸多激于义而抗争的历史人物,恰如现实中诸多像麻三衡一样的抗清义士。

吴肃公除在"大义"上拒绝与清廷合作外,在"小义"上还表现为对其恩师沈寿民无微不至的照顾,据嘉庆二十年(1815)《宁国府志》载:"寿民避迹湖北,抱疾,肃公侍汤药两月。易箦时,为师栉纚治发簪,群称义弟子云。"②

总之,吴肃公在现实生活中实践着自己的"大义"与"小义",以及其现实生活中观察到的下层民众的各种"义"的行为。正是基于这一现实生活的经历,《阐义》将目光投向下层民众亦是理所当然,如梅庚《阐义·序》所言:"街南吴先生涉衰世之末流,身所睹记,有概于中,欷歔感触,殆有什伯于子舆时者。此《阐义》之书所由作欤。"③

(二) 与作者崇实思想有关

我们知道,阳明心学在中晚明时期大行其道,而且有一种不良倾向,那就是越来越脱离现实而走向虚空。由明入清的有识之士,开始对这种儒学的不良倾向进行反思与纠正。吴肃公即是其中一员。其自撰《墓志铭》云:"(国变后)已乃学为古文,崇实用。久之,研穷圣学,毋论异端邪说,堪舆禄命之术,举不能惑。虽先儒传注,世所恪遵,刺谬于圣人,必

---

① (清)吴肃公:《阐义》卷1之《义民序》,《四库禁毁书丛刊》子部第11册,北京出版社2000年影印本,第7页。
② (清)鲁铨等修、洪亮吉等纂:《嘉庆宁国府志》卷28《人物志·儒林》,《中国地方志集成》之《安徽府县志辑》第44册,据民国八年(1919)泾县翟氏宁郡清华斋影印本影印,江苏古籍出版社1998年版,第253页。
③ (清)梅庚:《阐义·序》,《四库禁毁书丛刊》子部第11册,北京出版社2000年影印本,第3页。

摘无遗。以明善为格物，即集义以为仁。弟子从游会讲，有叛去者，里中讪笑，勿顾。著书自信以待真儒，不自嫌其妄也。"① 嘉庆二十年（1815）《宁国府志》亦载："时姚江《传习录》充斥宇内，肃公辞而辟之，以明道为格物，即集义以为仁，著《正王论》。其大旨曰：传注者，圣人之教之所寓以明也，阳明悉牾而异之，自谓得性天之妙，于语言声臭之表，契虚无之悟，为易简直捷之宗，卒之言天愈渺而见性愈微，比释氏而弗惜也。洒洒千言，渑淄立判。从游者日众，立《明诚会约》，详《全集》。远近知者，率称晴岩先生。"② 概言之，吴肃公的崇实思想为"以明诚为入德之基，以精义为制事之本"③。

正是由于这种崇实思想，吴肃公在《阐义》中阐释了《论语》中较少涉猎的"义"的内涵，如梅庚《阐义·序》言："《论语》一书与门弟子问答，详于'仁'而罕及于'义'。《孟子》七篇则仁义并举为多，而于义利之辨尤为深切著明，至儆之以弑夺，方之于穿窬。其时去孔子仅百有余岁岌岌焉，为世道人心之坊已若是。"④ 而吴肃公选择下层民众为对象来阐释"义"的内涵，可谓颇为匠心独具，如刘楷《阐义·序》言："史册所传君臣师友间反颜事仇、操戈入室，往往不免，君子所为长太息也。然天地之经如夜复旦，原不尽泯，学士大夫所显背，而细民微物辄隐隐相维系。街南表而出之以警斯人，而觉后世。自氓工仆隶下，及跂飞蠢动之属，苟协于义，则必亟登焉。比事连类，传疑征信，其致力可谓勤，而用

---

① （清）吴肃公：《街南遗老吴晴岩暨配麻氏合葬墓志铭》，《街南续集》卷6，《四库禁毁书丛刊》集部第148册，北京出版社2000年影印本，第454—455页。
② （清）鲁铨等修，洪亮吉等纂：《嘉庆宁国府志》卷28《人物志·儒林》，《中国地方志集成》之《安徽府县志辑》第44册，据民国八年（1919）泾县翟氏宁郡清华斋影印本影印，江苏古籍出版社1998年版，第252—253页。
③ （清）梅庚：《阐义·序》，《四库禁毁书丛刊》子部第11册，北京出版社2000年影印本，第3页。
④ （清）梅庚：《阐义·序》，《四库禁毁书丛刊》子部第11册，北京出版社2000年影印本，第3页。

意可谓远矣。"①

总之，吴肃公的崇实思想与清初的经世实用思潮是一致的。而《阐义》通过下层民众身上所体现的"义"的内涵，来重新阐释儒学中的"义"，正是这种崇实思想的表现。

（三）与"卑贱者"所具有高贵的品质有关

学界常常将地位卑下而具有高贵品质的人谓之"卑贱的高贵者"，如《西厢记》中的红娘等。如果说有些文学作品只是散落着一些"卑贱的高贵者"，那么《阐义》则是"卑贱的高贵者"的集大成者。在这群"卑贱的高贵者"当中，有不少为我们所耳熟能详，如力救赵氏孤儿的公孙杵臼、程婴，不肯事汉而自刎的田横客，公然反抗安禄山的雷海清，不离不弃落魄士人的李娃，不畏阉党淫威而就义的五义士，不屈从阮大铖等阉党余孽的李姬，等等。但是，大多数还是并不为人们所熟知。以卷四"义弟子"为例。据此卷首序，此卷应为作者后来增入部分，且有感于有些古代弟子不义于师事，"北魏徐遵明，一年而三易其师；李业兴于所师，虽类受业，不终而去；又或恣其狂噬，若胡梦炎之于朱子；阳推阴陷，若邢恕之于伊川。至于是非祸患之际，避匿自远，为郭忠孝者，不可胜数也"②。此卷计辑有 33 位"义弟子"，包括汉代的云敞、侯芭、廉范、桓典、景顾、冯胄、王调、赵承、郭亮、董班、胡腾、朱穆、杨政、任末、礼震、高获、戴封，三国的夏侯惇、牵招，晋代的许孜、费慈、宰意，唐代的员半千，宋代的喻侣、南强，元代的倪元镇、顾润之，明代的黎贞、林嘉猷、王绅、洪澜，清代的梁份、俞载公。在这 33 位"义弟子"中，除三国的夏侯惇等我们较熟悉外，其余大多并不为我们所熟知。但是他们对恩

---

① （清）刘楷：《阐义·序》，《四库禁毁书丛刊》子部第 11 册，北京出版社 2000 年影印本，第 2 页。

② （清）吴肃公：《阐义》卷 4 之《义弟子序》，《四库禁毁书丛刊》子部第 11 册，北京出版社 2000 年影印本，第 34 页。

师的崇敬却颇为感人，如扬雄弟子侯芭，在扬雄死后"负土成坟，号曰'玄墓'，行丧三年"①；再如方孝孺弟子林嘉猷，初师同邑王琦，"琦坐累谪云南，无敢送者，猷徒步千里追之，泣而别"，又与郑智"负笈六千里，走蜀中师孝孺，孝孺征入，从焉"②；又如魏禧弟子梁份，在其师卒于仪真后，"心丧三年"，"蔬素啖粥"，"以师丧之故也"③。这些默默无闻的名师弟子，我们或许看不出他们在哪个方面有所建树，但他们身上体现的身为弟子的崇高品德，还是值得我们去关注的。所以，吴肃公在"义弟子"中称道的那种浓浓的师生情谊，对于现今社会亦颇有借鉴意义。

总之，"卑贱者"虽地位卑贱，但并不意味着他们身上的品质亦卑贱。相反，他们常常在大是大非面前表现出令人惊叹的精神与品质。或许这正是吴肃公关注下层民众的一个重要原因。

三 表现遗民意识

吴肃公在入清后能坚持自己的民族气节，一方面受"诸父"的影响，其自撰《墓志铭》云："诸父愤谢诸生，肃公亦耻与于试"④。另一方面，亦是更为重要的方面，那就是与其师沈寿民有密切关系。沈寿民（1607—1675），字眉生，号耕严。安徽宣城人。与徐枋、巢鸣盛并称"海内三遗民"。明末与弘光朝时，敢于与阮大铖等做斗争。明亡后，坚拒荐举，《国朝先正事略》载："溧阳陈名夏雅善先生，既入相府，特疏荐之，遣使寓书。先生不发函，对使焚之。溧阳意犹未已，先生遗书曰：'龚胜、谢枋

---

① （清）吴肃公：《闱义》卷4《义弟子·侯芭》，《四库禁毁书丛刊》子部第11册，北京出版社2000年影印本，第34页。
② （清）吴肃公：《闱义》卷4《义弟子·林嘉猷》，《四库禁毁书丛刊》子部第11册，北京出版社2000年影印本，第39页。
③ （清）吴肃公：《闱义》卷四《义弟子·梁份》，《四库禁毁书丛刊》子部第11册，北京出版社2000年影印本，第39页。
④ （清）吴肃公：《街南遗老吴晴岩暨配麻氏合葬墓志铭》，《街南续集》卷6，《四库禁毁书丛刊》集部第148册，北京出版社2000年影印本，第454页。

得，智非不若皋羽、所南也；而卒殒躯者，由多此物色耳。今之荐仆者，直欲死仆耳。'溧阳叹息，止。自是避人愈坚，足不履城市者三十年。当事或邀之，及半道，望望然去。"① 恩师的垂范，砥砺了吴肃公的民族气节，《清诗纪事初编》卷一"吴肃公"条称："自题其像云：'翩翩者五十年韦布之身，峨峨者三百年方角之巾。'预作《墓志》云：'幅衣皂帽，衣袂轩举。'《宋遗民四先生诗序》云：'宋之天下亡于蒙古，而人心不与之俱亡。'可以知其志矣。"② 这种"志"即遗民情怀，其在《阐义》里也得到充分的体现。

（一）对"篡国者"的反抗

这里的"篡国者"是指那些通过摄政、战争等手段夺取政权者，包括统治集团内部成员、农民起义者、外族入侵者等。所以，反抗这些"篡国者"的故事主要集中在朝代或政权鼎革之际，如王莽篡汉（含摄政时期）、安史之乱、两宋之间、宋元之际、明初靖难及明清之际。笔者在此仅以卷一中的《赵明、霍鸿》为例，作具体分析。

《赵明、霍鸿》主要记述了赵明、霍鸿反抗王莽的故事：

> 居摄元年，东郡太守翟义起兵讨莽，自茂陵以西至汧三十县并发。槐里男子赵明、霍鸿等起兵以和翟义，相与谋曰："诸将精兵悉东，京师空，可攻。"于是攻长安，烧宫寺，杀右辅都尉菱令，众十余万。火见未央殿，莽日夜抱孺子祷宗庙，遣诸将军破翟义，又击明等杀之。③

---

① （清）李元度：《国朝先正事略》卷45《遗逸·沈耕岩先生事略》，文海出版社1967年版，第1873页。
② 邓之诚：《清诗纪事初编》，中华书局1965年版，第126页。
③ （清）吴肃公：《阐义》卷1《义民·赵明、霍鸿》，《四库禁毁书丛刊》子部第11册，北京出版社2000年影印本，第7页。

这一故事采录于《汉书》卷八十四《翟方进传附翟义传》①及卷九十九上《王莽传第六十九上》②。不过与《汉书》记载还是有些出入，如翟义起义时间，小说为"居摄元年"（笔者按：公元6年），而《汉书》记载为居摄二年九月；起义规模，小说为"自茂陵以西至汧三十县并发"，《汉书》记载为"自茂陵以西至汧二十三县盗贼并发"③。如果说翟义起义时间的出入是作者记忆出现讹错，那么，作者将起义规模由二十三县改为三十县，并将《汉书》中的"盗贼"二字去掉，或许是有意为之。因为这样一来，更加突出当时反对王莽的声势的壮大，更加突出反对王莽队伍的纯洁性。同时，小说还描写了"篡国者"王莽在强大的反抗声势中，"日夜抱孺子祷宗庙"。这又体现出一位"篡国者"色厉内荏、外强中干的本性。在这种对"篡国者"及反抗"篡国者"的强烈对比描写中，我们可以感受到作者在选取这一故事时，蕴含了自己的遗民情怀，既表达了对"篡国者"的不满与痛恨，又表达了对反抗"篡国者"的崇尚与敬意。

另外，《阐义》中还有其他故事也体现了对"篡国者"的反抗，如卷一中的《马适求》《宋中》《熊飞、曾逢龙》，卷七中的《彭义斌》《龚翊》《金铸》，卷十中的《女子碧》，等等。在此不一一叙述。

（二）对故国故君的忠诚

这种忠诚主要包括以下几个方面：

奉故君年号为正朔。如卷一中的淮人张德兴、司空山民傅高，在宋末时起兵反抗蒙古军队的入侵，宋亡后，军中"用景炎（笔者按：宋端宗赵昰年号）正朔"④。以故君年号为正朔，我们在前文论述《女仙外史》时

---

① （汉）班固：《汉书》卷84《翟方进传附翟义传》，中华书局1962年版，第3437—3438页。
② （汉）班固：《汉书》卷99上《王莽传第六十九上》，中华书局1962年版，第4087—4089页。
③ （汉）班固：《汉书》卷84《翟方进传附翟义传》，中华书局1962年版，第3437页。
④ （清）吴肃公：《阐义》卷1《义民·张德兴、傅高》，《四库禁毁书丛刊》子部第11册，北京出版社2000年影印本，第9页。

有所涉及。实际上这是一种遗民心态的表现。明遗民在涉及这一问题时，虽不敢在自己的作品直接用明帝年号来记清事，但在记清事时常常使用天干地支来纪年，而不用清帝年号。如王猷定创作的发生于清代的小说作品，从未用过清帝年号。这从另外一方面表现了明遗民对故国故君的忠诚。这种情况，在《阐义》中亦有表现。笔者发现《阐义》在采录清代故事时，均未使用清帝年号，而仅用天干地支来纪年，如卷二十一"义兽"中"犬"之第二十三则末尾有"壬寅仲春晴岩氏记"。这里的"壬寅"即康熙元年（1662），"晴岩氏"即作者自己。另外，《阐义》在标注朝代时亦颇有讲究，涉及清代故事时主要以不标为主，仅有两则故事标有"国朝"，即卷四"义弟子"中的《梁份》《俞载公》，而此卷是作者后来增入的。"国朝"二字当是后人增入。总之，《阐义》不采用清帝年号与《张德兴、傅高》奉故国年号为正朔，是一个问题的两个方面，均是表达了对新朝的不认可及对故国的无限忠诚。

为故君故国而殉葬。《阐义》采录了大量为故明殉葬的故事。其中有"义民"者，如汤之琼见崇祯帝梓棺经过，"恸哭，触石死之"①；又如"弘光元年，南都陷。苏州玄妙观前卖面人，夫妇对经死。常州石生及卖扇欧姓者，投西庙池中死。又一乡民乘船卖柴入市，闻安抚使至，弃柴船，跃入文成壩南龙游河死。五牧薛叟，蓄鹡鸰鸟者也，自经死"②。有"义阉"者，如王承恩在崇祯帝自缢后，亦"缢其旁，死犹跽不仆"③；又如韩赞周，"及南京不守，自缢死"④。有"义丐"者，如百川桥丐儿在南都陷

---

① （清）吴肃公：《阐义》卷1《义民·汤之琼》，《四库禁毁书丛刊》子部第11册，北京出版社2000年影印本，第16页。
② （清）吴肃公：《阐义》卷1《义民·苏民死义者》，《四库禁毁书丛刊》子部第11册，北京出版社2000年影印本，第16页。
③ （清）吴肃公：《阐义》卷11《义阉·王承恩》，《四库禁毁书丛刊》子部第11册，北京出版社2000年影印本，第82页。
④ （清）吴肃公：《阐义》卷11《义阉·韩赞周》，《四库禁毁书丛刊》子部第11册，北京出版社2000年影印本，第83页。

落后，题诗百川桥，"遂投秦淮河死焉"①，等等。这些为故明殉葬的故事，除传统的裨益教化外，笔者认为更多的是蕴含着作者对故明的情怀，因为没有比殉国的壮举更令人震撼，更触动人们的内心。在某种程度上说，作者正是为表达自己的情感而有意去搜罗这些故事。所以，《阐义》采录的故事与作者的内心情感是互动的，一方面，作者会采录符合自己情感的故事，另一方面，这些故事又蕴含着作者的情感。

不屈于"贼""寇"而就义。这里的"贼"一般是指农民起义者，"寇"一般是指外族入侵者。《阐义》在采录这类故事时，主要是表现了这些义士不屈于"贼""寇"的威逼利诱而慷慨就义。如卷七"义卒"中的李震，北宋靖康时小校，同金人作战中，曾率部"杀伤人马七百余"，后被执，"金人曰：'南朝皇帝安在？'震曰：'我官家，非尔所当问。'金人怒，绑诸庭柱，脔割之，肤肉垂尽，肠有余气，犹骂不绝口。"②又如明末张献忠攻桐城时，挟守将廖应登小卒窦成至城下诱降，窦成说出诱降真相后，"贼刃破其脑，且破且号，至死不绝。城上人望见之，皆焚香叩首，守城官亦望之而拜，迄斩割既尽乃止"③。这种不屈于"贼""寇"而就义的英雄气概，其实质正是体现这些义士对故国故君的忠诚。而《阐义》采录这些故事，实际上亦表达了作者这种情怀。

（三）对祸国祸民者的痛恨

祸国祸民者在史书与文学作品中多有记载与描写，但作为明遗民在采录与描写这类故事时，其心态相对较为复杂，除一般意义上的痛恨这些祸国祸民者外，还在这种痛恨中蕴含着对明亡教训的总结。《阐义》对这类

---

① （清）吴肃公：《阐义》卷15《义丐·百川桥丐儿》，《四库禁毁书丛刊》子部第11册，北京出版社2000年影印本，第108页。

② （清）吴肃公：《阐义》卷7《义卒·李震》，《四库禁毁书丛刊》子部第11册，北京出版社2000年影印本，第48页。

③ （清）吴肃公：《阐义》卷7《义卒·窦成》，《四库禁毁书丛刊》子部第11册，北京出版社2000年影印本，第52页。

故事的采录，正是作者这种复杂遗民心态的表现。笔者在此选择几则故事以观其概。如卷二中的《燕客》描写道：

> 燕客者，不知其姓名。杨涟、左光斗、魏大中、袁化中、周朝瑞、顾大章六君子，皆正直忤珰，系诏狱。客为舆役相左右，阴厚结狱卒。及五公先后毙，而大章独后。一日，狱卒语客曰："堂上勒顾公死期，奈何？"堂上者，掌狱许显纯也。客曰："请延之五日，可乎？"复厚赂之。逾五日，诏移讯于刑部，客惧显纯知而急毙之，方傍皇而卒口曰："五日矣，今晚岂复延乎？"俄而移部讯，尚书周应秋坐罪论斩，仍欲笞之二十，大章窃叹曰："士可再辱乎？"乘间自经死。①

再如卷六中的《安民》描写道：

> 宋崇宁元年，蔡京既相，悉毁元祐法，追贬元祐诸忠贤为奸党，刻石端礼门。已复颁州县，令监司长吏厅皆刻之。安民者，长安石工也。当镌字，辞曰："安民愚人，固不知立碑之意，但如司马相公者，海内称其正直，今谓之奸邪，如清议何？"安民不忍刻也。府官怒，将置之罪，安民泣曰："役，吾分也，不敢辞。乞免镌'安民'二字于石末，恐得罪万世，死且不瞑。"闻者愧之。②

又如卷七中的《施全》描写道：

---

① （清）吴肃公：《阐义》卷2《义客·燕客》，《四库禁毁书丛刊》子部第11册，北京出版社2000年影印本，第22页。
② （清）吴肃公：《阐义》卷6《义工·安民》，《四库禁毁书丛刊》子部第11册，北京出版社2000年影印本，第43页。

施全，杭州人。靖康中为殿司小校。愤秦桧倡和议，杀岳飞。乃伺其出，挟刃刺之。不中，为桧所执，送大理。桧鞫之，全曰："举天下皆欲杀口（笔者按：此为挖版，疑为'虏'字）人，汝独不欲，故欲杀汝耳。"桧命磔于市。后人立庙于吴山之麓，曰"施公庙"。①

从上述三则故事，我们可以看出，虽然这些故事主要突出了燕客、安平、施全三人的义举，但奸臣的祸国殃民亦展露无遗。蔡京在宋徽宗时树立党人碑，掌权朝政，最终导致徽、钦二帝北狩，北宋灭亡；宋廷南渡后，秦桧专权误国，赶杀主战派，力主议和，南宋最终被践踏于蒙古军队的铁蹄之下，与秦桧当初埋下的祸根不无关系；晚明时期，党争造成了朝廷的巨大内耗，天启年间（1621—1627）的魏阉专权更是将明廷置于行将灭亡的境地，崇祯帝虽力图中兴，但终无法挽救大厦倾覆的局面。所以，《阐义》在采录这类故事时，显然表达了作者对诸如蔡京、秦桧、魏忠贤等祸国殃民者的痛恨。同时，这种痛恨又让我们感受到作者是在为明亡的教训做出总结。

综上所述，《阐义》在采录古今忠义故事时，既注重故事来源的多样化，给我们展示了一幅全景式的古今忠义图，又注重选材的独特角度，将下层民众与异化动物纳入视野，给我们一种贴近生活的感受，更为重要的是，这些忠义故事蕴含了作者复杂的遗民情怀。

附表　　　　　　　　**《阐义》标明出处篇目**

卷目	篇目	故事发生朝代	出处
卷一"义民"	长兴嫠者	明	《名山藏》（笔者按：明何乔远撰）
	颜佩韦五人	明	《街南文集》（清吴肃公撰）
	林氏夫妇	明	钱饮光（笔者按：钱澄之）《田间集》
	髯樵	明	顾彩《髯樵传》

---

① （清）吴肃公：《阐义》卷7《义卒·施全》，《四库禁毁书丛刊》子部第11册，北京出版社2000年影印本，第48页。

续表

卷目	篇目	故事发生朝代	出处
卷二"义客"	赵玉（李玉）	五代	《唐世说》（笔者按：唐刘肃撰）
	徐起凤	明	《三垣笔记》（笔者按：清李清撰）
卷三"义属"	阚敞	后汉	《汝南先贤传》（笔者按：晋周斐撰）
	向雄、皇甫晏	三国	《汉晋春秋》（笔者按：东晋习凿齿撰）
	马隆	三国	干宝《晋记》
	朱瑒	六朝	《南史》（笔者按：唐李延寿撰）
	阳固	北魏	本传（笔者按：指北齐魏收《魏书·阳固传》）
卷四"义弟子"	礼震、高获	汉	《独行传》（笔者按：指南朝宋范晔《后汉书》之《独行传》）
卷六"义工"	刘万馀	唐	《录异记》（笔者按：唐杜光庭纂）
卷七"义卒"	石孝忠	唐	罗隐作传
	苏公狱卒	宋	孔平仲（笔者按：宋人）《谈苑》
	曹文洽	宋	《谈宾录》（笔者按：宋胡璟撰）
	包明	宋	《放翁集》（笔者按：宋陆游撰）
	隗顺	宋	《朝野遗纪》（笔者按：宋佚名撰）
	周敖	明	《名山藏》（笔者按：明何乔远撰）
卷九"义僧"	温日观	宋	《遂昌杂录》（笔者按：元郑元祐撰）
	怀璧	明	贺天士作传
	澹斋		黄太冲文
卷十"义女"	庞娥亲	汉	皇甫谧（笔者按：魏晋时人）《列女传》
	窦桂娘	唐	杜牧之传
	歌者妇	唐	《太平广记》（笔者按：宋李昉等编著）
	赵氏	宋	宋沈俶《谐史》
卷十三"义仆"	杜亮	唐	《朝野佥载》（笔者按：唐张鷟撰）
	赵延嗣	宋	石介（守道）为之传
	李沉仆	宋	《语林》
	王达	宋	《涑水记闻》（笔者按：宋司马光撰）
	侯来保	明	《宁国府志》（笔者按：明嘉靖本）

续表

卷目	篇目	故事发生朝代	出处
卷十三"义仆"	王振仆	明	《从信录》（笔者按：明陈建《皇明从信录》）
	金俸	明	《宁郡志》
	严辛	明	《琐言》
	沈鸾	明	《海盐记》
	胡文训、胡文学	明	《王弇州集》（笔者按：明王世贞撰）
	蒋凡	明	张恧作传
	顾甲	明	《靖江县志》（笔者按：明隆庆三年本）
	萧效用		《三楚文献录》
	王九儿		
	王子儿		
	阿寄	明	田汝成撰传
	陈鹏举仆	明	《甲申纪事》（笔者按：明赵士锦著）
卷十四"义婢"	碧玉	唐	张鷟《朝野佥载》
	杜秋	唐	《国史补》（笔者按：唐李肇撰）
	赵淮婢	不详	蒋子正（笔者按：宋元之际人）《山房随笔》
	翟青青		《闺范》（明吕叔简辑）
	真奴、阿菊		谢方石（笔者按：明末清初人）为之传
	孙氏	明	《通纪》（笔者按：即《皇明资治通纪》，明陈建等编纂）
	秋香	明	《江文石集》（明江天一撰）
卷十五"义丐"	相城丐儿	明	陈眉公（笔者按：陈继儒）《读书镜》
	百川桥丐儿	明	《明季遗闻》（笔者按：清邹漪撰）
卷十六"义屠"	晋屠蒯		《国语》
	杜蕡		《檀弓下》（笔者按：出自《礼记》）
卷十七"义盗"	孝贼		王猷定（笔者按：明末清初人）《孝贼传》
卷十八"义优"	镜新磨	后唐	《五代史》（笔者按：出自宋薛居正《旧五代史·唐书·庄宗纪八》引《五代史补》）
	申渐高	南唐	《南唐书》（笔者按：宋马令撰）
	杨花飞	南唐	《南唐近事》（笔者按：宋郑文宝撰）
	蔡卞时优人	宋	《夷坚志》（笔者按：宋洪迈撰）

续表

卷目	篇目	故事发生朝代	出处
卷十九"义娼"	李娃	唐	《异闻集》（笔者按：唐陈翰编）
	张红红	唐	《乐府杂录》（笔者按：唐段安节撰）
	杨娟	唐	《虞初志》（笔者按：明袁宏道参评）
	(耳兮)(耳兮)	唐	《张庆集》
	段东美	唐	《唐贤抒情集》
	韩香	宋	《随隐漫录》（笔者按：宋陈世崇著）
	郝节娥	宋	《宋史》（笔者按：元脱脱等撰）
	薛希涛	宋	《武林志》
	长沙义娼	宋	《夷坚志》（笔者按：宋洪迈撰）
	李姝	宋	《笔奁录》（笔者按：宋王山撰）
	张凤奴	金	《金史》（笔者按：元脱脱等撰）
	徐娟	元	嘉兴张翔南翼作《忠徐娟》诗
	李哥	元	《辍耕录》（笔者按：即《南村辍耕录》，元陶宗仪撰）
	爱卿	元	《剪灯新话》（笔者按：明瞿佑撰）
	高三	明	《寓园杂记》（笔者按：或即《寓圃杂记》，明王锜撰）
	王翘儿	明	《海隅志》
	张小三	明	《续艳异编》（笔者按：明王世贞撰）
	王烈女	明	《留青日记》（笔者按：即《留青日劄》，明田艺蘅撰）
	薛铁儿	明	梅氏（笔者按：梅鼎祚）《青泥莲花记》
	刘引静	明	《菽园杂记》（笔者按：明陆容撰）
	京师妓	明	
卷二十"义兽"	象一		杨师孔《烈象传》
	象二		《湘中记》（笔者按：晋罗含撰）
	马二		《邵氏闻见录》（笔者按：宋邵伯温撰）
	马三		《宋史》（笔者按：元脱脱等撰）
	马四		《稽神录》（笔者按：宋徐铉著）
	马六		《齐东野语》（笔者按：宋周密著）

续表

卷目	篇目	故事发生朝代	出处
卷二十"义兽"	马七		《桯史》（笔者按：宋岳珂撰）
	马八		《吴书》（笔者按：出自晋陈寿《三国志》）
	马九		
	马十		陆悬圃文
	猴一		《劫灰录》（笔者按：清珠江寓舫撰）
	猴二		《史记》（笔者按：汉司马迁撰）
	猴三		《江邻几杂志》（笔者按：宋江休复撰）
	猴四		友人沈赤城述
	猴五		刘元卿（笔者按：明人）《贤奕编》
	牛一		《涌幢小品》（笔者按：明朱国祯撰）
	牛三		《陶朱新录》（笔者按：宋马纯撰）
	犬一		《齐东野语》（笔者按：宋周密著）
	犬二		《幽明录》（笔者按：南朝宋刘义庆撰）
	犬三		《广古今行记》（笔者按：或即《广古今五行记》，唐佚名撰）
	犬四		《续搜神记》（笔者按：晋陶潜撰）
	犬五		《太平广记》（笔者按：宋李昉等编）
	犬六		《集异记》（笔者按：唐薛用弱撰）
	犬七		
	犬八		《述异记》（笔者按：南朝梁任昉撰）
	犬九		《集异记》（笔者按：唐薛用弱撰）
	犬十		《广记》（笔者按：即《太平广记》）
	犬十一		《南史》（笔者按：唐李延寿撰）
	犬十二		《建宁志》
	犬十七		《涌幢小品》（笔者按：明朱国祯撰）
	犬二十一		友李崟山述之
	犬二十二		陈大樽（笔者按：陈子龙）《三嘅之一》
	犬二十三		壬寅（康熙元年，1662）仲春晴岩氏记
	虎一		《名山藏》（笔者按：明何乔远撰）
	虎二		《虎荟》

续表

卷目	篇目	故事发生朝代	出处
卷二十"义兽"	虎五		王猷定（笔者按：明末清初人）《义虎记》
	狐一		《王氏汇苑》
	狐二		《说宝》
	猫二		先博士《城南集》
	（犭充）		《黄衷海记》
卷二十一"义禽"	鹦鹉一		《天宝遗事》（笔者按：或即《开元天宝遗事》，五代王仁裕撰）
	鹦鹉二		张燕公传其事
	祝鸠		陈大樽（笔者按：陈子龙）《三觋之一》
	雁一		《华夷考》
	雁二		《梅磵荷词话》
	雁三		《辍耕录》（笔者按：元陶宗仪撰）
	鹃		《柳集》
	鹳一		《耳谈》（笔者按：或即《新刻耳谈》，明王同轨撰）
	鹳二		贺天士记
	鹳三		《文长集》（笔者按：即《徐文长集》，明徐渭撰）
	鹳四		《高启集》（笔者按：明高启撰）
	鹤一		《涌幢小品》（笔者按：明朱国桢撰）
	鹤二		《搜神记》（笔者按：晋干宝撰）
	鹤三		张氏家传
	鹤五		陈大樽《三觋之一》
	鹅		《寰宇记》（笔者按：即《太平寰宇记》，宋乐史撰）
	鸡		《魏学洢文集》（笔者按：清魏学洢撰）
	鸱		《南史》（笔者按：唐李延寿撰）
	燕一		张燕公（笔者按：唐张说）《燕女坟记》（笔者按：经考，张说并无此文，此文为唐李公佐撰）

续表

卷目	篇目	故事发生朝代	出处
卷二十一"义禽"	燕二		《史记》（笔者按：汉司马迁撰）
	燕三		《汉书》（笔者按：汉班固撰）
	燕五		张说传其事
	燕六		王山史
	鸽二		《辍耕录》（笔者按：元陶宗仪撰）
卷二十二"义虫鱼"	蜂一		《阴阳变化录》
	蛟		《搜神记》（笔者按：晋干宝撰）
	龟一		
	龟二		《九江记》（笔者按：魏何晏撰）
	鼠		《异苑》（笔者按：南朝宋刘敬叔撰）
	鼋		《辍耕录》（笔者按：元陶宗仪撰）
	蝼蛄		《搜神记》（笔者按：晋干宝撰）